燃燒吧！劍 上

司馬遼太郎——著

推薦文

為堅守信念而死的土方歲三

洪維揚

新選組雖深受現代日本與台灣年輕人的喜愛，但在幕末卻不是這麼一回事。當時長州藩、土佐藩鄉士及尊攘派浪士是新選組最大的受害者，對新選組的痛恨到戊辰戰爭結束後仍未平息，持續緝捕該組織成員。不僅如此，進入明治以後新選組仍是個禁忌，倖存的隊士如齋藤一、永倉新八等人在明治時代幾乎隱姓埋名，不讓人知曉曾經是壬生狼的過去。

儘管戰前也曾出版過永倉新八的《新選組顛末記》和子母澤寬的《新選組始末記》、《新選組遺聞》等書，雖然為大眾揭開了新選組的神秘面紗，但並未能扭轉其形象。根據現存資料來看，戰後最早以新選組作為撰述題材當屬村上元三與井上友一郎兩位作家，他們在一九五〇年代分別撰述以《新選組》和《近藤勇》為主題的歷史小說。不過真正讓新選組翻紅並廣受民眾喜愛應歸功歷史小說大師司馬遼太郎，他於一九六四年接連完成以「鬼之副長」土方歲三為主人公的《燃燒吧！劍》以及以新選組為主題的短篇集《新選組血風錄》。

在司馬遼太郎的筆下，近藤勇和土方的劍術幾乎不相上下，但近藤對組裡的隊士和藹可親，使得他深受隊士愛戴；而土方因制定只要違反便切腹的嚴格隊規，在隊裡不僅人緣不佳，更成為隊士怨恨的對象。然而，新選組能在三年多的時間裡令長州藩、土佐藩鄉士及尊攘派浪士為之膽寒，憑恃的不是近藤的和藹可親，正是土方所制定的嚴格隊規才能讓新選組發揮出強大的戰力。

本書以土方生平為經，以幕末歷史為緯。在認識土方生涯的同時——雖說是土方的生涯，但也只有從上京成立新選組到戰死箱館（函館）的六年間——也連帶認識幕末時期佐幕與討幕勢力的消長。司馬筆下的土方是一介沒有知識的平民，因此他無法像幕末時的志士（也包括他的好友近藤勇）那樣滔滔不絕談論政事，即便他最擅長的戰鬥，卻也無法像曾留學歐洲的幕府旗本如大鳥圭介、榎本武揚那樣動輒引用歐美軍事理論。不過土方憑藉實戰取得的經驗比只會紙上談兵的大鳥、榎本做出更為正確的判斷，卻也因為他出身平民且而不被重視，不僅不被高知識份子的大鳥、榎本重視，不被新選組上司會津藩家臣重視，甚至也不被汲汲於成為幕府直參的好友近藤重視。

本書最大的轉折點在於慶應三年十二月十八日，這一天沿著伏見街道視察的近藤勇遭到現為御陵衛士的前新選組隊士篠原泰之進等人襲擊，傷及右肩。從這日起，新選組實際領導人由近藤改為土方，近藤不僅缺席數日後的鳥羽伏見之戰，也缺席了戊辰戰爭。

土方參與的戊辰戰爭（鳥羽伏見之戰、甲斐勝沼之戰、宇都宮城之戰、宮古灣海戰、箱館戰爭）除甲斐勝沼之戰，每一場都是不留後路的全力拚鬥，然而幕府的覆亡已成定局，土方再怎麼盡全力也難以扭轉時局。雖是如此，土方認為「只要是男人，就應該堅守自己的信念，甘願為堅守自己心中的理想去死」，土方把這一信念帶到對京都或江戶都是千里之遙的蝦夷地（今北海道），在那裡貫徹他人生的最後一戰。

土方與榎本、大鳥等人征服蝦夷地效忠新政府的松前藩後，隨即成立蝦夷政權，留學荷蘭的榎本武揚被推選為蝦夷政權總裁。幕末被派往留學歐洲或是旗本出身的佔據蝦夷政權的首腦要職，只有百姓出身的土方以及迎接培里到來的浦賀奉行所與力中島三郎助是唯二的例外，蝦夷政權的首腦中也只有這兩人為幕府殉節，其餘出身名門的旗本或高知識菁英分子並沒有為幕府作戰至死的意願，在最後時刻紛紛投降，過了幾年的監禁後搖身變為新政府成員。

當然，並不是一定要為幕府戰死才能顯示忠心，如有名的幕臣勝海舟在新政府軍即將對江戶總攻擊之際，他以一己之命為保全德川宗家與江戶百萬生靈與新政府周旋，得到西鄉在內所有新政府成員的敬重，如果勝海舟不能忍一時之辱，那麼他在後世歷史就不會有崇高的名聲。榎本、大鳥等人亦復如此，或許在作戰方面他們不如土方，但早年留歐的心得與經驗仍讓他們為新生的明治日本做出貢獻。

《燃燒吧！劍》雖不是最早的新選組傳記，卻是首部以土方為主人公的歷史小說，透過司馬遼太郎遒勁的筆鋒，生龍活現的將這位「鬼之副長」呈現在讀者眼前。《燃燒吧！劍》和《新選組血風錄》之後，日本大量湧現以新選組為題材的作品，盛況從上世紀六〇年代到本世紀一〇年代人氣依舊不減。當中最常見的是以土方和沖田總司為主人公，次於這兩人的應屬齋藤一，局長近藤勇反而排不進前三名。

（本文作者為「幕末・維新史」系列作者）

推薦文

新選組的聖經《燃燒吧！劍》

月翔

十九世紀中葉的幕末時代，日本面臨了西洋列強叩關、國內經濟崩潰，幕府內部派系鬥爭等混亂局勢。最後由薩摩、長州為首的新政府軍掌握政權，推動了經常拿來跟清廷「戊戌變法」做比較的「明治維新」。所謂時勢造英雄，人稱「維新三傑」的政治家，出身皆為勝利方的薩長。但在幕末亂世的敗軍之中，有一群人不受成王敗寇論的影響，人稱「武士中的武士」，就是有幕末最強劍客集團之稱的新選組。

司馬遼太郎的巨著《燃燒吧！劍》以鬼之副長土方歲三為主角，他與局長近藤勇、天才劍士沖田總司，三人出身於天然理心流的試衛館劍術道場，多年深厚的情誼讓他們如同鐵三角般貫穿整本書。土方歲三冷酷絕情與追求武士之美的執著、近藤勇豪爽重情但囿於追求地位、沖田總司擁有過人劍術卻像個孩子般天真爛漫。這三人看似合作無間，卻又讓人隱約感到不安。從這三人為圓心，描寫新選組其他隊士的個性與際遇。司馬遼太郎善於勾勒人物特色的筆法，在本書發揮地淋漓盡致。

新選組從成立到潰散，僅有短短六年的時間，卻是幕末最為動盪不安的時代。為了理解新選組的歷史，讓我們將時間軸稍微往前推。在戰國時代的關原之戰後，德川家康建立了以江戶為中心的德川幕府。參勤交代的政策下，日本各地的藩主與家臣聚集在江戶，諸藩武士之間談文論武交流熱絡。當時最蔚為風潮的學說，正是具有強烈尊王色彩，後來衍伸出日本為神國理論的水戶學。

看似安定且階級分明的江戶時代，在美國叩關要求開港的黑船事件後開始崩壞。身為江戶三百藩頂點的德川幕府，竟然在未得到天皇敕命的情況下，簽訂了不平等條約，引起信奉水戶學的武士與諸藩譁然。日本進入長州為首的「尊王攘夷派」以及擁護幕府掌政的「公武合體派」，兩大派系明爭暗鬥的時代。激進的攘夷志士視外國人為仇寇，不惜襲擊外國使館，以天誅之名在京都暗殺敵對派公卿，讓幕府萬分頭痛。

出身豪農家族的土方歲三或是百姓階級的近藤勇，本應與政治鬥爭無緣。在時勢造英雄的風潮之下，他們來到動盪的京都，接受身兼京都守護職身分的會津藩主聘用，揮舞刀劍維護京都的治安，採取以暴制暴的方式，取締橫行的激進攘夷志士。這群劍客又稱壬生浪士，後來受賜名為新選組。

所謂寶劍配壯士，土方歲三與愛刀和泉守兼定可說是密不可分。司馬遼太郎藉由雙眼失明的年邁武器商人為引子，以寥寥數百字勾勒出名刀等待主人的傳奇。雖然這個故事為虛構，但在無傷大雅之處，虛實交錯地勾勒出烈士終得名刀，即將一展抱負的恢弘氣勢，這正是歷史小說的趣味之處。

新選組接受會津藩的聘用，成為協助幕府守護京都的利劍。比起廢弛武藝的武士階級，土方歲三更像真正的武士。為了盡忠職守保衛京都，他化身為蛇蠍，肅清新選組內的異議分子。鐵血般的新選組在池田屋事件，斬殺激進攘夷志士，阻止京都陷於火海的陰謀，擊退攻打御所的長州軍。看似成功完成任務，卻種下遭到仇恨的種子。

倏然之間，時代的風向一變，昔日主張激進攘夷、排斥西洋勢力的長州，遭到英美法荷四國的聯合艦隊痛擊後，順應局勢地擱下攘夷大志，與薩摩攜手合作，高舉打倒幕府之旗。代理天皇掌管政治的德川幕府軍，反而成為賊軍。昔日德川血緣相繫的親藩、忠心的譜代諸藩，紛紛倒戈加入薩長為首的新政府軍。彷彿宣告武士的忠義之心，不敵時代與現實的潮流。

就算歷史的浪潮已經轉向，即使昔日的戰友紛紛凋零或分道揚鑣，土方歲三仍然選擇堅守屬於自己的武士美學。土方歲三與剩下的新選組隊員，轉戰東北協助昔日的主君會津藩，直到葬身於北海道的箱館戰爭。《葉隱》云「士之道即為尋死之道」。土方歲三並非出身武門，但他比任何人都更實踐武士的精神與美學。

無論是穿著誠字羽織，守護京都的鬼之副長，或是換上西洋式軍裝，改以新式槍械操練將士的函館政府陸軍奉行土方歲三。為了武士美學，他的心中永遠揮舞著那把至死方休的燃燒之劍。

《燃燒吧！劍》成書於五十餘年前，司馬遼太郎以當時所能掌握的資料，夾敘夾議地建構了歷史小說的世界。隨著史學研究的進步，歷史小說被挑出虛構與錯誤，被貶損為「司馬史觀」。但是平心而論，歷史小說塑造出迷人且宏大的世界觀，讓世人津津樂道，鼓舞後學鑽研歷史，自有不可抹滅的貢獻。

（本文作者為專業日本歷史領隊、作家）

目次

暗闇祭

「阿歲。」

這是新選組局長近藤勇私底下對副長土方歲三的稱呼。

「那傢伙該怎辦?」

在商量如何處置犯人或只有兩人在場時，他倆會自然而然說起家鄉武州多摩的方言。近藤勇是上石原人，土方歲三是石田村人，這兩地均在甲州街道沿線，相距不足三里（一里約四公里），都是入夏後蝮蛇便會在草叢中游走的農村。

先來談談這位「阿歲」。

阿歲是石田村農民喜六最小的弟弟歲三。他的人生發生重大轉折是在安政四年（一八五七）的初夏，剛過完立春後的第八十八天，也是蝮蛇開始出沒的季節。

這一年比往年還要熱。

這天傍晚，歲三出了村莊，上了甲州街道，匆匆朝兩里半開外的武藏府中走去。

他身上的浴衣下襬俐落撩起。

他高高的個子、寬肩膀，腰身強健結實，步履穩健。任何人看到都會認爲他是諳熟劍法的劍客。

他在頭上紮著一條深藍無花紋的寬手拭巾，覆蓋頭與臉頰，任布巾瀟灑地垂掛至胸前。

打扮極爲帥氣。

連紮條手拭巾都要花上一番心思，而他也很適合這精心打扮。

從外貌上看，首先會注意到他的髮髻與眾不同。作爲一名農家子弟，髮髻本該像其他人一樣簡單即可。然而他卻別出心裁，自己梳了個特別的髮髻。他自創的髮型與武士的髮髻頗爲相似。

「你知不知道自己是什麼身分！」

名主（村役人，村長）佐藤彥五郎看到歲三奇怪的髮髻，曾多次責備他要知道分際，不過他總是垂著眼，嘴角掛著一絲微笑回應道：

「那又怎麼啦？反正早晚我會當上武士的。」

不管別人怎麼看，他堅持不改自己獨特的髮型，只是此後以深藍布巾蓋住頭臉。因此村裡的人仍舊在背後批評：

「就裝作沒看見阿歲的髮髻吧。」

歲三家與佐藤家有姻親關係，就連身爲親戚的名主對這奇特風格也只能睜一眼閉一眼，所以其他人私下說三道四的。

不過，比起手拭巾蓋住頭臉的模樣，這名男子頭巾下炯炯有神的雙眸更教人印象深刻。他有一雙細長的雙眼皮大眼睛，凡見過他的女人都說他「眼神澄澈」。

而村裡的男人卻是這樣說的：

「看阿歲這小子的眼睛，眞不知道他會幹出什麼事來。」

的確，這個男人心裡在想些什麼，旁人很難猜得出來，自然也不可能知道他會做出什麼事來。

此時，他正行走在甲州街道上，看上去身上好像只穿了一件浴衣，可是你無論如何也不會想到，浴衣下面其實還有一身柔道裝束呢。

快要出宿場（驛站）的時候，他迎面碰上一個從田間回來的熟人。

「阿歲，你要去哪兒啊？」

歲三聽見了對方的招呼聲，卻未加理睬。畢竟他不能告訴人家說自己是去找女人的。

今天晚上，府中的六社明神內有一個祭典，這種祭典也叫暗闇祭。

歲三這次參加暗闇祭是有備而來的。他準備在祭典上物色一位心儀的女子，在祭典開始後趁著夜色把她按倒在地和她做一夜夫妻。到時候，他會脫下身上的和服鋪在地上，讓女人躺在上面以免被夜間的露水弄濕身子。而穿在裡面的柔道服，則是爲了跟帶女人同行的男人打鬥而準備的。

但是我們不能因此說歲三就是一個壞人。因爲壞的是這樣的一種祭典形式。

這一天夜裡，前去府中參加祭典的人當中，不僅有來自府中周邊的人，也有來自三多摩各村的人，甚至還有不顧路途遙遠，從江戶趕來的人。他們都是爲了參加暗闇祭而特意來此的。

祭典開始後，所有燈火將一齊熄滅，周圍剎時將只剩下一片黑暗。這時男人和女人都會變成原始人，男人隨手拉過一個異性就可以私通。

過了下谷保，手提燈籠向府中六社明神方向走去的人一下子多了起來。

江戶方向的上空，月亮已經升起。

月光下，男男女女都左手拎著燈籠右手拿著竹竿，在竹竿擊地的敲擊聲中前進。此時正是蝮蛇猖獗的季節，所以他們將竹竿的一頭劈成細條，有如掃帚。行走時用這樣的竹竿敲打路面，可以嚇跑蝮蛇。

歲三的手中也拿著一根竹竿，只是他的竹竿有些與眾不同。原來在出發前，他對竹竿進行了改造。他掏空竹節，往裡面灌滿了鉛。所以他的竹竿異常的重，簡直就是一根鐵棍。

這根竹竿與其說是用來嚇唬蝮蛇的，不如說它更適合用來嚇唬人。

「石田村的『荊垣』」。

這是鄰近地區的人們在背後對歲三的評價，意思是說他有如一碰就會刺人的荊棘。暗指脾氣暴躁、蠻橫的人。現在神戶一帶依然有人用這個詞來稱呼不良少年，所以當時很可能在諸國都有這種說法。

歲三到達府中的時候，已經快到戌時（晚間七時）了。

府中宿場町六百餘戶，家家掛滿了地口行燈和深紅色燈籠，參道二丁上的街樹櫸木上也掛著一盞盞燈籠，亮得如同白晝一般。

可以說這是女人的夜市。

歲三邊走邊物色能令他滿意的女人。路上遇到幾個帶著女兒或妻子前來參加祭典的同村人。他們很熱情，見到歲三就拉著他的袖子跟他打招呼。而歲三每當此時，卻總是露出惡狠狠的眼神，一甩手，說聲：

「放開！」

歲三在私情方面，有一種常人難以理解的羞恥感。他從來沒有和同村的女人發生過性關係。因爲他害怕和同村人發生關係，遲早會傳出去的。

「阿歲這人太死板。」

這是人們對他在男女關係問題上的評價。而歲三又極度恐懼因私情而被人說三道四。

沒有理由。

只是一種怪癖。

「阿歲是貓。」

所以有人這樣形容他。的確，相較之下，狗是一種行爲不顧場合、非常露骨的動物，而貓卻從來不會讓人知道自己的情事。從這個意義上來說，在男女關係問題上歲三的確顯得非常地與眾不同，同時他兇惡難以親近的性格，有點像那種夜行性獸類。

實際上，歲三不願意和同村女人交往還有一個更重要的原因，那就是鄉下庶民不能勾起他一絲絲的情欲。

（女人最重要的是身分。）

這是他對女人的看法。他認爲女人長得漂不漂亮並不重要。他對這點有如信仰般執著。

對於比自己身分地位高的女人，他會感受到一種令他心動的魅力。事實上，有這種性欲傾向的男人不在少數。

去年冬天，歲三曾經想方設法和一名處女私通，究其原因就是因爲她的身分。

那個姑娘是八王子一所規模很大的眞宗寺院住持的女兒，在習慣上，信徒們都尊稱她爲大小姐。

歲三沒有見過這位姑娘。但是當他聽到大家對她的稱呼時，竟怦然心動。他決心要佔有這個女人。

歲三爲了和這個女子私通，特意跑到二里開外的八王子停留數日。

八王子的居民都叫他藥販子，因爲當時他在做藥材的生意。

歲三家雖然是農民，卻是石田村一帶有名的富戶。所以就算他不做藥材生意，生活照樣可以過得衣食無憂。不過他經營的藥材生意其實都是自家的東西。他家有一帖祖傳秘方「石田散藥」，對骨折、跌打損傷有神奇的療效。

這種藥所用的原料是一種棘葉蓼，葉子帶刺，在流過村外的淺川河原就可以採到。每年的土用丑日，土方家會組織村民採集這種草，洗淨曬乾後進行烘焙直至完全焦黑，然後再用藥輾子磨成藥粉，患者用溫酒呑服即可。這種藥粉療效出奇的好。後來發生的池田屋事件中，歲三就讓那些在衝突中受傷的新選組隊士服用這種散藥，結果僅僅兩天時間，傷痕就褪去了，骨折後的肌肉也沒有出現攣縮。

歲三經營祖傳的「石田散藥」生意時走遍了整個

武州地區（今日的東京都、埼玉縣、神奈川縣東北部），還到過江戶、甲州（山梨縣）以及相州（神奈川縣東北部以外）等地。他少年時代即開始這種從商經歷，也成就了歲三獨特的劍術修行。在賣藥的過程中，每到一處，他總會到當地的道場推銷這種治療骨折、跌打損傷的靈丹妙藥，所要求的回報就是請道場教一招劍術。

當時歲三常去並逗留的甲府櫻町也有一家道場。道場場主是神道無念流的梶川景次。後來，當他聽到有關京都新選組的傳聞後，他說：

「土方歲三就是武州那個藥販子呀。如果是他的話的確會幹出這種事來。」

歲三能進入八王子的眞宗寺院也多虧了藥販子這個身分提供的方便。

這所寺院叫專修坊。

住持很喜歡歲三。他對歲三說：

「這幾天你可以住在寺院的庫房裡，在附近賣藥。」

當天，歲三並沒有見到住持的女兒。不過在天黑之前他對寺院境內勘查了一番，仔細查看了寺院內各個建築、各個院落等的位置，並知道了住持的女兒就住在寺院內一間叫做客殿的茶室建築風格小屋裡。

第二天，歲三見到了住持的女兒。當時她正坐在院子的池塘邊上曬太陽，好像要給池塘裡的魚兒餵食。當她覺察到從旁邊走過的歲三時，她抬起了頭。她皺了皺眉頭，一臉不明所以的表情。

也難怪她會是這種表情。

當時的歲三，頭上紮一條深藍色手拭巾，身著眞絲條紋的和服，腰間繫著博多織的腰帶。這一身打扮讓人乍一看以爲是哪個名主家的長子。不過，再仔細一端詳，發現他的和服後襟掖在腰帶上，全身透著一股霸氣。但是打著綁腿、背著藥箱的樣子，又不能不讓人把他與商人聯想在一起。可是憑這些還眞不敢肯定他就是一名商人，因爲這個年輕人身上還帶著一把劍。

姑娘從來沒有見過裝束這麼奇怪的男人。然而這身行頭還挺適合面前這個眉清目秀的男人。

（這是誰呀？）

姑娘目不轉睛地盯著他看。

歲三見到這位女子，第一印象是她長得算不上漂亮。但是文文靜靜、小巧玲瓏的樣子卻是他所喜歡的。

他沒有施禮。

儘管歲三喜歡有身分地位的女人，但是向女人低頭獻殷勤卻不是他願意做的事情。

向前走近兩三步，他說了一聲：

「我會來的。」

來？來做什麼？

姑娘抬頭想問他的時候，歲三已經轉身向寺院外走去了。

這天晚上，子時，歲三來到了姑娘住的房間外面。他首先在雨窗上撒了一泡尿，然後悄無聲息地推開了這扇雨窗。武州多摩農村的年輕人夜裡偷偷潛入姑娘家的時候，通常都是這樣做的。

房裡睡著兩個女人。

一個是姑娘的奶娘。歲三在她的枕頭邊探了探動靜，只見她睡死了，全然不察屋裡的異常。

接著他又看了看姑娘。姑娘呼吸勻稱，顯然睡得很沉。

歲三翻起蓋在姑娘下半身的被子，露出了她白皙的身體。

歲三兩手分別抓住姑娘的兩邊腳拇趾，向上拎起她的兩條腿。顯然這樣子抬腿有點費勁，但是歲三知道爲了不弄醒她，他只能這麼做。

她的兩條腿毫無防備地張開來。仍然睡得死沉，毫無知覺。

姑娘醒來的時候，事情已經發生了。

出乎歲三意料的是，姑娘並沒有吵鬧。她只是僵硬著身體，屏住呼吸，不敢發出一絲絲聲響。

——我會來的。

此時，姑娘大概終於明白了歲三說這話的意思。當然也可能對這個看上去很帥氣的年輕人，她也同樣有所期待吧。畢竟在這個地方，年輕男女私通非但不算什麼惡行，甚至還挺盛行。

看到姑娘如此沉著，歲三隱隱感到一絲失望。

（難道這就是大小姐嗎？）

第二天再見到姑娘的時候，只見她穿著一身農家女的衣服，正在寺院後面開闊的桑樹田裡採摘桑葉。這讓歲三再次感到了失望。

（不應該是這樣的。）

這不是他想要的女人！穿著農家女的衣服、滿身桑葉味兒的姑娘在自己的村裡有的是，自己又何必大老遠跑到八王子來呢！當天傍晚，他就離開了八王子，從此再也沒有踏進專修坊一步。

這只是順帶一提，目的是想說明他只對身分高貴的女人充滿期待之情。

說起身分高貴的對象，在武州三多摩地區沒有武士門第，有的只是幕府領地或寺院神社領地。而村裡的女人又淨是些渾身馬糞味的農家女，完全不符合歲三的要求。沒辦法，歲三只好退而就其次。就在幾年前，他勾搭上府中六社明神的搖鈴巫女小櫻，一有空就會溜到她住的地方去找她。

今天晚上小櫻也要參加祭典，而且會在祭典中跳舞，所以不一定能碰上她。但是歲三還是準備在活動結束後，拂曉時分再悄悄跑去她的住處。

當然在這之前，他首先要另外物色一個女人。一旦相中了哪個女人，按照祭祀習慣，必須在燈火熄滅之前搞定，然後只等燈火一滅就開始行事。

遺憾的是歲三並沒有發現感興趣的女人。

（要是能碰到一個從江戶來的武家姑娘就好了！）

歲三滿懷著期待，在屋簷行燈下來來回回地尋覓，徘徊在神社境內的林子裡。

（眞的沒有？）

他已經來回物色人選兩個鐘頭了。想想也是，像這種淫穢的祭典，怎麼會有江戶旗本家的子女來參加呢。

前來參加祭典的人多少有些下流。但是儘管如此，六社神明（大國魂神社）自古以來一直是武州的總社，祭祀的規格相當高，所以在江戶的各個神社也經常派神職人員來這裡工作。

（算了。）

歲三打算放棄了。其實在他物色女人的同時，女人也在物色中意的男人。有不少看上去像是農家妻室的女人曾經試圖勾引他，但是他卻連瞧都不瞧人家一眼。

這時，神社正殿的樹林附近傳來了祭典司儀的吆喝聲，神輿開始行進的子時鼓聲響起，所有燈火齊聲熄滅，剛剛周圍還如同白晝般，一下子變得漆黑一片。

全然的黑暗。

只有星星依稀可見。數以萬計的人屏息靜氣，男人等待著與女人在一起，男女之間的媾合就要開始了。所有的人都很坦然，因爲前來參加祭祀的人都堅信這是祭神的一種方式，目的只是爲了取悅六社的神。

男人和女人疊合在一起，悄無聲息。他們不會也不敢發出一點聲響，因爲他們都害怕自己的聲音會玷污神威。無論是處女還是人妻，無論是站著還是躺在地下，女人在男人進入自己身體的時候都只是緊閉著嘴，絕不敢發出一點聲響。

這個晚上歲三是幸運的。幾乎就在萬燈齊滅的一刻，歲三發現自己身邊站著一個女人。

沒人知道這個女人爲什麼會靠近歲三身旁。

他們所處的位置不是人頭攢動的參道上，而是神社境內的樹林裡。因爲這地方有樹叢遮擋，所以在燈光還亮著的時候歲三並沒有注意到這個女人，想必那女人也沒有注意到歲三。歲三一伸手，把她拉了過來。他摸到這個女人身上穿的竟是手感極爲柔軟的眞絲衣料，禁不住心裡顫了一下。

（是什麼人呢？）

歲三用手摸索著她的衣服，感覺她穿的好像是裝飾了比翼內裡的留袖。這種衣服平時在這一帶難得見到，甚至連名主家的子女也很少穿這樣的衣服。手伸進了女人的和服裡面，感覺她懷裡好像揣著一個香袋，散發著歲三從來不曾聞到過的香味。

「你是什麼人？」

歲三情不自禁的打破禁忌，向她問話。

不知道這個女人是因爲相信祭神時有禁忌還是因爲別的原因，總之她沒有開口，只是搖了搖頭。

「快說啊！」

「我不能說。」

聲音很悅耳，尾音柔和。不是武州農民說的那種生硬的土話。

「你，可以嗎？」

「沒關係。」

歲三把女人按倒在草地上，緊緊地抱住了她。這讓他再次感受到了第一次抱女人時的眩暈。抱著這個女人，歲三突然覺得自己不只是抱著一個女人，而是很可能抱住了自己新的人生。

（誰知道呢。）

女人的身體顯然是瞭解男人的，但是她的穿著卻還是姑娘的樣子。

歲三一邊抱緊這個女人，一邊迅速從女人的腰帶間抽出了裝在錦袋裡的短刀，心想只要有了這個東西，以後就不難查到這個女人的身分。

女人沒有注意到這個細節。在情事結束後，她穿好衣服，很快消失在黑暗中。

祭神結束，天色開始發亮的時候，歲三溜進了位於巫女住居的小櫻長屋裡。

「就是這個。」

他拿出短刀給小櫻看。

刀身地肌是鮮明的松皮肌，作工極佳，上面刻銘「則重」。如果是越中則重的話，那還真是世間少有的名刀。

然而小櫻並不注意這把短刀，而是拿起裝短刀的錦袋對著行燈仔細看了起來。

「你和這個人……」

她非常吃驚：

「做了？」

「是啊。我身上還有那個香袋發出來的香氣呢。」

「你知道這紋飾嗎？」

小櫻指著紅色錦袋上以金線繡的五葉菊紋向歲三問道。

「不知道。」

「這是府中宮司猿渡家的替紋。你、你可闖大禍了。我見過這個短刀袋。這是當代從四位下（日本品位與神階的階級之一）猿渡佐渡守大人的妹妹佐繪小姐的。」

「是嗎。」

歲三拿起錦袋，緊盯著袋上那個五葉菊紋看得入迷。

的確，這個男人的戀愛行爲有點像貓。

自從暗闇祭之後，歲三又三番兩次神不知鬼不覺地潛入府中六社明神的神官猿渡佐渡守的宅邸，在蚊帳中與佐繪私通。

無人知曉此事。

他也懼怕有人知道此事。在這一點上，歲三實在很像貓。

他甚至沒有告訴佐繪自己是哪個村的什麼人。

「以後你就叫我阿歲吧。」

歲三臨走就留下這麼一句話。這讓佐繪覺得他其實是個非常怕羞的人，不像是有膽量在夜裡偷溜進猿渡家來找女人的人。

（這男人眞奇怪。）

他的確很怪，卻又非常溫柔。

這名男子第一次溜進蚊帳內時，他伸手捂住驚醒的佐繪之口，在她耳邊輕聲細語：

「我是前幾天在暗闇祭上的那個男人。那天晚上謝謝你。今天我是來還東西的。」

說著從懷裡掏出紅色錦袋，從刀鞘中抽出那把短

刀，塞進佐繪的手裡。

「你要是不願意的話，就用這把刀殺了我吧。」

非常老練。

他沒有留給佐繪半點用來害怕的時間。

「您是哪兒的人？」

佐繪每次都要問他這個問題。

「萬一我懷孕了，總不能讓孩子連自己的父親是誰都不知道吧。」

然而，歲三對佐繪的這個問題總是置之不理。

相反的，歲三對佐繪的事情卻知道很多。

歲三第二次溜進佐繪房間的時候，歲三問她：

「聽說過幾天你要去京都爲公卿工作，是眞的嗎？」

「是。你怎麼知道的？」

知道這個消息的人，當時還只限於猿渡家裡的人。

「你聽誰說的嘛？」

「……」

歲三說的沒錯。因爲某些原因，一到秋天她就要去京都的九条家工作。

其實佐繪對於此次京都之行並不感興趣。她之所以答應去完全是爲了顧全某位幕府官僚要人的面子。那位幕府要人爲了說服佐繪前去京都，甚至跪在她的面前，請她無論如何答應他的要求。當然這位元閣僚的目的很明確，是想通過佐繪能及時瞭解朝廷的動態。

當然這些過程、細節，歲三是不知情的。

「眞是可惜。要是您丈夫還活著，您也是三河以來的旗本松平伊織家的人，完全用不著去京都那種地方。」

「你好像很瞭解我嘛。」

「就算是附近的農夫也知道這些事情。」

佐繪十七歲的時候，嫁給了宅邸在本所的小普請組八百石松平伊織。可是沒多久她丈夫就去世了，她不得已只好回到娘家。

她的娘家猿渡家，早在鎌倉幕府之前就從京都遷到關東並定居下來的，是全國數一數二的名門望族。又因為他們家不是武士門第而是神職之家，所以一旦和江戶的旗本攀上姻緣關係，勢必會和京都的士大夫家也談及嫁娶的事宜。

這次去九条家工作的事情也是源於京都的這種門第關係。

歲三第三次來的時候，佐繪告訴他：

「一到秋天，佐繪就要離開家去京都了。」

「秋天的什麼時候？」

「九月。」

「已經沒有多少時間了。」

「阿歲，你沒想過去京都嗎？」

「去京都？」

「是啊。」

歲三像一個尚不諳世事的少年似的，一臉茫然。

他說：

「京都有値得我去的事情嗎？」

「你是個男人。」

「什麼意思？」

「男人的未來是不可預料的。」

佐繪漫不經心地說道。她說這話的時候並沒有想到，幾年後這個男人竟然會成為名震京都的新選組副長。

而歲三的命運之所以發生如此的巨變，還眞是源於發生在他和佐繪之間這樣的曖昧關係。

他殺人了。

那時，六社明神社的社司家的瀨木掃部宅邸裡住著一位食客，名叫六車宗伯，是位三十歲上下的甲源一刀流劍客。

歲三也見過這個人。

短粗的脖子，頭髮紮成一個髮髻。據說他的劍術除了江戶府內，是武州最厲害的。

六車宗伯租了社司家的道場，招收武州一帶的百姓徒弟。

當時的武州，習武之風非常盛行。城鎮居民、鄉下農民都爭相習武，其盛況是其他各侯國所不敢奢求的。

尚武精神是習武之風盛行的原因之一，但更主要的原因卻是因爲武州屬於天領地（幕府領地），與大名領地相比，對農民的管制要寬鬆許多。

效仿武士的百姓自然也大有人在。不管在哪個村，都會有一些年輕人自詡武藝高強，每當村子與鄰村發生爭奪水源之類的衝突時，他們會衝在最前面出人出力。而這種時候，他們表現出來的勇武模樣是那些已經習慣了三百年來太平盛世的江戶武士自嘆弗如的。

在武州一帶，有三個鄉下劍術流派傳授劍術。

一個是以武州的蕨爲根據地的柳剛流。這一流派是以對方的小腿爲進攻目標的打鬥式劍法。江戶劍客都不喜歡這種打法，所以一聽對手是柳剛流的，一般都不願意和他們比武。

還有一個流派是遠州浪人近藤內藏助創始的天然理心流。這一流派的特點是盡可能使對方產生誤解，在對方尚未有所反應時，突然發起進攻。與江戶精巧的劍法相比，這一流派的打法顯得過於野蠻，但是用在實戰中卻相當厲害。宗家近藤家在內藏助死後已經過了三代，繼承該流派的三代宗家都是平民出身的劍客。現在是第三代宗家近藤周助（周齋）掌門。他也已經到了古稀之年，他在武州上石原（現在的調布市）收了一名叫作勝太的農家三男爲養子，爲他改名並栽培成天然理心流的繼承人，讓他到三多摩一帶傳授武藝。此人就是比歲三年長一歲的近藤勇。

最後，是甲源一刀流。

這是個武州秩父地區的古老流派，已經趨於衰落。不過，前些年由於高麗郡梅原村出了一位名叫比留間與八（天保十一年歿）的高人，忽然間又興盛了起來。

比留間死後，其兒子半造在武州八王子設立了總道場，讓劍術師範代（助教）六車宗伯常年住在府中，以甲州街道沿線的農村爲對象，與近藤的天然理心流爭收弟子。

那天晚上，歲三在佐繪的房間一直逗留到黎明將至。當他翻過猿渡家的土牆，準備打道回府的時候，突然聽到腳下的草叢中傳來一聲叫喊：

「有賊。」

「——」

他趕緊蹲下身體，眼前出現了一個黑色人影。

（糟糕，被發現了——）

一想到此，歲三不禁渾身直冒冷汗。

對方在慢慢地靠近，他的手已經握住了劍柄。

「別跑！再動我就殺了你！」

「……」

「報上名來！」

歲三不說話。

「早就聽說最近總有人晚上偷偷摸摸地溜進猿渡佐渡守大人的家裡，所以在這境內警戒。沒想到還眞有此事。你給我老實點兒！」

（這人想說什麼呀。）

歲三一邊後退，一邊把手繞到背後，悄悄地解開背在肩上的草袋，迅速抽出了裡面的太刀。

每次走夜路的時候他總會把刀背在肩上。

裝刀的袋子有點寒磣，但刀卻是家傳的武州鐵匠鑄的無銘寶刀。按照他姊夫日野宿名主佐藤彥五郎的鑑定，這把刀說不定還是康重利劍呢。

刀光閃過，只見它足有二尺四寸長，太刀出鞘的氣勢著實令人感到窒息。

「喔，」

對方見此提醒說：「看來你是認眞的了。那我得先告訴你，我可是寄宿在這座神社裡的六車宗伯。」

六車宗伯這個名字，在武州一帶非常響亮，一般人只要聽到這個名字就會嚇得直打哆嗦。

「把刀扔了。」

六車說這話的時候，正巧十六日的月光穿過雲層照到了歲三臉上。

月光照亮了歲三的半個面孔。

「我見過你。」

六車宗伯一邊前進一邊說：

「日野宿的佐藤彥五郎家裡有一個天然理心流的道場，對吧？」

「……」

「前幾天我去找近藤要求比武被他拒絕了。當時在他身邊的那個人就是你吧？」

（被他認出來了！）

歲三下定了決心。

六車以爲歲三聽到此話會趕緊溜之大吉，不料他卻停下了腳步。

「六車。那位歲三，」

六車很意外，也停下了腳步。

「姓氏是土方。你記住了。是天然理心流的目錄（傳統劍道傳位之一，已習得指定傳授之該流派劍技招式），師範近藤是我的結拜兄弟。所以今天我就替近藤來接受其他流派的比武請求。」

「年輕人，別說傻話了。」

六車很鎮靜，他說：

「你最多也不過是私通而已。今天我可以放你走。但是不要讓我再看見你走近猿渡家。佐渡守大人已經察覺到佐繪小姐的異常，早就托我出來巡視了。他說了不管是誰，只要抓住就送去坐牢。不過今晚我就不追究你了。」

「拔刀。」

歲三堅持。說這話的時候，其實他還沒有擺好架勢，握在右手上的刀還垂著。厚厚的、頗有特點的雙眼皮下面，一對眼睛閃著冷冷的光。在他心裡，既然這個男人知道了自己的秘密，那他必須得死。

「爲了愼重起見，歲三，我再問你一句，」

六車宗伯露出微笑問道：

「你該不會不知道我是武州第一的名人吧？」

「我知道。」

「這樣啊。」

六車沉下腰，好像要砍草似的慢慢拔出了長劍。

他還是只想嚇唬嚇唬歲三就算了，所以只是平舉著劍向前邁了一步。

歲三收回右腳，全身毫無防備大膽地暴露在對方面前，他使出左諸手上段，左腳往前踏出，雙手握劍高舉過頭頂。

瞬間，劍砍了下來。

歲三進擊動作非常粗糙。六車勉強在頭頂上接了一擊，心想：

（這小子不會是傻子吧。）

沒有停頓，歲三也不讓六車有喘息的機會。

唰的一聲。

歲三的劍又從右側刺來，六車急忙用刀鍔擋下這招，手腕震得發麻。

緊接著劍又從左邊刺來。

六車勉強躲過這一擊。

不知什麼時候，六車處在了被動挨打的境地，處境非常危險。他步步後退。

（怎麼可能！）

他想站穩腳跟，可是歲三的攻擊步步緊逼，完全不給他一點機會。

他不是輸在劍術。

是輸在了氣勢。

歲三在做藥材生意的時候學過很多流派的劍術。

眼看著太刀分明刺向面孔，到了跟前卻一翻手刀尖朝下刺向了六車的小腿。這是柳剛流的一招，卻又加進了薙刀（長刀）術。

「哎呀——」

六車跳起來躲過這一劍。

而歲三的劍好像正等著他似的，六車的腳剛著地，劍緊跟著對準腹部又刺來了。

「等等！」

六車邊躲邊說：

「這裡可是神社。」

「……」

「咱們改天再……」

六車的話還沒有說完，歲三單手刺來的劍已經刺中了六車宗伯的右側太陽穴。

血擋住了六車的視線。

「改天再……」

六車轉身。

他掙扎著想跑，可是歲三的劍再次無情地刺中了他的後腦勺。

六車的眼睛看不見了，意識也開始模糊。這傢伙到底想怎麼樣？六車轉過身再次面對歲三。可是提著劍的身體已經站立不穩了。

（難道這就是人們懼怕的武州第一高人六車宗伯嗎？）

歲三慢慢舉起了劍。

（呀——）

他用盡全力刺向六車。

歲三的劍橫著劃過，只見宗伯的腦袋在空中飛起又落了下來，身體倒在了草叢中。歲三心想，原來殺人這麼簡單。

之後的事情兇手就管不了了。

當天晚上，歲三就離開了府中。他沒有回老家，直奔江戶小石川小日向柳町，跌跌撞撞地跑進了位於坡道上的近藤的江戶道場。

近藤什麼也沒有問。

歲三也什麼都沒有解釋。

對於近藤來說，因爲歲三是天然理心流在武州的堅強後盾佐藤彥五郎的妻弟，所以雖說是道場的門人，但從養父那一代開始就一直對他格外照顧。兩人性格迥異，卻很投緣，相處非常好。所以早在幾年前，兩人已經結拜爲義兄弟了。

幾天後，甲源一刀流的六車宗伯被人殺死的消息傳到了江戶的近藤道場。

「你聽說了嗎？」

近藤來到躺在道場後頭的歲三身邊，說：

「眞不敢相信。像宗伯這樣的人居然也會被人殺害。實在難以置信。聽說屍體的小腿上有很多傷口，大家猜測殺他的人是最近從蕨過來的柳剛流門人。據說八州的官吏正在蕨一帶調查呢。」

「傷口——」

「大大小小有十二、三處。傷口這麼多，不可能是一個人幹的。前往府中查案的井上源三郎也在報告中說估計參與此事的人不在少數。」

「不。」

歲三坐起身說：

「就是一個人幹的。」

「你怎麼知道？」

「傷口多只能說明那個人的劍術太差，而且他也不是柳剛流的。」

「……」

近藤緊緊地盯著歲三的臉，說：

「那你說是什麼流的？」

歲三沒有說那個人就是「我」。他神情越來越不開心，把臉扭過一邊，彷彿在思索什麼。

就這樣，歲三住進了江戶道場，同時裝束也換成了武士打扮。

自從殺了六車宗伯以後，歲三在道場裡表現出來的劍術風格完全變了。

是更有自信了？還是悟到了什麼道理？

在這之前，由於近藤是周齋老人的養子，所以他的劍術自然比歲三高出一籌。但是現在情形卻完全改觀了。

兩人在道場練習的時候，十招中近藤有八招被擊中。終於他發話了：

「跟阿歲練劍眞沒意思。」

從此再也不陪歲三一起練了。

在近藤柳町的道場裡，經常有一些食客出入。他們當中有神道無念流皆傳的松前浪士永倉新八、北辰一刀流目錄的江戶浪士藤堂平助等。這些人的劍術與近藤不相上下。同樣他們也敗在了歲三的劍下。於是有人戲謔說：

「土方是不是被附身了。」

秋天到了。

自從發生那次殺人事件後，這是歲三第一次踏上甲州街道。他向西走去，來到了府中。

這一年雨水不多，武州的天空湛藍無雲。

歲三穿過明神境內，來到猿渡佐渡守家的土牆外。

（就是這裡。）

歲三摘下斗笠扔到草地上。

右邊有一條水溝流過，水溝旁邊有一棵小漆樹，樹葉已經開始微微泛紅。

就在這個地方，在那個月夜，歲三殺死了六車宗伯。他眞的殺了六車宗伯，卻好像只是做了一場夢，沒有任何感覺。

和那天一樣，歲三唰地一下拔出劍，舉過了頭頂。他閉上了眼睛。他要喚回那一晚的記憶。不久他又睜開眼睛，瞇著雙眼，試圖看到舉劍站在那裡的宗伯的身影。

（爲什麼沒辦法一刀殺了他？）

這幾個月裡，他的心思全在這個問題上。在道場和近藤對打的時候也好，和永倉、藤堂等人對打的時候也好，他都把對手看作是那天晚上的六車宗伯。

（搞不懂。）

現在，六車宗伯就在那裡。

歲三一刀刺了過去。

六車閃開。

像這樣試了幾次，歲三都不滿意，他感覺自己的劍術太不入流了。於是歲三停下來，他把刀舉過頭頂運氣，足足有半個時辰，他一直保持著這樣的姿勢。

終於，他看見了。

他看見六車宗伯退縮了。歲三想起了當時六車出現重大破綻的瞬間。

歲三突然向前一衝，雙手高高舉起太刀，往六車右肩狠狠砍去。

「嘎吱」一聲，漆樹的樹枝掃過空中落在地下。歲三的眼中清清楚楚地出現了六車宗伯被劈成兩半的影像。就在這時後面傳來一個聲音：

「您在做什麼？」

回頭一看，是佐繪站在那裡向他喊話。烏黑的眼睛裡透著恐懼。

「沒什麼，只是耍著玩。」

歲三趕緊把刀收進刀鞘，想一走了之。看到歲三沮喪的樣子，佐繪想起了歲三第一次偷偷溜進自己房間裡來的那個夜晚，臨走只說了一句「以後你就叫我阿歲吧」就轉身離去的，那個非常羞澀的歲三。

佐繪放心了。她笑著說：

「明天我就去京都了。」

七里研之助

距離江戶內藤新宿六里。

位於甲州街道沿線的調布市在當時的中心區域叫布田，加上附近的國領、小島、下石原和上石原，統稱「布田五宿」。

現在的情形與當時區別不大，仍是一整年吹著乾草味街道風的宿場町。

當時在街道沿線建有一排木板屋頂的旅籠（客棧），每家旅籠都雇有兩三個女人，她們說好聽點是女侍，實際上是妓女。非常有意思的是，這些旅籠用的女人個個皮膚黝黑。所以在這裡投宿的客人之間流傳著這樣一個稱呼：

「布田黑蘆葦」。

而往來於甲州街道的小商販們都很願意到這裡的旅籠投宿。

這一天的下午。

也就是歲三與前往京都的猿渡家的女兒佐繪辭別後約半年的某一天下午。

太陽還高高地懸在半空。這時有一個男人逕直走進了上州屋理兵衛旅籠。

「是我。」

來人取下身上的劍。原來是從江戶道場來的人。

「喲，是師範來啦。」

旅籠老闆理兵衛趕緊過來招呼來人，並親自把他引上了二樓的一個房間。

這天，土方歲三穿著印有左三巴家紋的黑色羽織，呢子料的袴，下襬用眞皮包邊。渾身上下穿著很考究。只是隨身的大小刀略顯粗糙，是櫟材木刀。髮髻是所有頭髮在頭頂束起的總髮。這天的他那身行頭，十足是一個威風凜凜的武士。

歲三每個月都要從江戶沿甲州街道到這裡來傳授劍術。外出授課是天然理心流的近藤道場勉強維持道場經營的不得不的辦法。

近藤道場位於江戶小日向柳町的一個坡道上，周圍有很多小旗本的住宅。但是出身在這些高官顯貴家的孩子看不上天然理心流這種小劍術流派，願意來這裡習武的也就是些好事的鎮上居民、武家僕從、傳通院的侍童等等，人數不多，收費也不敢太高。畢竟這些都是不太有錢的人，費用自然要控制在他們能承受得起的範圍內。所以道場的收入主要還是依賴外出授課，派師傅去多摩地區傳授劍術。

外出授課的有土方歲三、沖田總司、井上源三郎等目錄以上等級的人，也包括近藤本人。大家每月輪流去多摩地區住上幾天教授劍術。

在布田，上州屋是他們固定投宿的旅店。對他們來說，晚上可以在這裡嫖女人也是一種享樂。除了歲三對黑蘆葦沒有興趣外，其餘人都很熱衷於和這裡的女人廝混。說起來，歲三除了讓她們給自己斟酒，連手都不碰一下。

「你先給我來一壺酒，過會兒再吃飯。」

歲三吩咐客棧老闆。

其實他並不好酒，所謂喝酒也只是在酒杯上抿幾口，根本算不上是喝。

「還有，你再給我叫個女人。」

他又加了一句。老闆理兵衛很吃驚。

「今天吹的是什麼風啊？」

歲三沒有理睬，繼續問：

「這裡是不是有個女侍叫阿咲。」

「是啊。」

「請你把她找來。」

老闆跑下樓，直奔後門。出了後門，外面就是農田。

農田裡有兩三個女人正撅著屁股吵鬧。這些女人雖然到了晚上也會穿上髒兮兮的眞絲窄袖服，但是白天她們卻不是睡覺，就是一身深藍色的農家女妝扮到田地水窪裡抓泥鰍。

她們會把抓來的泥鰍放在鍋裡煮了吃。據說女人經常吃這種東西，夜裡就可以承受男人的折騰，而且還能保證終身無疾無痛地接客，直到人老珠黃，不再有男人上身。也正因爲這樣的原因，甲州街道沿線的客棧女招待身上都有一股泥鰍的土腥味。

「阿咲，快回來去把手洗乾淨。」

老闆像訓牛似的喊道。阿咲仍撅著屁股，皺著眉頭扭過頭問：

「有客人？」

她們知道，通常大白天裡召妓的男人都特別好色。

阿咲回到客棧，洗淨手，換上窄袖服，還在脖子上象徵性地擦了點香粉。歲三見到阿咲的時候，已經是半個小時以後了。阿咲年紀不大，只有十八、九歲，嘴唇薄薄的，說話帶上州口音。

歲三坐在一間朝南的房間裡正獨自飲酒。看到阿咲進來，斜眼瞟了她一眼，說：

「你就是阿咲？」

「對。」

「這麼說前天夜裡，接待井上源三郎的人就是你囉？」

「是啊。」

井上是近藤道場年齡最大的一位。他的劍術並不突出，但是他在進攻的時候非常穩健，像他的人品一樣，有他自己獨特的風格。他也是近藤道場上一代場主的關門弟子，原是南多摩的農民之子。

土方今天指名要見阿咲，是因爲前天夜裡這名妓女和井上同床共枕時說了一件很蹊蹺的事情。

「告訴我事情的詳細經過。」

「我才不要呢。」

阿咲瞪了瞪他。

「抱歉。我問話的方式不恰當。我重來一次，麻煩你告訴我事情的詳細經過。」

事情是這樣的。前幾天有三名結伴而來的浪士劍客在客棧裡投宿，其中一個人晚上要了阿咲。躺在床上的時候，他向阿咲詳細詢問了投宿於上州屋的近藤道場人士的情況。前天夜裡，阿咲躺在井上源三郎身邊時，告訴他這件事。

井上回到江戶道場後，把這件事情告訴了歲三，還提醒他：

——我也不清楚他們用意何在。不過我猜想，下次你去的時候他們可能會來找麻煩。所以你去多摩的時候盡量不要走夜路。

（這事肯定跟六車宗伯有關。）

歲三的直覺這樣告訴他。當然殺六車的事情他從來沒有跟道場裡的任何人提起過，包括道場場主近藤。因爲歲三知道人的嘴巴有多麼靠不住，只要走漏了一點風聲就難保不會傳開來。

——總之，

井上源三郎說道：

——詳細經過你去問上州屋的阿咲吧。

「他都問了你些什麼？」

歲三問阿咲。

「問你們的長相啊。」

阿咲邊斟酒邊說：

「他問了你們所有師範的相貌。聽他的口氣，好像是在找去年秋天在府中六社明神境內砍了一棵漆樹的人。你說那棵漆樹會不會是神樹呀？」

「漆樹怎麼會是神樹呢。」

他想到了六車。他意識到一定是自己殺了六車之後，爲了弄清楚自己殺六車時的劍法以期提高劍術而再次來到現場時，被當地人看到了。

可以想像這件事情已經在甲州街道沿線的農村傳開了，還傳到了六車宗伯的同門耳裡。

「那個男的長什麼模樣？鬢邊有沒有壓痕？」

「有。」

阿咲很肯定地點了點頭。

那一定是戴護具留下的痕跡。如果眞是這樣的話，此人的地位還不低呢。

「那可是個不錯的男人。剃月代頭，右眼下面有一顆痣。身高大約有五尺七、八寸的樣子。」

「哪兒的口音？」

「怎麼說呢。看上去像在江戸待過。不過聽他口音很重的樣子，我想很可能是上州人。」

第二天，歲三離開了布田的客棧。

他去了上石原的近藤老家。附近有些年輕人在近藤家向他學劍術。歲三在這裡上完課後，第二天又去了連雀村。

這座村裡沒有道場。

當地人收拾了名主家的味噌倉庫用來做練劍場。歲三到的時候已經有五、六名年輕人等在那兒了。

他們一見到歲三就說：

「師範，昨天村裡來了一個浪士。這人很奇怪，他向我們打聽您什麼時候來這裡上課。」

歲三一聽，愣了一下。

「指名問起我嗎？」

「是的。」

看來對方連自己姓啥名誰都已經瞭若指掌了。

「他說什麼事了嗎？」

「他說想請您和他過一招。不知道您認識不認識這個人，他的右眼下面有一顆痣……」

「我不認識。」

歲三裝出不感興趣的樣子脫去和服。在繫皮胴護具的繩子時好像突然想起了什麼似的，問：

「他是哪兒的人？」

「是八王子的人。」

一個叫辰吉的年輕人說得很肯定。這個年輕人每個月的十日，都會背村裡人做的馬用草鞋去八王子宿場賣。他說自己在八王子見過這個人。

第二天歲三離開連雀村，直奔八王子。

從連雀村過去距離五里。

武州八王子是離甲州不遠的宿場。街道從甲州往西進入山區，翻過小佛峠就到了。

從古代戰國時期到家康入主江戶期間，無數關東、甲州等地的武士聚集到這裡。他們是因爲在歷次戰爭中失去主君才流落至此的。

德川把他們統稱爲「八王子千人同心」。他把這些人招安後收攏於自己旗下，爲防禦敵人從小佛峠入侵，將他們當作甲州口要塞的部隊，提供方圓四里的範圍內作爲宅邸建地。

於是，這裡以這些武士爲顧客的劍術道場也應運而生。其中比留間半造的甲源一刀流道場最興盛。

歲三殺死的六車宗伯就是這個道場的師範代。

歲三心想：「看來我猜得沒錯。」

那個臉上有一顆痣的人肯定是六車宗伯的同門弟子，是以八王子爲根據地的甲源一刀流的劍客。看來他們在找那個殺死六車的兇手。

歲三來到八王子的專修坊。

以前賣藥的時候，只要來八王子，他都會投宿於眞宗寺院。在這裡他曾經偷偷溜進寺院住持的女兒的房間，和她有過一夜之情。

住持善海看到歲三的一身打扮非常驚訝，問他是不是在江戶的什麼人家裡做管家了。

「不是。我是怕路上被賊人盯上才這身打扮的。」

歲三為了避免住持問東問西，主動問道：

「您女兒呢？」

他不是真的關心住持的女兒，只是因為一時找不到合適的話題而已。

「去年秋天出嫁了。」

歲三對住持的話倒也不覺得吃驚。

「阿仙嫁給千人町比留間道場的場主半造了。」

阿仙是住持女兒的名字。

（真是天助我也。）

歲三不經意地提起：

「是嗎。喔，對了，我聽說那家道場有一個叫六車宗伯的師傅，是嗎？」

「是啊。不過他已經死了。是去年秋天在六社明神的猿渡家後牆被人殺死的。小腿上有一個致命的劍傷，所以一開始大家都以為是遭到了蕨地柳剛流門人的圍攻而死的。不過現在又在流傳另一個說法。」

「噢，是怎麼說的？」

「說是天然理心流的人幹的。只是好像還沒有找到確切的證據，道場的人還在四處找呢。」

「那家道場裡，」

歲三頓了一下。

「是不是有一個長得白白淨淨的、右眼下面有一顆痣的人？」

「你說的是師範代七里研之助吧。」

「七里？」

歲三假裝不知道，又問：

「那是個什麼人？」

「七里嗎？他好像來頭不小。原先他不是甲源一刀流的人，他在上州馬庭學過念流。來到武州後，成了道場的一名食客。他可是居合劍術的名人，據說像他這麼厲害的人現在在江戶也找不出幾個。」

歲三在寺院裡住了幾天。這幾天裡，他足不出寺院，只是向認識的寺院男僕打聽七里研之助的情況。

據說七里年齡三十歲上下，喝醉酒的時候喜歡賣弄自己的劍術。如果是在道場，他會要求徒弟把自己的手反捆起來，然後扭身把白刃拋入空中，再飛快跑過去用刀鞘接住落下來的刀。

居合劍術是上州荒木流的一門絕技。住在上州廄橋江木町的鄉士大島新五右衛門（死於安永八年四月十四日）在荒木流的道場裡向徒弟傳授這門劍術。他經常示範給徒弟們看。每當這時，他會站在屋簷下，叫徒弟從房頂上扔刀過來，自己則用掛在腰部的刀鞘去接住從上面落下來的刀。看來七里研之助學到了這門絕技。

（沒什麼了不起的。）

歲三是一個天不怕地不怕的人，他想與其被七里研之助追殺不如先發制人宰了他。

回到江戶的道場後，歲三馬上就去找了已經退隱的上一代道場主周齋老人。

「如果在對打中，一方使出居合劍術，另一方應該怎麼防呢？」

他問老人。

「這種情況下當然只能後退了。」

老人解釋說，被打的一方必須在後退的同時迅速拔刀，並在對方的劍還沒砍下來的時候，對準對方要害快速攻擊，這樣就能取勝。

「假如，」

歲三又問：

「背後有大樹或者土牆，沒法往後退又該怎麼辦呢？」

「那就只能壓制對方刀鍔阻止對方出手了。」

「可是萬一這些都不行，又怎麼辦呢？」

「那就只有等死了。」

周齋非常清楚居合劍術的厲害。

幾天後，歲三向少場主近藤請假。他說：

「我想回一趟藥鋪看看。」

歲三換了一種髮型，變了一身行裝，再次向八王子走去。

這次他沒有去專修坊，而是直接去了千人町。甲源一刀流的比留間道場就在這裡。歲三滿不在乎地進了道場的門，吩咐裡面的人說：

「請向貴道場的師範代七里研之助通報一聲。」

七里出來了。他傲慢地看了一眼歲三，說：

「喲，是賣藥的來了。」

「是的，我是來賣藥的。我這裡有石田散藥，這種藥對跌打損傷……」

歲三一邊介紹藥效一邊偷偷觀察七里研之助。

此人個頭很高，右眼下面有一顆痣，右手似乎比左手長。因爲練居合劍術的人一般右臂會比左臂長，所以七里的這一特徵無疑告訴歲三他會居合劍術。可是，再看他，脖子上居然長了一堆大得幾乎快要掛不住的肉瘤，這使他看上去實在不像一個練武之人。再看他的長相，好像比三十歲的實際年齡顯得要老。

「你是第一次來我們這裡嗎？」

「不是。以前我一直承蒙貴道場場主夫人老家的關照。」

「你家在哪裡？」

研之助問。

歲三告訴他自己是哪裡人，只是說話的語速極快，大概沒人聽得清楚他說的話。接著他又補充道：

「場主夫人知道。」

「是嗎。」

研之助給手下使了個眼色，讓他進裡頭去通報。自己則上下打量起歲三來，看到了歲三手上的竹刀，臉上露出了一副不懷好意地笑容，說：

「賣藥的，你手上怎麼還拿著竹刀呢？」

歲三並不害怕。他很鎮定回答說：

「我會那麼一點兒。」

「噢。那你是什麼流派的？達到什麼水準了？」

「您太高估我了。我只是玩玩，沒有專門跟師傅學過。」

這時，七里手下的人會來了，說場主夫人不在，出門了。

「賣藥的——」

研之助好像有了一個主意。他說：

「我正閒得發慌。這樣吧賣藥的，我陪你玩玩、出點汗怎麼樣？」

「這……」

對歲三來說，這當然是求之不得的事情。他之所以特意跑到這裡來不就是爲了看一看七里研之助的功力嗎？

歲三在道場的一角，併著兩個膝蓋，套上了研之助扔過來的護具。

街頭藝人

土方歲三套上防身護具後來到道場中央，看到七里研之助什麼準備都沒做。

只見他還是一身剛才的練劍服，此時正一手托著下巴，盤腿坐在道場正中央。

「賣藥的，準備好了吧？」

七里的嗓門很洪亮。

「好了。」

歲三低聲應了一句，催促道：

「請您也準備一下吧。」

「我已經準備好了。」

七里用下巴指了指道場一側。那裡站著五、六名道場的門人，都戴著面罩和籠手。

「你先跟他們過過招。他們都是本道場的高手，有目錄、取立免狀的水準，所以你下手時不必有顧慮。」

看樣子七里已經看出這個賣藥的不是個一般人物。

「裁判呢？」

歲三問。

「裁判嘛，」

七里微微一笑，說：

「本道場比賽向來不用裁判。本八王子甲源一刀流的比賽規則是雙方只管盡興地打，最後站不起來的一方判負。」

比賽開始了。

有一人從隊伍中突然衝了出來。

歲三本能地向後一躍，隨手刺出一劍，正中對方的胴。因爲沒有裁判，所以無所謂輸贏，對方並沒有因此退下，反而揮劍攻向歲三的面。

（這也太霸道啦。）

歲三避開對方後，反手刺向對方的胴，接著又跳起來刺向對方的手腕，再向前移動腳步刺向對方的面。歲三的劍法極盡完美，連他自己都感到意外。然而對方的目的是要拖垮歲三，所以儘管屢屢挨打依然不屈不撓地糾纏著歲三。

打了好一會兒，他終於退了下去。

可是，緊跟著又一個人揮竹刀上來了。

照此情形打下去，什麼時候才會結束啊。

（這不是明擺著想殺我嗎。）

歲三剛意識到這一點，第三個人又持竹刀衝了上來。

此人挺劍向歲三的面刺來。歲三反過來挑開對方的刀尖，瞬間身體迴轉，改從左半身盡全力刺向了對方的右側。

這一劍刺中了對方的腋窩。這裡是護具所不及的位置。

這一劍幾乎挑斷了對方的肋骨。他猛然跳起來，接著重重地摔在地上昏了過去。

（來吧。）

到了這種時候，歲三反倒更沉著了。

又一個人衝了上來。歲三連刺他的手腕，對方手上的竹刀應聲落地。歲三還是一刀接一刀地攻擊。

「不好。」

對方退至道場的一角坐了下來。他摘下面罩，滿臉是血。

這時，歲三也累了。

第五個人上來後，歲三的手腳已經不太聽使喚了。動作明顯比剛才遲緩了許多，只能被動地抵擋對方刺過來的竹刀。

對方的竹刀毫不留情地頻頻刺向歲三的肩、手腕、手肘等裸露的部位。歲三已經完全處於下風。眼睛開始模糊了，拿在手裡的劍重得像鐵棍。

（難道我就這樣被殺死嗎？）

這個念頭刺激了歲三的神經，他採上段招式，不顧一切地向對方的小腿刺去。

在殺六車宗伯的時候他也用過這一招。但這一次，對方向後跳起來躲開了歲三刺來的劍。再刺過去。

又跳起來後退。

對方招架不住歲三不斷刺過來的竹刀，跳起來退一步，退一步又跳起來，整個身體好像是在跳舞，步伐紊亂，疲憊不堪。

前面已經提到過，這種專門刺對方小腿的招術在劍術界被看做是不入流的一種邪術，被幾乎所有的流派所不屑。自然這家八王子道場的宗派甲源一刀流沒有這種招術，近藤這一門的天然理心流也沒有這種招術。

使用這種招術的只有柳剛流。

這種鄉下劍術似乎是在武州蕨地興起的，創始者是當地人岡田總右衛門奇良。

其實在劍術界，有關於柳剛流的傳聞。

前些時候由尾張大納言出面舉辦了一場劍術比賽。據說在這場比賽中，一位時任脇坂侯武術指導的柳剛流食客用刺對方小腿這招幾乎打敗了所有的參賽劍客。

當此人在比賽中使出這一招時，挑戰者往往會不自覺地把注意力轉移到如何躲開刺來的劍。這樣一來，他就很難擺出對打的架勢，於是只剩下被動挨打了。不過，在這場比賽中，最後站著的不是這位柳剛流劍士，而是眾所周知的千葉武術新秀千葉榮次郎，他是周作的次子。

——等等。

就在交鋒的途中，他抬手示意對方暫停比賽，自己一屁股坐在道場正中央，抱著竹刀默默想了一會兒。然後站起身又繼續比賽，並很快把柳剛流的人打得落花流水。

榮次郎當時坐在道場中間思考的防守作法是，對於襲擊小腿的敵方太刀，大腿一定不能往前跳，而是利用自己腳跟有如踢自己屁股的方式般跳起避開，並迅速實行反擊，從而變劣勢爲優勢，奪取了最後的勝利。這也是千葉的北辰一刀流獨創的新招術。

不過歲三現在的對手是武州八王子的劍客。他們不知道這一招在江戶已經人盡皆知的防守招，所以只有一味地挨打。

看到這裡，七里研之助站了起來。

（果眞是這個男人殺了六車。）

從歲三揮舞竹刀的手法中，七里看出府中猿渡家土牆外被殺的六車宗伯屍體上的傷痕就出自他的劍法。

（六車小腿上傷口雖然很像柳剛流所爲，但是疑點很多。從身上的傷痕來看，殺六車的人應該是摻雜了很多劍術流派的男人。）

那個人就是眼前這個賣藥的。

「比賽就到這裡吧。」

七里舉手示意。然後兩眼盯著已經精疲力竭的歲三，說：

「賣藥的，到後面去喝杯茶吧。」

歲三被帶到道場一側的一個房間裡。這時他才發覺天色早已經暗了下來。

然而他在房間裡等著的時候，既沒有人拿燈籠進來，也沒有人給他端茶進來。

（不好。）

這個機靈的男人突然像是意識到了什麼，一躍從窗戶上跳了出去。

他環視了一圈四周。

這裡好像是道場的後面，歲三的腳踩在田裡柔軟的泥土上。

面前有一口井，從井的上方看過去，不遠處是甲州的群山，此時西方已經籠罩在暮色之中。

小佛峠上面，一勾新月掛在天空。

歲三穿過屋簷下向西走去。突然他停下了腳步。前面出現了一扇小門，透過木門的門縫向裡看去，可以看到道場主比留間半造的家正對著這扇門。門旁白色牆壁前面有一棵黑松。

歲三突然停下腳步並不是因爲他看見了屋前那棵巨大的黑松，而是因爲那棵大樹旁邊的小門突然開了，裡面走出來一個女人。

是阿仙。

阿仙是八王子專修坊的住持的女兒，與歲三有過一夜情。

自從阿仙嫁給比留間半造後，這是歲三第一次見到她。

阿仙的打扮完全是一名武家妻子的模樣。

當阿仙認出歲三的時候，她顯得非常鎮靜。這又讓歲三感到異常的吃驚。

阿仙兩眼盯著歲三，什麼話也沒說，只是吹滅了手上的燈，慢慢靠近歲三，壓低嗓音說：

「您的事情，我們道場的人都已經知道了。」

「……」

「七里研之助師範代說了要替六車宗伯大人報仇。您應該還記得六車大人吧？」

「……」

「不管怎樣，」

阿仙說：

「您得趕快離開這裡。從這口井一直往下走，那裡有一片低窪地，過了低窪地就是桑園。」

「您就是阿仙小姐吧？」

「是。」

歲三以前做藥材生意的時候，曾經在晚上偷偷溜進她的房間佔有過她。所以對她的身體還有一些印象，可是卻不清楚她叫什麼名字。

（眞想看看她現在是什麼模樣。）

歲三此刻有一種衝動，他非常想看看自己以前的女人現在的形象。無奈此時天色已黑，今晚難以實現他的願望。

阿仙身上的香袋散發出來的香氣直往歲三的鼻子裡鑽。它勾起了歲三偷襲這個女人臥室時的記憶。

（那時候是天冷時節吧。）

專修坊的院落清晰地浮現在歲三的腦海裡，女人就在院落的一角。晚上偷襲女人是武州男人千年來流傳下來的習俗，歲三諳熟這一門道。女人已經睡著，她全然不知反抗歲三的侵犯，也或許女人的直覺讓她早已經知道前一天晚上住進寺院來的這名年輕人會在這天晚上偷偷來找自己。

「喂，」

歲三忍不住又想非禮她了。

「不行。」

比留間半造的妻子語氣堅定地說。在武州多摩地區，據說女人還是姑娘的時候可以放膽做任何事情，但是一旦嫁爲人妻則會變得比任何地方的女人都要堅貞。

歲三苦笑了一下，連忙道歉，說：

「對不起。」

作爲一個女人，聽到男人爲了自己的拒絕而道歉，會覺得很過意不去。所以阿仙一直很戒備的心情也放鬆下來了。

「土方大人。」

她碰了碰歲三的手叫了一聲，好像是在暗示歲三可以握自己的手。可是歲三聽到她叫出自己的名字，不由得嚇了一大跳。

「你，你怎麼會知道我的姓？」

「我當然知道，您就是土方歲三。沒錯吧？」

「你是怎麼知道我名字的？」

「你問我怎麼知道的？」

「告訴我，你是怎麼知道我的名字的。」

他骨子裡還是很介意這種事情。

「我是聽道場的七里研之助大人說的。他說您不是賣藥的藥販子，您是江戶小石川柳町的近藤道場的師範代，叫土方歲三。」

「……？」

這時歲三突然聽到背後有動靜。他皺起了眉頭，同時人影一閃離開了阿仙的身邊。

他像影子一樣飛速竄了出去。

歲三敏捷的身手讓阿仙異常驚訝。等她反應過來的時候，歲三已經走在小佛峠上空的月光照映下的桑園裡了。

歲三回到江戶道場後，又過了幾天。

歲三回來，輪到近藤勇去多摩地區授課。沒多久近藤也回來了。

近藤回來後，說正好趕上農忙期，來上課的人沒有預期的多。

「你辛苦了。」

歲三說。

「除了來人不多，你沒有發現有其他異常嗎？」

「異常？」

一向表情呆板的近藤慢吞吞地說：

「對了，我差點忘了。我去日野宿佐藤家的時候，正好你哥哥也在那兒。是石翠哥不是喜六哥。他說了，阿歲這混蛋最近一直沒回家，也不知道在忙些什麼。」

石翠是歲三的大哥。

因為一生下來眼睛就瞎了，所以石翠沒有繼承家業，而是把繼承權讓給了二弟，只要求一間可以望見庭院的八張榻榻米大房間。平日他就在那裡彈彈三味線，或者教村裡人義太夫淨琉璃，過得不可謂不瀟灑。同時他對世間百態看得很透，讓人不敢相信他竟是一位盲人。

歲三的直覺告訴他，石翠一定對近藤說了些什麼。

「我大哥說的不會就只是這些吧。」

「這個……」

近藤不知道該怎麼對歲三說。他沉默了一會兒，像下了很大的決心似的，說：

「歲三，你殺人啦？」

歲三沒有回答。

「是石翠悄悄跟我說的。他問我殺死六社明神的六車這事是不是你幹的。我還聽說最近八王子甲源一刀流的人經常去石田村偷偷去你家盯梢。石翠說他們是在找你。可是我不信。」

「是我幹的。」

「……」

這回輪到近藤不說話了。在近藤還叫做勝太的時候，這位出身於上石原的寬下巴男人就已經學會了喜怒不形於色。可是他卻有個吃驚時會搔自己屁股的習慣動作。

「眞的嗎？」

「雖然有點見外，抱歉一直沒有告訴你。」

「爲什麼？」

「我不想給道場添麻煩。所以你就當什麼都沒聽說過。這件事情我自己會處理。」

「好吧。」

當時在武州和上州一帶，流派之間的紛爭時常發生。對此近藤已經習以爲常。

只是近藤雖然嘴上答應歲三不管這件事情，過後卻又將沖田總司叫來，把大致的情況告訴了他。

——歲三這小子很好勝，他說要自己解決這個問題。可是畢竟對方人多。萬一阿歲出了什麼事，終究會影響到我們道場的名聲。

——也是。您是要我去那邊打探消息吧？

沖田露出開朗的笑容頻頻點頭。當天他就離開了道場。

幾天後，沖田一回到江戶立即向近藤作了彙報。之後一頭鑽進道場後面的房間裡呼呼大睡起來。看得出來，這幾天他四處奔走，十分疲累。

隔天早上，沖田在井邊碰到歲三，點頭打了一聲招呼。隨後突然放低聲音，戲謔歲三說：

「原來土方兄也是個好事之人啊。」

「什麼意思？」

「我知道你認識一個很特別的街頭藝人。」

「藝人？什麼藝人？」

「就是那個牛頭天王乞討僧啊。」

歲三不明白沖田的話。

「什麼牛頭天王？」

「就是那些戴著面具在街頭喧嚷乞討的街頭藝人啊。——」

沖田咬著可愛的嘴唇笑瞇瞇地說。

「我不明白。你說的戴面具是指九品佛的佛面祭祀嗎？」

「不是，你真夠笨的。土方兄平時挺機靈的，沒想到有時候腦子也很遲鈍呀，跟變了個人似的。」

沖田洗把臉後自顧自進了道場。

過了幾天，又輪到歲三去多摩了。

通常，當班師範代去多摩的時候常常在太陽還沒有出來前就出發。

按照慣例，不管輪到誰去多摩，走的時候都會把門開到八字形的大小，然後把印有定紋的燈籠掛到門框上，而此時近藤則穿著紋服送歲三到門口的木板間前。

這天早上，歲三坐在鋪板上在繫草鞋，近藤站在他的背後對他說：

「我跟總司說這次就讓他和你一起去。你等他一會兒，那傢伙總是動作慢吞吞的。」

「總司跟我一起去？爲什麼？」

歲三感到很突然，但很快就猜到了近藤的心思。他很不高興地轉過身看著近藤。近藤有點心虛，臉上堆滿了難得的討好笑容：

「路上有個說話的伴嘛。」

「我不需要閒聊的同伴。重點是，跟總司這種絮絮叨叨的人一起走會累死我的。」

「來啦。」

總司好像是從道場另一邊過來的，只見他手上戴著手背套，腿上綁著綁腿，腰間插著一盞馬燈，後衣襟向上掖著，沒穿袴。這名二十來歲的年輕人這身打扮看上去非常瀟灑。

離開內藤新宿進入甲州街道的時候，沖田總司開口了：

「這次去多摩，一定會在某個村裡碰上那些人。」

「什麼人？」

「你還裝呀。我眞受不了你。」

沖田像個孩子似的歪戴著他偏好的大山詣斗笠，說：

「就是七里研之助那些八王子的傢伙啊。」

沖田於是把自己打探到的消息一五一十地告訴了歲三。按他的說法，最近八王子的人化裝成街頭藝人的樣子，時常出沒於甲州街道一帶。

他們都帶著猿田彥的面具。

自從安政大地震以後，社會上掀起了一股攘夷論的潮流。隨之關東一帶開始出現了這樣一群人。他們挨家挨戶推銷號稱是向牛頭天王祈求來的保佑家人平安、消災祛病的神符。人們稱他們是乞丐神官。

他們上身穿著黑色紋附羽織，下身穿著袴，隨身帶著兩把粗製濫造的刀，嘴裡唱著「牛頭天王愛熱鬧」，四處走動。由於世道動盪不安，所以買這種神符的人倒也爲數不少。

「不過，」

沖田說：

「土方兄的老家石田村那兒，聽說每隔兩三天就會有人去。而且一去就是三個人，還都是從八王子來的。」

那天，他們照例住進了日野宿的佐藤家。晚飯時分，歲三正和沖田兩個人一起吃飯的時候，聽到院子外面傳來了一陣腳步聲。

「總司。」

歲三向沖田使了個眼色。

沖田放下筷子一躍而起，打開了紙門。

簷下站著一個高大的男人。

頭上戴著一副巨大的猿田彥面具，兩眼一眨不眨地盯著歲三。

分倍河原

戴面具的男人一動不動地站在那裡。

在緣廊。

來人目光灼灼看著這邊，身子維持不動。

（哼，嚇唬誰啊。）

歲三自顧自地喝湯，連正眼也不看一下戴面具的闖入者。

歲三膽子實在夠大。而遇到這種情形，他也總能表現出執拗的性格。此時，他有點像鬧彆扭的孩子似的只顧悶著頭喝湯。

「土方兄，」

沖田總司忍不住了，說道：

「有客人。」

「喔。那就聽聽這位客人究竟有什麼事。我想應該會聽到帶江戶口音的怪聲怪氣上州腔吧。」

歲三有股直覺，來人就是七里研之助。

（他們是在找我。）

自從他聽沖田說最近甲州街道沿線的多摩各村時常有裝扮成街頭藝人的人出沒時，他就已經想到這點。以七里研之助爲首的八王子甲源一刀流的人早

就計畫著見到歲三就要殺死他為六車宗伯報仇。

（不過這傢伙膽子也真夠大的。）

歲三暗暗佩服七里的膽量。

這座佐藤宅邸（現今佐藤家仍位在東京都日野市，只是當家户主成為郵局局長後將老房子拆除，改建為簡潔風格的鋼筋結構郵局建物）是甲州街道上鼎鼎有名的名主家，房舍是堅固的鄉士宅邸，門口兩側皆為長屋，圍牆也很高。宅邸內住著差役、男僕、雇農等等，不是那麼容易混進來的。

「有什麼事嗎？」

沖田問那名闖入者。

十五夜的圓月高高地掛在天空，照在這個戴面具的男人右肩上。院子裡的松樹在月光的輝映下閃閃發亮。

「勞您移駕。」

戴著猿田彥面具的男子終於開口了。果然是七里研之助。

「移駕？」

「閉上嘴跟著我就行了。」

「到哪裡去呢？」

沖田出身良好，所以言談很有禮貌，而且他還是個非常討人喜歡的美男子。

「你是天然理心流的沖田總司君吧？」

「您還知道我呀？」

沖田笑了。這個年輕人顯得有點不知所措。

「很榮幸在這見到了貴流派的兩位師範代。對於貴流派，我們有仇。所以要報仇雪恨。」

「您是哪位？」

「在那兒用餐的土方歲三君應該知道我是誰。」

他稱呼他們還加上了君字。

這是最近橫行各地、尊王攘夷的浪士之間流行的稱謂。出乎意料的，七里不太像因循守舊的上州人，也許他是個對新事物很敏感的男人。

「賣藥的，」

這回又換成了這樣的稱呼。他說：

「我們已經掌握了你殺死六車的證據。我只要向地方官提出起訴，事情就可以了結。但是這樣做太便宜你了。所以你放心，我們比留間道場是不會這樣做的。」

「……」

順帶一提——

武州領地包括江戶在內，面積大約三百九十萬里。武士俸祿爲一百二十八萬石。

這裡基本上屬於江戶幕府的直轄領地。雖然是由江戶的關東代官和伊豆的韮山代官（江川家）等幕府官吏管理，但是與各國的大名領地比起來，管理相對寬鬆許多，徵收的稅比規定的低，治安管理也寬鬆。所以這裡的百姓都有一種優越感，他們自己就說：

——我們不是大名底下的鄉間百姓，我們是將軍的直轄百姓。

三百年來，這種優越感培養了武州百姓內心對德川家感恩戴德的感情。而這種優越感也同樣滲入於近藤和歲三的骨子裡。

在武州由於管理權掌握在地方代官的手裡，所以即使發生什麼事情，也就由代官處理，幕府通常是不會知道的。因此武州各小鎭聚賭成風，鄉下劍客聚眾鬧事不斷。遍數全日本六十多個州，除了武州和上州這兩個地方，恐怕很難見到這樣的景象。

正因爲如此，七里研之助說不準備向地方官起訴歲三，而是要用劍來解決劍的事情。這種對爭端的處理方法恰恰是武州劍客特有的解決問題方法。歲三對此十分清楚。

「總司，送客。」

歲三端起飯碗又說：

「地點和時間問清楚。」

這頓飯，歲三比平時整整多吃了一碗。

剛吃完飯，沖田總司回來了。他告訴歲三：

「地點是分倍河原的橋上，時間是月上中天也就是戌時下刻（編按，晚間九點近十點）。他說他們也會兩個人到場。」

「好。」

歲三躺下了，馬上又一骨碌坐起來檢查起刀來。砍殺六車時，使得刀刃上產生不少缺口，鈍了使用起來肯定會不順手。

「總司，你看這玩意兒還能殺人嗎？」

「嗯，我怎麼知道。我又不像土方一樣殺過人。」

沖田可愛的嘴角掛著一絲笑意。明明隱瞞著，看樣子已經從近藤那裡聽說六車的事情了。

「不過你這把劍也太慘了。」

沖田瞧了瞧劍：

「就這東西也能殺人？」

歲三起身去倉庫，找出四、五種磨刀石，在井邊磨起了劍。他的手很靈巧，只要願意花上一點點功夫學習，當個一般的磨刀師傅也綽綽有餘。

月亮隱沒在雲層裡。當月亮再次從雲層中鑽出來的時候，歲三聽到背後傳來啪嗒啪嗒的草鞋聲。腳步聲終於停下時，一個人蹲在他的側後面，盯著他雙手來回移動。

（……）

歲三以爲來人是沖田，所以頭也不回繼續磨自己的劍。

「這麼晚了，怎麼在磨劍呀？」

沒想到來人竟是這家的主人佐藤彥五郎。

前面已經多次提到，佐藤是歲三的姊夫。是姊姊阿信的丈夫，比歲三年長五、六歲。

佐藤家是戰國時代以來的名家，祖上都很喜歡武術，尤其是彥五郎的亡父更是愛好劍術。他不僅曾經資助過近藤的養父周助，甚至還把自己家一側長屋騰出來給他們做道場，又從中牽線讓周助收上石原的農家孩子勝太做養子。近藤勇這位年輕劍客可說是佐藤家前戶主栽培出來的。甚至可以說如果沒有佐藤家，天然理心流就無法在多摩地區興盛，自然也不會有近藤勇這個人現身於世。

現在的戶主彥五郎年紀還很輕。他和亡父一樣酷愛武藝，已經得到近藤勇的養父周助的肯定取得目錄資格了。

佐藤彥五郎是名天生具有長者風範的男子，他性情很溫和。若干年後，在新選組剛成立的時候，這個男人在資金上給了新選組極大的支持。

「……」

歲三默默地繼續磨他的刀。彥五郎討好似的對他說：

「不要跟別人打架了。」

「我沒要打架。我只是因爲附近野狗太吵了，想將牠們處理掉。」

「原來是野狗啊。那你可得小心。記住，那東西不能順著牠的毛砍，要逆著毛砍才行。」

佐藤用手比劃了一個砍殺的動作。

「知道怎麼殺狗了嗎？」

不知道是因爲成長環境還是天生性格，彥五郎總是笑瞇瞇的，對別人的話從來都深信不疑。

正因爲如此，算不上是好人的歲三或近藤，都很尊重這位福相的長輩，而近藤甚至還和他喝酒結拜做了兄弟。

「姊夫，我想麻煩你件事情。」

「什麼事兒？」

「分倍河原南邊有座叫分倍橋的小橋，聽說那兒野狗很多，我現在就去那裡宰掉牠們。到時候我會把屍體安置在橋下。天亮後你叫家裡的男僕去收拾一下。」

「行啊。」

歲三回到了房間。

剛才托彥五郎的事情，實際上是要近藤幫忙自己和沖田收屍。

分倍河原在二里外的地方。

因爲走夜路比較花時間，歲三與沖田提早從日野的佐藤家悄悄出門。今晚是個無雲的月夜，路面非常清晰。歲三吹熄了特意準備的燈籠，問沖田：

「確定對方是兩個人嗎？」

「我眞是太驚訝啦。」

沖田一如往常地爽朗回應。

「怎麼說？」

「你還眞是老實啊。不用想也知道會是大批人馬到場。八王子那幫兇惡的傢伙，你怎麼會認爲他們會依約來只來兩個人？」

「說得也是。」

的確，他們口口聲聲說要報仇，爲此還喬裝成街頭藝人掩人耳目。其實他們眞正的目的是爭奪天然理心流的地盤，所爲之事怎麼看都覺得是下三濫手段。他們以爲只要拿報仇當藉口，殺死沖田和土方，多摩各村的習武人就會投奔甲源一刀流了。

「話說回來，」

歲三微微一笑。

「總司喜歡對方人多還是人少呢？」

「我覺得人多的好。這在夜色裡再好不過了。」

在夜色掩護下，以寡敵眾，人多的一方因爲分不清楚敵我驚慌失措，反而一個個相繼倒下。看來沖田有這方面的智慧。

「你這小子知道的還不少嘛。」

「我是從說書人那裡聽來的。近來不知是否因爲世局動盪，演藝場聽說書的武士多了起來。爲了迎合武士的口味，會說一些《太平記》呀《三國志》什麼的。你要是有時間看看這些書就好了，一定能成爲出色的戰略家的。」

「哼。」

歲三心想，當一名出色的戰略家是需要天分的。歲三私下對此是有自信的。如果不好好發揮這份天賦，一生渾渾噩噩地就過去，他死也不會瞑目的。

沿著甲州街道，兩人不知不覺已走到現今的西府農協附近。

「該向右拐了。」

兩人向右拐彎，走上了田埂。這裡距離約定的決鬥場已經不遠了，如果還繼續大搖大擺地走在街道大路上，有可能遭遇敵人的埋伏，冷不防受到襲擊，或是在抵達前就被對方斥候發現，暴露自己行蹤。

「我們得隱藏行跡。」

兩人踩著夜露濡濕的草地，小心翼翼地一步一步向南走去。大約走了十五、六丁（一丁約一百公尺）後碰上野地裡的一座墓地。這附近有座寺院正光院，如今這座寺院還在。

歲三認識寺院裡的一名老男僕阿權。阿權年紀不小了，卻依然嗜賭如命。有次他在附近村莊的賭場裡賭博遭到圍毆，正好遇上到村莊裡傳授劍道的歲三替他解圍。

歲三將阿權喚醒並帶到了墓地，吩咐他說：

「替我跑一趟分倍橋，探探那裡現在是什麼情形。拿著寺院的燈籠去，免得讓人起疑。」

歲三讓阿權先去偵查一番。

分倍橋位在這片野地以東約五丁距離。從這裡到分倍橋是整片的田地，到處是映照月色閃耀著光芒的水窪。

墓地周圍雜草叢生。

歲三坐在石塔和墓碑之間，又叫沖田也過來坐下。

「總司，你把燈籠點著吧。」

地面被燈籠照亮著。

歲三撿起一根小木棍在地面勾勒，靈巧地畫了一幅地圖。

「這是分倍橋周圍，看得清楚嗎？」

地圖上道路極其複雜地交錯著。

這處所謂的分倍河原，雖說名稱中有河原，實際上當時多摩川的河灘地位在更南邊，而這裡早在兩、三百年前已經是片農田，上面還出現零零星星的村莊。

自古以來，這裡常作爲戰場，所以在這片莊稼地裡偶爾會發現一些盔甲部件、刀劍或人骨等等。沖田也聽說過這些傳聞。

所謂的聽說過是前幾天說書人講《太平記》的內容正好就是這個章節。遠在南北朝時代，元弘三年五月，南朝的新田義貞從久米川方向前來攻打北朝，就在這處分倍河原遭遇鎌倉幕府軍。由於不敵幕府軍，於是暫時退到堀兼（今狹山市堀兼）準備重新整編部隊時，來自相模的三浦義勝帶領旗下六千餘騎加入義貞的陣營，他喜出望外，將十萬兵馬分成三股勢力，分頭襲擊分倍河原上的敵營，大敗鎌倉幕府軍。人口耳相傳的分倍河原合戰指的就是這場戰役。

「從兵法上來說，這處分倍河原是衢地。」

歲三接著解釋。

所謂衢地，是各方街道匯集四通八達的交通要衝。因爲軍隊易於調動，所以這種地方自古以來也就常發生大規模會戰。美濃的關原也是這類的必爭之地。

除了甲州街道與其分支外，還有鎌倉街道、下河原街道、川崎街道等，都在這裡交會或者經過附近。

「這是分倍橋。」

沖田看了一眼歲三畫的地圖。說實在的，他感到很敬佩。在光只有他們兩人對付不知道會有多少人的絕對優勢敵方時，這種情況下歲三還能詳細畫地圖思考作戰方針，讓沖田十分欽佩。

（他可不是頭腦簡單的魯莽之人。）

這時，老人阿權回來了。

「不得了啦！」

老頭子在歲三旁邊一屁股坐下說道：

「那邊來了好多人。因爲晚上天色暗，看得不是很清楚，但應該有二十來個吧。」

不過橋上只有兩個人。阿權又補充說。

而河堤下、附近十幾戶民宅的屋簷下，三、四個人一組悄悄躲藏著。

「哪個方向的人最多？」

「應該是分倍橋的北端，堤防下、櫸樹下聚集了許多人。」

「果然。」

「大爺，您早就知道啦？」

「嗯，差不多吧。」

歲三並不想在老人面前炫耀，但是分倍河原的情形的確和他預測的沒兩樣。對方一定會認爲歲三等人將沿著甲州街道一直走到接近府中，然後再轉到鎌倉街道上，南下走到分倍橋。因爲一般人都是這樣。

「太好啦。」

沖田忍不住哼起歌來。

「別哼了。」

「你千萬別生氣。我是佩服土方兄眞是大軍師才忍不住哼兩句的。剛才我們要是繼續沿甲州街道按照慣習的走法一路過來的話，這會兒很可能已經在分倍橋北端遭到對方包圍了，而且說不定早被撕成碎片了呢。」

「阿權老爹，」

歲三指著地圖的一點，是橋的南端。

「這裡是不是人最少？」

「是的。那兒我只看見一個人影。」

「嗯。」

歲三盯著地圖想了一會兒，最後好像有了什麼主意。他把手伸進懷裡，取出腰包，對阿權說：

「阿權，這個你拿去。記住，今天的事情你就當從來沒有見過，就算撕破了嘴也不許對任何人提起。」

「我明白。」

阿權消失在暗夜中。

「總司，咱們就沿河邊殺過去。你從上游衝下來，我就從下游漸漸逼近，然後我們在橋下會合。再從那兒殺上河堤，解決掉躲在河堤暗處的那群傢伙。」

「有道理。」

沖田很聰明，一聽就知道歲三打的是什麼主意。此時就是要殺個對方措手不及。

除此之外，他認爲躲在河堤暗處的敵手應該相對較弱。也就是說，預想敵人的佈陣判斷最厲害的人一定在橋上。其中一人應該是七里研之助，而另一個人很可能是劍道場主比留間半造。在七里研之助的計畫中，橋上的兩人只是一個幌子。而歲三從阿權偵察到的配置來判斷，橋上應該還兼顧指揮所的功能。

歲三認爲戰力僅次於橋上兩人的應該是躲在北端的那夥人，因爲他們負責包圍砍殺敵人。

這樣一來，河堤下方的人應該只是後備隊，應該是最不濟事的那群。

作戰中，以寡敵眾的情況下有兩個辦法效果極佳。一是偷襲敵人主帥，一舉了結對方然後迅速撤離戰場，這是上策。二是攻敵之弱點，從氣勢上打垮敵人。

歲三選擇了後者。

「橋上的人不會想到我們會從河邊往上攻擊。到時候咱們先設法解決掉身邊的敵人，若是情況比預料的還順利再對付比留間和七里。最好能殺死比留間和七里其中一個。但是萬一對方很厲害，難以實施這個計畫，就見機行事，殺他們四、五個人後就趕緊撤走。千萬不要戀戰。」

「我們在哪兒會合？」

「就在這個墓地。」

歲三指了指放在旁邊的包袱說：

「我帶了更換的衣物。待會兒戰鬥的時候衣服上會濺到血，穿著帶血的衣服在街道上走會引起不必要的麻煩。所以到這裡後先換上乾淨衣服，然後直接回江戶。」

歲三又掏出一個哨子遞給沖田，說：

「萬一我們被衝散了，就用這個哨子互通情況。我的哨子聲是撤退的信號，你的哨子聲則是告訴我你有危險，我聽到後會去幫你。」

說完，兩人就出發了。

月與泥

田埂綿延不斷，望不到盡頭，舉步維艱。土方歲三和沖田總司匍匐前行，靠近敵人所在的分倍橋。頭頂是廣闊的夜空，星輝月映，只是天上依然飄著幾朵雲。月亮時不時會隱藏在雲層後。

每當月亮鑽進雲朵的時候，地上的武州平原就會變得一片黑暗。

在這伸手不見五指的時候，歲三和沖田彷彿約好了似的一齊滾到田地裡，弄得下半身跟胸口全都是泥巴。

「真受不了。」

沖田抱怨著。

「我都快成鱉了。要是這個樣子突然出現在對方面前，肯定把他們嚇得屁滾尿流吧？土方兄。」

「閉嘴。」

「土方兄的戰術太亂來啦。剛才可不是在誇你啊。說書人的故事中我可沒有聽過這樣的戰術。你說這是楠正成創立的楠流還是武田信玄喜好的甲州流戰術？」

「是土方流。」

「得了吧。我看是鱉流戰術。」

沖田總司是奧州白河藩的浪士。他的父親生前是到江戶參勤的家臣，所以沖田是道地的江戶仔，與歲三這等武州鄉下人不同，口齒伶俐。

——歲三與沖田此時匍匐前進之處大概是現在的分梅町三丁目正中間一帶。

離分倍橋還有三、四丁的距離。

兩人突然感覺踩在腳下的泥土質地不太一樣了。

（……？）

前面出現了一片桑園，腳下感覺好走了許多。兩人又走了一會兒，在月光的映照下見到前方是分倍橋下的那棵巨大櫸樹。歲三發出了指令：

「總司，那邊就是河灘了，我們就在這裡分頭行動吧。」

沖田應了一聲。按照計畫，沖田這時要離開歲三繞到上游；而歲三就從下游這裡接近橋下，他們將夾擊敵方集團，若是兩人沿著河邊攻擊並順利在橋下會合的話，就聯手一口氣衝上河堤砍殺敵人。這就是他們的計畫。

「準備好了嗎？」

「嗯。」

沖田有點發愣。

這也難怪。沖田雖然在道場裡劍術一流，什麼人都不怕，但這還是第一次遭遇這麼險惡的處境。

「你怕了嗎？」

「有點。畢竟我不像土方兄一樣殺過人。唉，從來沒想到我居然要開殺戒了。該怎樣才好呢？」

「到時候就知道了。這種事情是很難說得清楚的。總之，與其設法不被人砍殺不如主動砍人，就是這麼回事。專注在這件事上頭就是了。」

「土方兄，」

沖田的聲音有點怪。他說：

「我有點不舒服。屁眼癢了起來，很奇怪的就只有那裡讓人癢得直發抖……」

「唉，真拿你沒辦法。」

「不好意思，我去那邊的桑園裡解個手。等我一會兒。」

「快點。」

說著，歲三自己也感覺肚子有點不對勁了。

（可惡，被沖田這小子給傳染了。）

他心想得趕緊先解決這個問題，於是跑到一棵老桑樹旁邊蹲了下來，意外地發現沖田就蹲在他旁邊。

「土方兄也？」

「是啊。」

「我聽說小偷第一次行竊時，犯案前肚子會疼，要先拉出來才行。沒想到還真是這樣。」

「給我閉嘴。」

兩人彼此聞著臭氣熏天的味道，肚子的不適漸漸退去，一股勇氣湧上了心頭。

（接下來。……）

歲三穿好衣服後，謹慎起見又檢查一下劍上的目釘。

「總司，好了吧？」

「好囉。」

沖田又恢復開朗的樣子了。

歲三與沖田分手後，往下走到河邊。

河床上泛白的沙地中間有一條小溝似的河水流過。從這裡距離橋下大約還有一丁。

另一方面，沖田彎著腰走進了桑園裡。他得繞上一大圈到小河上游去。

起風了。

歲三趁月亮隱沒雲間時的黑暗奔跑；終於接近橋下的隱蔽處。

頭頂上就是分倍橋。

可以聽到上面咯吱咯吱的腳步聲。大概是比留間半造或是七里研之助吧。

月光照不到歲三所在的位置。

歲三抱著一根橋柱坐下。

河堤上、路上好像都有人，聽得見四面八方傳來的低聲談話。

（眞是些粗心的傢伙。）

歲三雖然這麼想，但理解敵人也是藉由出聲掩蓋心中的恐懼。

（這該是伊香保事件以來最大的一場鬥毆了吧。）

那個事件發生在上州（今日群馬縣）。

千葉周作在巡遊諸國的時代，在上州停留並招收弟子，傳授劍術。當時爲文政三年四月，周作還只有二十七歲。

上州和武州一樣，也是個愛好劍術的地區。聽說周作開道場，各村有名無名的劍客紛紛前來報名，停留的十天中就招生達一百多人。

周作只是年輕人。

如果是老練的周作就不會發生這種事了，可是當時的他實在是自負過頭。爲了展現自己創立的北辰一刀流威風，他做了一塊匾額刻上新入門的一百數十名上州劍客的名字，準備掛在附近的伊香保神社的社殿前。

對此，上州馬庭念流的本地劍客眞庭十郎左衛門大感震驚。十郎左衛門是馬庭念流的宗家第十八代掌門。

上州的劍壇一直以來都是由眞庭一門獨佔鰲頭。然而現在周作不僅搶走了自己的弟子，而且還要把刻有弟子姓名的匾額掛到神社，這讓眞庭忍無可忍。

爲了阻止周作獻納匾額，眞庭十郎左衛門召集了上州地區近三百多個弟子，租下了伊香保的十一家旅館，與千葉的一百多名弟子對峙。不僅如此，他還找來當地的千餘名賭徒當後援，集結在地藏河原待命。

簡直是準備戰鬥了。

他們隨時可能沖進千葉入住的旅館。幸好這時周作表現出了江戶人機靈的一面。他充分衡量了與鄉下劍客發生衝突的得失利弊後，隻身逃離了上州。

但是歲三不是江戶人。

對方也不是。

這是甲源一刀流和天然理心流這兩派鄉下劍客間的爭鬥，所以彼此一定會打到口吐鮮血一刀斃命方肯罷手。

（喔。……）

歲三發現沖田已經爬行到了自己的腳邊。

「是我。」

沖田抱住歲三，在他耳邊輕聲說：

「那兒有兩個人。」

手指了指河堤的背面。

「好吧。先了結他們，然後我跳過河衝到對面的河堤上。開始行動吧。」

「好的。」

沖田和歲三離開橋下隱蔽處，繞到了那兩個人的左右。

「喂。」

沖田喊了一聲，兩人吃驚地回過頭來。沖田說：

「沖田總司來了。」

說著俐落橫掃過對方的身體，立時斃命。眞是出手不凡。

「土方歲三來了。」

歲三向前踏步，劍斜著刺向了敵人的左肩。接著迅速跑下河堤，一步跳過小河，抓著對面河堤上的草，大跨步上了河堤。這矯健的身手彷彿在告訴世人，他就是專門爲了戰鬥而生的。

路上開始出現了騷動。

奇襲成功了。對方因爲歲三他們出其不意地竄出來而顯得處境狼狽。又因爲歲三這邊兵分兩路，上下夾攻，使敵人搞不清歲三他們究竟來了多少人。

歲三到了河堤上面。

眼前是一棵巨大的櫸樹，無疑這裡就是橋北了。

根據阿權的說法，這裡就是人數最多的地方。他們中有幾個人聽到了河堤下面傳來的哀嚎聲，跑下了河床。

歳三迅速鑽進櫸樹下面，舉劍刺向一個黑影。

黑影發出一聲淒厲的叫聲，應聲倒在地上。又是一刀奪命。

歳三上前，抽出對方身上的劍。

（這劍能殺死人嗎？）

歳三退回到櫸樹下面。

他將自己的刀收回刀鞘。對於只是粗略磨過的刀，他擔心不夠鋒利。

黑暗的樹下是個藏身的好地方，對方無法輕易發現自己。相反的，從暗處卻可以很清楚地看到月光下的路上和橋上的動靜。

（就讓你們像沒頭蒼蠅一樣亂飛吧。）

歳三突然跳出去。攔腰刺向旁邊的一個人。此人骨頭太硬，劍反彈了回來，沒能一劍結果他。

這個男人挺起腰板，踉踉蹌蹌走了五、六步，才明白自己身上發生了什麼事。他非常害怕，大叫一聲：

「在那裡，在櫸樹下面。」

（糟糕。）

歳三迅速回到樹下。

聽到叫喊聲，有四、五個人前後腳跑了過來。但是櫸樹很大，枝密葉茂，看不清樹下面的情形。他們不敢貿然靠近。在月光下，櫸樹發揮了堡壘的作用。

「把他包圍起來！」

傳來一聲沉著鎮定的命令。

這是七里研之助。

人漸漸多了起來。很快在此聚集了十四、五人。

七里指示一名門徒，說：

「深津，」

「生火。」

看來他是想點火照亮樹下。

那個叫深津的男人走到眾人背後，蹲下身子準備擊石取火。

他先在火把裡放進火藥，然後拿起兩塊取火石，一打，「啪」地一聲，火點著了。

歲三趕緊繞到樹背後，腳下是懸崖峭壁。

「不好。」

他想回到原地。卻看見點火的深津舉著已經點燃的火把準備向樹下扔來。

可是，不知道爲什麼，那條高高舉起來的胳臂突然落了下去。原來是沖田繞到了他的背後。

好小子。只見沖田以迅雷而不及掩耳之勢揮劍刺向旁邊一個拿矛的男人，同時飛起一腳，把火把遠遠地踢下了河床。

周圍再次陷入一片黑暗。

火把一滅，歲三立刻從樹下跳出來，揮劍刺向一個高大的男人，他認定此人就是七里研之助。

歲三用盡全力揮殺過去，卻遭到七里頑強的抵抗。歲三的劍被七里挑開，幾乎與此同時對方的劍直直地往臉上刺來。歲三勉強接住了這一劍，卻聽見「咔嚓」聲，眼前濺起一束火花。劍斷成了兩截。

（糟了。）

歲三趕緊向後退去。

（這是什麼爛劍呀，誤我的事。）

他急急抽出自己的刀。這時右邊已經匯攏了好些人。

這群人蜂擁而上。歲三在黑暗中奮力揮刀，砍向眾人的手部、胳臂、肩膀等。砍得敵人哇哇直叫，亂了陣腳。

沖田衝進來，繞到歲三的後面。兩人互相掩護，不讓敵人靠近一步。

「總司，你殺了幾個？」

「三個。」

聲音很鎮定，

「不過，土方你可眞有意思。」

沖田邊說邊揮劍砍向衝到跟前男人的右肩。

「你看，難道你真的不覺得奇怪嗎？」

沖田追著說。

「奇怪什麼？」

歲三感覺有點累了。

「你看呀，劍都成木棍了。那些傢伙根本就沒死。」

「是劍刃起卷了。咱們溜吧。」

「溜？」

又有一個人向沖田衝來。沖田巧妙地擊中對方手上的劍，向後退了一步，問：

「溜是什麼意思，土方？」

「跑吧。」

「好啊。我也打煩了，心裡開始覺得怕了。」

話雖如此，沖田揮刀的樣子卻依然沉著冷靜。

「快跑。」

話音剛落，歲三一個箭步衝出去，揮刀刺向一名男子的右側太陽穴。那名男子應聲倒地，歲三踩著此人的屍體，快步跑到了河堤上。

跳下河堤又一頭鑽進下面的桑園。

沖田緊隨其後。

走出約二、三十步開外，回頭已經看不清敵人的影子了。

跑回正光院的墓地，只見歲三的和服上沾滿了泥和血。他解開藏在石塔之間的包裹，說：

「總司，動作快點，趕緊換衣服。」

「我嗎？」

沖田看了看自己的和服，說：

「不用了。和服上只是沾了點泥，等乾透了，撣撣就行了。」

「……」

歲三回過頭來，從領子到褲腳仔仔細細地檢查起沖田的衣服來，張著的嘴越發合不攏了。他很驚訝，不知道這個男人是怎麼殺人的，身上居然沒有濺到一滴血。

「你……」

臉上有點尷尬。

（這小子不會是鬼化身吧。）

歲三換上從佐藤家借來的粗布紋服，套上野袴，繫好手套背和綁腿的繩子，說：

「也不知道現在幾點了？」

遠處傳來了報時的鐘聲。

「亥時（晚上十點）了吧。」

「總司，」

歲三已經抬腿走了。月光照在他發亮的肩上。他說：

「你自己回江戶去吧。」

「你呢？」

「我回日野。」

歲三腳步很快，沖田在後面追著他，說：

「一起回去吧。」

「傻瓜。我們倆怎麼能一起在街道上走呢？」

「土方。」

沖田哧哧地笑了。

他沒有再纏著歲三。他知道自己再怎麼勸歲三也不會跟自己回江戶的，他會裝出一本正經的樣子糊弄自己。

（他一定是去找女人。）

沖田從來沒有碰過女人。他好像天生對這種事情沒有興趣，甚至對道場裡的其他人沉溺於妓女街感到難以理解。

但是，此時此刻他卻很理解歲三的心情。所以只說了一句：「那好吧。回頭見。」

沖田留下一個乖孩子般的微笑，消失在漆黑的桑園中。他很謹慎，沒有直接上街道。他打算先沿多摩川走，到矢野口後，在一個叫國領的地方再上街道。到那時，天也該亮了。

而歲三卻直奔街道，大步向府中宿場走去。

街上的燈光已經全部熄滅了。

月亮也已經躲進了雲層裡。

歲三緊沿宿場的一棟棟房子，一閃身走進了六社明神境內的樹林裡。

神社內的燈籠還亮著。

他找到女巫的宿舍區，輕輕敲開了搖鈴女巫小櫻房間的門。

他不是隨便亂敲門的，他們之間有暗號。

聽到特殊的敲門聲，小櫻知道是歲三來了。她打開門把歲三迎了進去。

「你怎麼啦？」

小櫻拉起歲三的手，馬上又鬆開了。

「什麼味道啊？」

手上可能還有血腥味。

「你這裡有膏藥嗎？」

「怎麼啦？你受傷了？」

小櫻覺得很奇怪。

「還有燒酎。」

他脫掉衣服，露出了膀子。他沒有告訴沖田自己受了傷。此時一看，身上的傷口還不止一處。右肩胛有一處、左上胳臂有一處，傷得不輕，白花花的肉都翻了出來。小櫻吃了一驚。

「別怕，是狗咬的。」

「狗？狗會咬成這樣嗎？」

小櫻起身想進裡屋去給歲三找東西。歲三一看她扭腰走去的背影，忍不住叫住了她：

「別去了，快過來。」

他很衝動，已經等不及了。分倍橋上揮劍奮戰時的亢奮此時還沒有退去。

（打架和女人是一回事兒。）

他認爲兩者都是血腥的。

歲三拉過女人把她放倒在自己的膝蓋上。

此時，沖田正哼著記憶中的童謠，沿著多摩川的南岸，向東走去。

江戶道場

爬上柳町的斜坡，上面就是近藤的江戶道場。

周圍一片綠色。

遠處可以看到水戶德川家宅邸（現在的後樂園）的樹林，附近有不少小旗本的屋舍，後面是傳通院寬敞的境內範圍。

這一帶可能是因爲接近傳通院，佛具店、花店等略微陰森的店家居多。還有，這裡的鳥兒也不少。

尤其是到了傍晚，道場後面的烏鴉齊鳴，格外吵鬧。爲此，附近有些嘴巴不太乾淨的居民背地裡稱近藤的道場是——

「烏鴉道場。」

歲三從多摩回到道場是在第三天的傍晚。此時正是道場特有勝景上場的時候——烏鴉正喧鬧著。

（閉嘴，吵死了。）

這個渾身殺氣的男人好惡分明，而鳥類不是他喜歡的動物。

他繞到道場後面，站在井口邊打水洗腳。這時沖田總司走了過來。

「你可眞悠閒啊。」

依然是那副的樣子。

「……」

歲三沒理他，自顧自地低頭沖腳。沖田探頭靠近他的臉說：

「近藤師傅誇我，直對我說辛苦了。」

「爲什麼？」

歲三白了他一眼，問道：

「分倍橋的事情你跟近藤說了？」

「怎麼可能呢。這種事情我怎麼會說呢。」

「那你有什麼好辛苦的。」

「當然是去授課的事囉。」

「眞是的。」

歲三拿這個年輕人沒有辦法。

「不過，」

沖田仍舊盯著歲三說：

「我有一個不太好的消息。你剛回來我就告訴你可能有點不近人情，你就姑且聽之。我知道你足夠聰明，不過這件事情如果不提前告訴你，事到臨頭你會不知所措的。」

「什麼事兒？」

歲三洗完腳開始洗臉。沖田看了一眼他的脖子，說：

「現在我總算明白什麼叫風塵僕僕了。」

「又胡說了。快告訴我，不好的消息到底是什麼？」

「先把你的臉洗乾淨了再說吧。」

「快說！」

一頭伸進了水桶裡。

「是這樣的，就在剛才，那個流派的鄉下劍客來了，他說想跟我們討教討教。」

「什麼嘛，不就是比武嗎？」

這種事情不值得大驚小怪。

這是最近的流行。

自負於自身劍術的人時不時地會拜訪江戶的一些

二流或三流小道場，要求和道場的劍士比武，以此賺點零用錢花花。

天然理心流的近藤道場遇上這種情況的話，不是師範代土方就是沖田出面迎戰。

在這個道場裡，如果按劍術水準的高低排序，少場主近藤的位置略有些靠後。這讓人有些難以置信。總之，幾個人當中，沖田總司當屬第一，其次是土方歲三。而近藤勇只能排在他們倆的後面（這種排序只限於使用竹刀的比賽。如果用真劍比的話，不知道這一排序是不是會有所改變，若不試試看誰也不知道）。

剛才說的是使用竹刀的情況。

實際上天然理心流的劍法很粗俗，屬於打架鬥毆型的劍法。近藤曾經慷慨激昂地說過：

「劍道這個東西，首先是要有氣勢。其次還是氣勢。只要在氣勢上能壓住對方，不管是用真劍還是木刀，本流派一樣會贏。」

話雖如此，在道場裡的比賽中他們卻屢屢失手。

劍術的傳授，在幕府末期的這個時候得到了前所未有的發展。

從古至今，有名的劍術師範中，有古時的塚原卜傳、伊藤一刀齋、宮本武藏等人，他們傳授的劍術與幕府末期經營大型道場的場主千葉周作、齋藤彌九郎、桃井春藏等人相比，顯然樸素許多。

特別是千葉周作，為人非常聰明，具有超強的分析和判斷能力。如果他活在當今的這個時代裡，去哪所師範大學裡當個校長也是綽綽有餘，完全可以勝任。他的劍術徹底摒棄了存在於以往各個劍術流派中的神秘演示，而是從力學的角度研究各流派的風格，找出合理的招式，去蕪存菁。同時他對教學語言也進行了改良，徹底拋棄了誇大空洞、難以理解的語言，使用的是誰都聽得懂的通俗理論。

因此，北辰一刀流吸引了數千門徒在神田玉池、桶町的兩個道場裡學習劍術。（據說，在千葉的玄武館裡只要學上一年就可以達到其他道場學三年的功力，而其他道場需要花五年功夫學習的劍術，在這裡只要花三年時間就可以達成。）

但是天然理心流與他們不同。

那就是近藤常常掛在嘴邊的「氣勢」二字。

在道場裡，戴著面罩籠手，用竹刀進行比賽的時候，天然理心流的氣勢無論如何不能得到淋漓盡致的發揮，所以該流派很不擅長竹刀比賽，自然會輸給當代的其他各流派。

於是每當有人前來挑戰，要求比賽，近藤他們就會視對方的實力來決定如何應戰。如果對方比較厲害，就派人去其他道場請求支援。

爲了迎戰較強對手的挑戰，他們很早以前就聯繫了神道無念流的齋藤彌九郎的道場，並達成了默契：一旦有高人挑戰近藤道場，就由那裡派人前來應戰。齋藤彌九郎的道場規模很大，人才濟濟，被認爲是當代江戶三大道場之一。

最初該道場位於飯田町，來近藤道場非常方便。

後來該道場不幸遭祝融，現在搬到了較遠的三番町。

所以，一旦需要援手的時候，近藤道場就要派佣人特意跑到近二公里外的三番町，用轎子接劍士過來。當然，也要贈送謝禮。

歲三抬起頭，問沖田：

「要到三番町去接人嗎？」

「近藤場主說，」

沖田回答：

「土方和沖田恐怕對付不了，所以已經讓人去了。反正比賽時間定在明天巳時（上午十點），還不用太著急。」

「挑戰的劍客就住在這附近嗎？」

「他們沒說住哪家客棧。不過依我看，現在這個時候應該就在附近的哪家店裡邊聽烏鴉叫聲邊喝酒吧。」

「他們是什麼人？」

「我告訴你，你可別嚇著。」

沖田哧哧地笑著說：

「是甲源一刀流，道場是南多摩八王子的比留間道場。」

歲三停下了正在洗臉的手。他想，那不就是幾天前晚上在府中宿外的分倍橋上剛剛交過手的人嗎？

「原來是他們追到江戶來了。」

「是啊。」

「來人是誰？叫什麼？」

「七里研之助。——」

說著，沖田趕緊一躍向後跳去。歲三罵了一句：

——混蛋。

舉起水桶向沖田潑去，

「爲什麼不早說？」

「你可別冤枉我，我一直在等土方兄回來，是你自己太晚了。你看，你一回來我就迫不及待地跑來告訴你了。」

「算了算了。」

歲三的思維跳到了另一件事情上。

「總司，咱們在分倍橋上和七里砍殺的事，近藤連做夢也想不到吧？」

「場主可是很了不起的。」

「怎麼說？」

「這種小事情他當然不會知道。他和土方兄你不一樣，可是個大人物。」

「你想說什麼呀。」

歲三想了想。又問：

「七里也沒提那件事、裝做不知情嗎？」

「當然沒提。不過這次七里挑戰我們，我猜想他是想借助在道場裡的比賽，堂堂正正地贏我們，然後到多摩地區大肆宣傳，讓天然理心流的聲望一落千丈。你不覺得這才是他打的如意算盤嗎？」

「是吧。不過我是不會跟他比的。」

用竹刀比賽，歲三完全沒有必勝的信心。他不是怕七里，應該說是天然理心流的劍術不適宜竹刀比賽。

「如果是分倍橋的延續，再和他比一次也未嘗不可。」

「你饒了我吧，」

沖田笑著走了。

晚飯時，近藤邀請歲三一起吃。歲三於是來到了近藤的房裡。

伺候他們吃飯的是近藤的妻子阿常。阿常性格很內向，話很少，表情也很冷漠，總是一副冷冰冰的樣子。歲三覺得讓她來伺候自己吃飯，再怎麼山珍海味吃到嘴裡都會索然無味。

歲三對吃的東西很挑剔。不合他口味的菜，吃一口後不會再碰第二次了。

而阿常做菜又很不拿手。歲三覺得她做的菜很難吃，難以下嚥。對於歲三來說，與其到近藤家吃飯不如去附近餐館叫外賣來吃得好，儘管這些餐館因爲經營者是武士家的僕人，做出來的味道也不怎麼樣。然而歲三的這種感覺近藤並不瞭解。

這天晚上的主菜是從來沒見過的奇怪雜魚，淨是骨頭。他嘗了一口，辣得舌頭都縮起來了。而近藤卻熱情地勸著歲三，說：

「吃，多吃點。」

邊說邊滿不在乎地大口大口往嘴裡送。主食是雜糧，四分麥六分陳米。

一般人看一眼就想吐的這種主食，近藤竟連吃了五、六碗。因爲他的嘴巴很大，小雜魚的骨頭到了他的嘴裡，輕輕鬆鬆就瓦解了。可能因爲嘴巴實在太大，所以看他吃東西的樣子，好像他是在用面孔嚼東西。

「阿歲，你怎麼啦？肚子不舒服嗎？」

「沒有。」

歲三很勉強地回答：

「我在吃。挺好吃的。」

「是吧。阿常最近廚藝可是大有長進。是吧，阿常？」

「嗯？」

阿常抬了抬眼睛，臉上依然是冷冷的表情。

「你聽到了嗎？阿歲誇你來著。你知道嗎，他可是不輕易誇人的。所以他說好吃，證明你做的菜相當不錯呢。」

（在說什麼呢？雖然是個好人，舌頭怎麼像牛皮做的似的。）

歲三覺得很可笑。他眼睛一眨不眨地盯著近藤的臉，暗自思忖。這時，近藤突然轉了話題。他說：

「你聽總司說了嗎？」

「說什麼？」

歲三假裝不知道。

「是這樣，今天下午八王子宿那邊來了一個怪人。他自稱叫七里研之助。這人看上去不太討人喜歡，不過聽說劍術很厲害。」

「嗯。」

「因爲有六車宗伯的事情，所以我以爲他是來找你碴兒的。結果不是那麼回事兒。他說他想和我們比劍。」

「就這事兒啊。我聽說了。」

近藤終於吃飽了，起身去茅廁方便。這是他的習慣。

「謝謝你的款待。」

歲三向阿常道謝。阿常在收拾餐桌，面無表情地應了一句：

「不客氣。」

歲三心想，這樣的老婆我可不敢娶。

一會兒，近藤回來了。他一落座，就打開了拿在手裡的一封信，對歲三說：

「利八（年輕的佣人）從三番町回來了。三番町（齋藤道場）接下明天的任務了。」

「明天誰來？」

「對方說會派一個新近剛升塾頭的人來。據說此人很年輕，好像還會一些絕招。」

「叫什麼？」

「說是叫桂小五郎。」

「……」

歲三和近藤都沒聽說過這個人。

其實桂小五郎的武藝在江戶知名的道場裡名聲已經很響了，只是還沒有傳到這座柳町偏遠地區的小道場裡，這是偏遠鄉間的悲哀。

（能當上齋藤道場的塾頭，一定很威風吧。）

歲三心裡暗忖。他不是羨慕桂小五郎，而是覺得就算同樣是塾頭，感覺自己還是相當悲慘。

（男人果然還是需要背景和門第。）

他這樣想著，回到了道場裡的寢室。沖田總司正對著灰暗的行燈低著頭，不知道在幹什麼。探頭一看，原來他正翻著內衣抓蝨子呢。

「住手，總司。」

他很生氣。他生氣不是因爲沖田抓蝨子，因爲平時他自己也抓蝨子。只是他看到今天沖田抓蝨子的樣子，與這家三流道場的地位太相稱了。這讓歲三難以接受。

「怎麼啦？」

沖田抬起頭，表情依然是那樣的開朗。歲三看到沖田眞誠的表情，心裡這才平靜了下來。他說：

「明天來這裡賺零用錢的人聽說叫桂小五郎。你聽說過此人嗎？」

「我知道他。」

沖田果然是個萬事通，連這個人他也知道。

「我聽永倉新八（近藤道場的食客，與桂小五郎是同流派不同門的神道無念流免許皆傳）說起過這個人。聽說他的劍法已經到了出神入化的地步，速度快得不得了。你知道桃井道場的那次大賽吧。他幾乎橫掃了各路劍客，最後是被北辰一刀流桶町千葉的塾頭坂本龍馬刺中一劍才敗下陣來。而他的失誤據說也不是因爲技不如人，而是因爲太累的關係。還有，他是長州藩的人。」

「是長州啊。」

長州藩並沒有引起歲三多大的興趣。當時的長州藩還只是一個極普通的藩，因爲引起日本政治發生激烈動盪的尊王攘夷運動還沒有開始。更何況，歲三此時也還不是什麼新選組的副長。

「他在長州是什麼身分？」

「也算是個名門吧。聽說桂家原先是一百五十石的門第，後來在繼承門第的時候出了點狀況，降到了九十石。不過，就他本人而言，在長州藩，可算得上是最優秀的上士。不僅劍術高超，而且也很有學問，可受藩主的器重了。是個難得的才俊。」

「哼。」

歲三心裡很不服氣。

如果換作是一般人，聽到沖田這樣談論一個從沒見過的人，——集師從、主君器重、門第出身、才能等各方面的好運於一身。

反應可能是苦笑一下，然後隨聲附和一句還眞不是我們能相比之類的就罷了。但是歲三的反應卻多少感到挫折。他確實不服氣，他認爲上蒼過於眷顧那個人了。

「總司，你是不是覺得他特別好，忍不住要誇他幾句？」

「沒有，我可沒有誇他的意思。我不過是如實轉述永倉那裡聽來的事情而已。」

「不，你就是在誇他。不過，總司，對你而言，要是一個人生在大藩的上士家而不是浪士之子，從小接受正規的教育，你不認爲他就會比別人多一些出人頭地的機會嗎？就是你，如果是這樣的出身，也完全有可能成爲一個優秀的人才，得到主君的器重，從同輩人中脫穎而出的。人要是投錯了胎，他頭上的光環就是不一樣啊。」

「……」

「是這樣吧？」

歲三拿總司來說嘴，其實內心裡卻是在替自己打抱不平。

「是這樣嗎？」

沖田對這種事情完全沒半點興趣。

第二天早晨。——

七里研之助依約出現了。

臉上的一堆贅肉還是給人髒兮兮的印象。只有他的一雙眼睛非常犀利，讓人看了心驚膽顫。

此刻，那雙眼睛裡卻含著笑意。七里神態自若地走進了道場。

只有他一個人，身後沒有徒弟跟著。

由此可見他的膽量有多大了。相反的近藤道場的弟子顯得有些不知所措。

「請通報近藤師傅，就說昨天約好的八王子的七里研之助前來赴約了。」

「請進。」

近藤已經在道場等候他的到來。

身邊站著塾頭土方歲三、免許皆傳沖田總司、目錄井上源三郎、食客原田左之助和永倉新八等人。

「早安。」

七里研之助穿一件髒兮兮的木棉紋服，套一條木棉條紋的馬袴。從裝束上看，十足一名武州上州的鄉下劍客。

七里和在場眾人一一打完招呼後，微笑著轉向了歲三。他說：

「早啊，土方師傅。前幾天咱們可是在一個很特別的地方剛剛見過面哦。」

「是啊。那次冒犯你了。……」

歲三鐵青著臉，輕輕地施了一個禮。

「噢，彼此彼此。那個時候也只能互相冒犯了。那位就是沖田師傅吧。前幾天的事情真教人難忘啊。」

眞是個目中無人的傢伙。

過了一會兒，一個陌生人像本道場的弟子似的從一扇門外走了進來。他沒有要求通報，也沒有人陪著進來（也許是故意避開這種禮節的）。

歲三第一次見到這個人。

是桂小五郎。

此人進來後，一聲不吭地在末座上坐了下來。

桂小五郎

「這位是本道場的弟子戶張節五郎，今天就由他來和你比劃。」

近藤向七里研之助介紹桂小五郎。戶張是桂小五郎此時的名字。

「我想在開始比賽之前，您最好先瞭解一下本流派的劍法。」

「好吧。」

七里研之助掩飾不住內心的疑惑，他點了點頭。

戶張節五郎，他在腦海裡翻找了幾遍，還是想不起來這個名字。這也難怪，因爲世上原本就不存在叫這個名字的人，他自然不可能見過或聽說過。

不過是一個小矮子嘛。

（沒什麼大不了的。）

七里臉上表情透露了這樣想法。

近藤道場對三番町的神道無念流齋藤道場派來的人一律冠以「戶張節五郎」這個捏造的人名。

又過了一會兒，已經退休的道場前場主近藤周齋老人進來了。

「我是近藤周齋。」

他向七里研之助行了個注目禮，逕自走到了道場的中央。今天他將擔任這場比賽的裁判。

這一年他六十三歲。

他是在場的近藤、土方和沖田的劍術啓蒙老師，其中近藤和沖田分別取得了免許皆傳的資格，只有土方歲三取得這位老人授予的目錄資格。

——阿歲劍術不錯。

周齋老人曾經說過。他評價道：

——要是眞劍動起手來，他完全可以技壓群雄。但是他的劍術太雜，不是純粹的天然理心流劍術。像他這樣的劍法，再怎麼努力也很難糾正過來。所以在天然理心流，他只能是目錄。不過，如果按個人流派體系來評價的話，無疑也是免許皆傳。

從這點上可以看出，一個流派對資格的認定是非常嚴格的。

桂小五郎站了起來。

然後七里研之助也站起來了。

兩人同時向道場中央走去。按照講武所的禮節，雙方相距九步時互相行注目禮，然後彎腰拔竹刀。

剛才已經提到了，桂是個矮個兒的男人。所以他拿了一把短於正常尺寸的竹刀，此時正隨意地拿著劍舉過了頭頂。

七里研之助拿的是大號的四尺長竹刀。看上去，他的眼神和氣勢與桂很不一樣。

「近藤，」

歲三看著桂，輕聲喊了他一聲。

「我們能贏嗎？我覺得那人有點不太穩定。」

「是啊，而且也沒有什麼氣勢。」

所謂氣勢就是氣力和氣魄。相對於其他流派的偏重技術，天然理心流則更尊奉氣勢。尤其是近藤勇，不僅在劍術理論上如此，而且在評價一個人的時候也會把這一條作爲依據。他會根據一個男人是否有氣勢來判斷此人的價值。

「看來也不過如此。」

歲三自言自語道。聽他的口氣，似乎比起七里研之助更討厭這個好不容易雇來的自己人。

「阿歲，」

近藤開口道：

「我不是跟你開玩笑，你要做好心理準備。萬一那小子輸了，就得你或者總司上。」

「你饒了我吧。要是用眞劍我肯定會上。七里研之助這混蛋總是沒完沒了地找碴，我早就想教訓教訓他，把他徹底打趴，免得他再惹是生非才好呢。」

「你可別鬧出什麼亂子來。」

這時站在道場中央的周齋舉起了手，宣佈：

「三局兩勝定輸贏。」

七里研之助向後退了一步，採取下段姿勢。據說下段是很狡猾的招術，因爲這種招式與其說是攻擊，實際上更適合試探對方的虛實。當然，姿勢也很陰沉。

桂雖然個子不高，但是他揮劍的樣子很瀟灑。只見他漂亮地一揮手，劍過了頭頂。毫無矯揉造作之嫌，大方自然。充分顯示了他作爲一個優秀男人的大氣。

但是，就因爲這一招出自一名小矮個的手裡，七里很有點不以爲然。

七里換招，改成了中段姿勢。他平舉著劍，一步一步地逼近桂。

「呀——」

七里舉起劍準備刺向對方的身體。這時桂以迅雷不及掩耳之勢，一劍刺中了七里還沒有舉過頭頂的手。

「擊中。」

周齋老人舉手判桂贏。

接著桂也採用中段。

七里研之助採用右上段的架勢。但是這種架勢腳步很不自然，有點像舊劍法中的出腳法，步子很大。這種打法如果用在木刀或眞劍的比賽中還好，但是用在竹刀的比賽中顯然缺少了柔韌性。

（好土啊。）

連歲三都這樣認爲。甲源一刀流聽上去好像挺厲害的，卻終究只是武州八王子的鄉巴佬流派。

桂的架勢與他形成了截然不同的風格。既沒有感覺身體上的彆扭，竹刀也顯得很輕盈。不愧是經過嚴格訓練的江戶大流派的門人。

「啪」，七里的劍刺向了桂的面。桂不慌不忙地向後退一步，同時用劍挑開對方的一擊，再向前一步反刺七里的面。

（漂亮！）

歲三忍不住發出一聲讚歎。

但是由於這一劍深度不夠，周齋沒有判輸贏。在天然理心流，如果刺出去的劍沒有碰到骨頭，就不算贏。因爲力度不夠是不能殺死對方的。

桂繼續向前，接二連三地刺向七里的面，但是周齋還是沒有裁決。

接著輪到七里進攻了。他也對準桂的面出劍。桂面對七里刺來的劍，突然身體向前一挺，右膝跪地，竹刀漂亮地畫了一個圓，直刺七里的身體右側；接著桂又抬起左腿上前一步，劍隨手動，刺向七里的身體左側；最後桂一躍站起，手中的劍直刺七里的手腕。面對桂的這種耍雜技表演似的竹刀，七里看得眼花繚亂，不知所措，也動彈不得。最後竹刀在桂的頭頂上又轉了一圈，刺向了七里的側臉。

「擊中。」

周齋判這一局爲桂獲勝。

還剩下最後一局。已獲兩勝的桂出於禮節，主動讓七里刺中了自己的一隻手，並抽回了自己的竹刀。

（裝模作樣。）

看到桂主動放棄比賽，自認失敗，歲三心裡很不受用。

「比賽到此結束。」

周齋舉起了手。

比賽結束後，桂板著臉，自顧自地換好衣服，準備離開道場。

「阿歲，茶點招待二位。」

近藤急忙吩咐：

「我去招待七里，你去招待桂。別忘了給他準備回去的轎子。」

「嗯。」

歲三覺得很沒意思。但他還是出了道場，在玄關的鋪板前叫住了桂。

「桂師傅，請留步。我們在房間裡準備了一些茶點，請您在這裡稍事休息。」

「不用了，我還有事。」

桂沒有回頭。如果我們按現在的眼光來看當時桂和歲三之間的關係，他們倆更像是一家綜合醫院的副院長和其他醫院的代理主治醫生之間的關係。

「等等，桂師傅。」

歲三一伸手拉住了桂的袖子。桂回頭一看，嚇了一跳。

他看見歲三的眼睛裡正燃燒著一股強烈的憎惡感。

（這個男人爲什麼會有這種眼神？）

桂覺得很奇怪，也很好奇。於是他答應留下來。

「那好吧。」

桂順從地跟在歲三的後面。茶點就擺在周齋老人的房間裡。

桂在床之間的床柱前入座。歲三特意向他恭恭敬敬跪拜。

「我是本道場的師範代土方歲三。今後請多指教。」

「彼此彼此。」

桂輕輕地點了點頭。

近藤的妻子阿常端來了茶點。

這個總是表情冷漠的女人。很有禮節地問候了客人，但是臉上卻沒有一絲笑意。

除了茶點，阿常端來的茶盤上還有紙和錢。她把茶盤推到桂的面前。桂很熟練地拿起錢隨手揣進懷裡，然後面無表情地端起了茶杯。

「桂師傅，」

歲三十分殷勤地叫道，歲三看上去此人的年紀跟自己相差無幾。

「您的劍法太漂亮了。我眞有眼福，今天有幸欣賞到這樣賞心悅目的比試。像我們這種甲源一刀流、天然理心流之流的鄉下劍道，完全及不上呢。」

「你過獎了。」

「託您的福，敝道場保住了面子。不過我有一個問題想請教。師傅精妙的竹刀手法在木刀或眞劍上也使得出來嗎？」

「這個我不清楚。」

桂還是一副冷淡的樣子。歲三又說：

「像我們天然理心派流，還有甲源一刀流、馬庭念流等等，武州、上州的劍法都是以實戰爲前提的。所以在道場裡的比賽總是敵不過江戶的大流派。」

「是嗎。」

桂好像對歲三說的話毫無興趣。

「如果……」

歲三嗔目凝視著桂，說了聲：

「又會怎樣？」

「什麼怎樣？」

「如果不用竹刀而是用眞劍的話，您是不是也能像剛才一樣輕易擊敗七里？」

「我不知道。」

桂答道。

眞不想理這個人。不過桂對歲三的這些問題早已習以爲常。每次去鄉下給那裡的小流派授課，總會碰上像他這樣的人。他們也和此時的歲三一樣纏著問：

——實戰的話會怎樣？

「那麼桂先生，如果，我是說如果，這裡有一個暴徒突然襲擊師傅，您會怎麼辦？」

「襲擊我？」
桂臉上終於有了笑意，他回答說：
「我會逃。」
「……」
看來此人和歲三壓根兒就不是一路人。
近藤在自己的房間裡招待七里研之助，他讓阿常端來酒菜，親自招呼客人。
七里悶聲不響地連喝了差不多有十杯酒之後，開口了。他說：
「再來一次怎麼樣？」
「什麼？酒嗎？」
「不是，是比試。」
七里帶著挖苦的表情說：
「下次我希望貴道場派高手到八王子去和我比賽。您同意嗎？」
「這——」

「八王子的酒可能沒您這裡的好喝。但是論比劍，比留間道場還是有能力接待的。我今天之所以來這裡比賽，目的也是爲了邀請你們過去。您看怎麼樣？」
「我需要和門人商量一下。」
「商量可以，」
七里又喝了一杯，說：
「找人代理不行。」
「啊？」
「你們太自以爲是了，以爲我看不出來。你們要是再找那種身懷絕技的竹刀怪人，我可不答應。」
「是嗎。」
近藤的臉沉了下來，看上去非常嚇人，也不再說一句話。他就是這樣的一個人，一旦情形對自己不利，他就會以沉默來掩蓋自己內心的不安，同時臉拉得老長。
這時沖田總司拿著酒進來了。

「總司，這位貴人說了，」

近藤對沖田說：

「要和我們在八王子再比一場。看樣子是容不得我們拒絕了。他還說比賽時不想用竹刀。」

「是嗎，七里師傅？」

總司吃驚地回過頭問七里：

「您眞的要用眞劍比賽嗎？我看這主意不怎麼樣，聽著像打架似的。再說了，要眞這麼做的話，早晚會牽連其他道場。地方官會下令取締多摩的劍術道場的。」

「不是這樣的。」

七里矢口否認。

「那麼，時間定在哪天？」

「改天再說吧。」

「也對，打架是不需要事先約定時間的。」

「總司！」

近藤慌了，趕緊讓總司閉嘴。他喝斥道：

「退下！」

總司走出房間，在走廊上碰到了歲三。

「桂師傅回去了嗎？」

「回去了。」

「您辛苦了。」

沖田做了個鬼臉。歲三知道這個小夥子一做怪臉就不會有好事。

「土方兄，我看你心情不太好。你和近藤師傅是不是約好了，他現在也跟你一樣，正苦著臉煩惱呢。」

「七里還在嗎？」

「當然還在。這混蛋實在太纏人。你猜他對近藤師傅說什麼來著。」

「說什麼？」

「他說想用眞劍和我們比一場。」

「胡說八道。」

歲三罵了沖田一句。可轉眼一想，又覺得像七里這樣的人是完全做得出這種事來的，對於他來說，提這樣的要求再正常不過了。想到此，他表情嚴肅起來，要沖田詳細說一說是怎麼回事。

「其實也沒什麼。他說想邀請我們去八王子的比留間道場比賽，時間改天再定。要求比賽的時候不用竹刀而用眞劍。」

「他是這麼說的嗎？」

「錯不了。」

沖田總司摸著自己可愛的下巴點了點頭。歲三轉身去了道場後面。

烏黑的地上，人高馬大的食客原田左之助正光著膀子躺著，高高隆起的肚子與鄉下的力士有得拼。

這是他每天必做的事。因爲他肚子上受過傷，現在還留著一道傷痕，而這道傷痕有時候會讓他疼痛難忍。而每天定時曬太陽可以減少疼痛的次數和程度。

「原田君，」

聽到呼喚，原田坐了起來。

「我好像聽你說過很想試試殺人是什麼感覺，對吧？」

「我說過。」

又是一個表情冷漠的男人。

他身材肥胖，膚色很白，刮掉鬍子後的皮膚泛青，眼神冷漠。還有這個人性子特別暴躁，所以近藤和歲三跟這位食客說話的時候，都會很注意措辭。

「現在機會來了。」

歲三撿起一根釘子。

這是歲三的習慣。在決定做什麼之前，他首先要做的事情就是畫地圖。他畫的地圖位置、角度等都非常清楚，一目瞭然，誰都看得明白。這在當時算得上是一種很難得的才能了。

他先畫了一條直線，解釋說：

「這是甲州街道。」

「嗯。」

「淺川從北面流過來。」

「你是想說八王子宿吧。」

原田左之助點點頭。

「你看，」

歲三一邊說一邊移動手中的釘子。地圖越來越複雜，他指著其中的一點說：

「就是這裡，原田君。後天夜裡你就到這裡住下來。這家客棧不大，但是名字起得很響亮，叫江戶屋。詳細的行動計畫我會向沖田總司交代清楚。只是，這件事……」

他豎起了大拇指，說：

「千萬不能讓少場主（近藤）知道。」

隨後他又找到食客藤堂平助和永倉新八，同樣向他們告知了這一計畫，最後才把沖田總司叫到自己的房間裡，向他說明了詳細的作戰計畫。

「後天你帶著大家去八王子。知道嗎？」

「明白。你的意思是要我們住在江戶屋，在那裡等你的信號，偷襲比留間道場，對吧。那麼土方兄你呢？」

「我嘛，」

歲三想了想，說：

「我現在就出發。」

「現在？」

「是的。趁七里研之助還在這裡，我要先他一步到八王子。」

「你真讓我吃驚。」

可是臉上卻沒有吃驚的表情。

「你到了八王子準備怎麼辦？」

「我會去拜訪比留間府上。」

「拜訪？」

「兵法上不是說了要出奇制勝嘛。你想啊，等對方都準備好了再去襲擊，我們的勝算有多少？最多只有五成。所以我要提前去偵察一下，到時候好讓你們順利進去。」

「你真是塊做軍師的材料。」

歲三就此離開了道場。

到八王子有十三里。

途中經過日野的佐藤家，他沒有拐進去。

他準備一到八王子就直奔比留間道場。

當然在歲三的計畫裡，從來也沒有過要堂堂正正拜訪比留間道場的想法。

偷襲八王子

——歲三是飛毛腿。

在日野宿一帶，凡是從歲三小時候就認識他的人都知道，他走路速度奇快無比。

沖田總司等人曾經說過：

「土方是個妖怪，他是韋馱天化身。」

這種時候，歲三總是一聲不吭。但是歲三的個性是記仇的，就連這種小事他也會記在心裡。然後有一天他會伺機報復。他就曾經冷不防地對沖田說：

「沖田，你難道不知道嗎？腿腳靈活的人大腦也很靈活的。」

他走路的確很快。走在路上的他總是表情冷峻，雙唇緊閉，心無旁騖地只管邁步前行。此時的他一雙眼睛會時不時地滴溜溜轉動，邊走邊觀察前後左右。

這天傍晚，趁七里研之助還在和近藤說話的當兒，歲三像一個影子似的悄悄溜出小石川柳町的道場。

當他沿甲州街道走過十三里的路程，渡過八王子淺川橋的時候，天還沒有亮。所以說歲三腳步像鬼

一樣快一點兒也不誇張。

（七里應該還沒有回來吧。）

剛進入宿場，專作大清早旅人生意的茶館已經在打開雨窗了。

歲三在過了淺川橋後的小佛堂後面換了行裝，穿扮成以前做「石田散藥」生意時的藥販子模樣。

他用深藍色的手拭巾遮住了臉，路上還有點暗。歲三用草席子包好劍，走進了橫山宿的旅籠江戶屋。

「是我。」

「是您呀。今天是什麼風把您給吹來啦。」

女侍們競相上前招呼歲三。這家旅籠歲三很熟。以前做藥材生意的時候他經常在這裡投宿。所以這裡的人都知道歲三是個藥販子。

要了一個房間，歲三踏踏實實地睡了兩個時辰。然後讓女招待端來早飯，把湯倒在米飯上痛痛快快地吃了一頓飽飯。

（行動吧。）

離開客棧走到街上，早晨的霧還帶著一絲涼意。

霧中已經有人在走動。從這裡到千人町的比留間道場大約還有兩公里的路程。歲三沒有馬上動身。這個男人在找人麻煩的時候，是無所顧忌的。但是在決定動手之前，又是異常謹慎的。有時候他的小心謹慎甚至會讓人覺得他過於小題大作。

他先去了趟專修坊。目的自然很明確，他打算在專修坊先打聽一下道場的情形。他剛剛走到位於神社內鼓樓旁邊的男僕住的房間門口時，就被坐在緣廊曬太陽的老住持一眼認了出來。

「是賣藥的啊。」

住持向歲三招了招手。運氣不錯，歲三對住持露出了笑臉。

「最近在做些什麼?」

住持讓歲三坐在緣廊邊上，親自爲歲三倒了一杯煎茶。

「還不是老樣子。」

「那就好。」

住持夾起一塊醬菜放到歲三的手上。

「對了，嫁到比留間道場的大小姐還好吧？」

「你是說阿仙嗎？她很好，謝謝。」

住持很善良，他怎麼也不會想到這名藥販子是個招惹不得的惡棍，甚至自己的女兒還被他侵犯過。

「你聽說了嗎，」

住持依然很開朗，喜歡說話。他說：

「比留間道場好像出大事兒了。」

「哦？」

歲三滿臉堆笑，傾著頭聽住持絮叨。

「出什麼事兒了？」

「哎呀，就跟賭徒打架鬥毆一樣。你知道劍術流派向來是以那條淺川爲界的。東邊是天然理心流的地盤，西邊是甲源一刀流的地盤。我想可能是因爲攘夷運動的騷動使得現在是世風日下。說起來那兩個流派也眞是的，居然想通過武力來爭奪對方的地盤。你說這不是又要回到元龜、天正時候的戰國亂世了嗎。」

老和尚瞇著像女兒阿仙一樣的單眼皮雙眼，繼續說道：

「聽我女婿說，有一個日野宿石田村的男人，我忘了他叫什麼名字，現在是天然理心流的道場塾頭。據說這個人是個惡棍，很難對付。比留間本來打算把他誘到分倍河原殺了他，沒想到反而被他傷了幾名徒弟，而那人卻毫髮無損，逃回江戶了。」

「眞是有意思的人。」

「什麼有意思。這個人一定是個非常討人厭的傢伙。」

「哦。」

歲三慢呑呑地喝下一杯茶。

「要不要再來一杯？」

「好的，謝謝。——不過我也聽到一些傳聞，是甲州街道上的人說的。他們說比留間道場的塾頭七里研之助也是個招惹不起的惡棍，說得可難聽了。」

「好像是這樣。」

老和尚點了點頭，說：

「這個七里原本不是八王子的劍客，也不是甲源一刀流的人。據說他是從上州來的浪士，是比留間道場雇的塾頭。對於他，我家女婿比留間半造也很苦惱。自從這個男人來了以後，道場裡平民、賭棍弟子一下子多了許多。我女婿卻只能睜一眼閉一眼。不過聽說此人的劍術很厲害。」

「是嗎。」

「他曾經誇下過海口，說用不了多久，八王子的甲源一刀流將大敗三多摩的各個流派而獨霸西武一帶。再來一杯？」

「啊？」

歲三的大腦在想其他事情。

「要不要再來一杯茶？」

「不用了。」

歲三起身向住持施了一個禮，辭別住持，走出山門上了街道。

霧已經散盡。歲三沿著宿場的屋簷向西走去。

八王子宿是甲州街道沿線最大的一個宿場，下面有十五個小宿場。歲三向西走過橫山、八日市、八幡和八木這些小宿，到達武家宅邸連成一片的千人町一角的時候，太陽已經高高掛在天上了。

歲三沒有一絲猶豫。他從容不迫地走過比留間道場的門前，直接繞到後門。這還不夠，他還大膽地進了道場的院子裡面，真有點像強盜大白天闖入民宅。

幸好沒有碰到什麼人。

（我真夠大膽了。）

他聳了聳肩，躡手躡腳走過道場和住房之間的一條窄小通道。裡面的地形他知道。只要一直往前走，前面會有一扇木門，打開木門外面就是一片桑園。

他正要繼續往前走的時候，只聽背後「嘎吱」一聲，門開了。

（……）

他停下腳步，但沒有回頭。他已經想好了怎麼回答對方的盤問。他會說：

——我是來賣藥的。

雖然這一個藉口在這個道場已經不管用了，但是歲三準備厚著臉皮暫時用這謊言來掩飾自己的莽撞。

「……」

歲三堅持著不看後面。奇怪的是後面的人也一句話不說。沉默中，歲三聽到後面的呼吸聲開始有些急促。是個女人。

（是阿仙吧？）

這眞是太巧了。居然會碰到自己此時非常希望碰到的人。他想，難道世間眞的有一根肉眼看不到的線在有過肌膚接觸的男女之間牽著？

（是我啦。）

歲三什麼話也沒說，又邁步向前走去。

阿仙站在這個藥販子身後一個勁兒地顫抖著。她的臉上早就沒有了血色，嘴唇蒼白。她不是因爲見到這個奪走自己第一次的男人而激動成這樣，她是因爲害怕。她不知道這個男人一次次地來自己的夫家究竟要幹什麼。

當然阿仙早知道歲三不是什麼藥販子，知道他是天然理心流的塾頭，知道是歲三殺死了六車，知道發生在分倍河原上的事情。

正因爲如此，她很害怕。

到了木門前，這名藥販子沒有開門出去，而是不慌不忙地拐向了右邊。歲三知道右邊有什麼。那裡有一間倉庫，就在味噌倉庫和雜物間的中間，平時家人和門人很少到這裡來。歲三像個慣竊一樣對此一清二楚。

而且，這名藥販子也很清楚阿仙此時的心情。

（她一定會跟來的。）

歲三猜得沒錯，此時的阿仙好像被什麼東西吸引著似的，正躡手躡腳地跟在歲三的後面，連她自己都不知道爲什麼要這樣做。歲三走到雜物間和倉庫之間突然停下了腳步。

等阿仙走近，歲三突然一回身，伸手拉過她，並緊緊地抱住了她。

「我是不是給你添麻煩了？」

歲三在阿仙的耳朵邊輕輕地說。阿仙心想，這還用問嗎？可歲三不管這一套，他一邊輕聲細語地說著話，一邊用左手撩開阿仙的衣服下襬，手一個勁兒地直往裡伸。阿仙就這樣被歲三擁著，她的腳踩在茂密的魚腥草上，魚腥草藍色的草汁弄濕了她的腳趾頭。阿仙實在是個老實人。

她沒有掙扎，只是拚命地輕聲說了一句：

「您來了。」

這時太陽鑽進了雲層，天色有點陰沉。風吹過土倉庫的西側，栗樹瑟瑟作響。

「你和我這個壞男人緣份不淺啊。」

歲三的聲音有點粗啞。

「不要。」

「別動。」

歲三在手上加了點力。阿仙急得都快要哭了。她想掙扎卻被歲三的另一隻手緊緊地抱著，動彈不得。

「可是，現在是白天——」

「晚上就可以，是嗎？」

「我很害怕。請您以後不要再到這裡來了。」

阿仙總算可以扭動身子踩踏起魚腥草來。她說：

「你要是答應以後不會再來這裡，我可以接受。——」

「那好，明天晚上十點，你把對著桑園的後門打開。記住，你要自己一個人來。只要完成了這件事，以後我保證再也不會踏進這裡一步。知道了嗎？」

「是。」

阿仙艱難地點了點頭。

（行了。）

歲三找阿仙就是爲了這事，現在也搞定了。餘下的事情就是把沖田總司、原田左之助和永倉新八等人帶進這扇打開的木門裡就行了。

歲三並不覺得自己是多麼的壞。對於歲三來說，現在最重要的是如何在戰鬥中取勝。

第二天傍晚，歲三留在旅籠江戶屋裡哪兒都沒去。他在等沖田一行人的到來，不久他們按計劃準時進了旅籠。

爲了不引起旅籠裡其他人的懷疑，他們與歲三分別住在樓上樓下。這是事先約好了的。

吃完飯，沖田總司一個人來到歲三的房間。

「……」

歲三正低著頭，正在膝蓋上動手不知道做些什麼。沖田走近一看，原來他正在往加熱過的五合德利酒壺中加藥粉。

「這是什麼？」

「這是專治跌打損傷的靈丹妙藥。加在溫酒裡先喝下去，到時候傷口會好得快。」

「這就是你們家祖傳的靈丹妙藥石田散藥啊。」

「對，這就是我賣的東西。」

歲三依舊表情冷冷的。

前面已經提到過，這種散藥的原料來自土方家所在的村子旁邊、多摩川的支流淺川的河灘地上，在那個河邊上生長著一種帶刺的水草，現在依然生長得很茂盛。把這種草採來後洗淨曬乾，農閒時把它烘焙至焦黑，再用藥輾子磨碎製成散藥。每年到了收割這種草或製作散藥的季節時，土方家會雇用全村人幫忙。在歲三還是十二、三歲的時候，他就開始爲自家製作散藥充當起指揮員了。他不僅要召集村人，還要安排他們的工作等等。歲三善於調兵遣將或許就得益於那個時候。

「這東西效果相當好。」

說到自家祖傳的散藥，歲三有些開心。

「是嗎？不過土方兄，到時候受傷的可是他們。我們替他們喝這玩意兒也管用嗎？」

「你這小子。記住喝藥時一定要用心，只要你認定它有效，那就一定有效。」

「這藥可眞了不起。」

「一會兒你把這酒拿到樓下去，讓大家都喝上五、六杯。」

「他們一定會感激涕零的。」

沖田吐了吐舌頭。

「晚上和他們交手的時候，我們要用木刀。即使對方拿出眞劍對付我們，我們也要堅持用木刀打敗他們。咱們在分倍河原打的時候，因爲那裡很開闊，對我們有利。但是這次不同，我們要在八王子鎭上交手。」

「你是說我們要等到他們睡著後再去打嗎？」

「不是。」

歲三說：

「我們是和他們比賽。不同的只是我們首先要把他們敲醒，然後強迫他們拿起木刀來。」

「原來如此。」

這眞是一個絕妙的想法。如果事情眞的可以按照歲三的設想進展，不管實質如何，至少表面上是採用了比賽的方式。贏了，輿論絕對對自己有利。而在劍道中，得到肯定的一方和得不到肯定的一方之間，各方面境遇都將有天壤之別。

「既然七里研之助在我們道場下了戰書，我認爲這場比賽早已經開始了。所以我們一定要多加小心，千萬不能馬虎。」

「對。到時候我們從哪個方向衝進去？」

「我已經想好了。到時候你們跟著我就行了。」

離十點還有一段時間。歲三攆走沖田，躺了下去。

正睡得迷迷糊糊的時候，歲三的老熟人、一個中年女侍進來了。她說：

「怎麼樣？」

她是問歲三一起睡怎麼樣。

「不用。」

「你是嫌我嗎？」

「我聞不得你身上的香粉味兒。」

「你這人可眞怪。那我把香粉洗了再過來，你乖乖地躺著等我。噢，我先聲明，我不是爲了賺你的錢才來的，我是看你這麼一個好男人孤孤單單地睡覺，很不忍心。我這是在積德。」

「不勝感激。不過今晚不行。我半夜就要動身去甲州。」

「喲，你也半夜動身？算了，別走了，你還是留下來吧。你知道嗎，樓下那些習武的人也在說要半夜動身呢。」

「他們是他們，我是我。」

「可是，」

女招待很小心地環視了一眼周圍，壓低聲音說：

「那些人可奇怪啦。你說他們會不會和比留間道場打起來呀？」

（什麼？）

歲三嚇了一下，慢慢地坐起身來。他想會不會是走漏了風聲。他警惕地問：

「你聽誰說的？」

「誰也沒說，是直覺。」

女人哧哧地笑著。這眞是讓人著急。歲三扭過臉去，他受不了皺紋裡嵌滿了香粉的女人雪白的脖子。這個女招待臉上也塗滿了香粉，卻掩飾不住她青春已逝的面孔，看上去怎麼也五十有餘了。

「是我的第六感，小子。」

女人得意的說道。

「……」

歲三雖然好色，但有時候也會害怕見到女人。每當這種時候，他會感覺女人令他毛骨悚然。很顯然，他的內心深處對女人並沒有好感，甚至還有點憎惡。也因此，從來也沒有哪個女人可以令歲三迷得神魂顛倒。因爲害怕女人，他總是採取逃避的態度。

「唉，你想不想聽？」

女人用她瘦骨嶙峋的手指頭戳著歲三的膝蓋，說：

「很有意思的。你等著吧，這條街上很快就會有好戲看了。而這場戲到現在爲止還只有我一個人知道。」

「那好吧，你說來我聽聽。」

「是這樣的。」

剛才這個女人在樓下如廁的時候，看到大街上站著一個武士模樣的人。她覺得奇怪，出去看了一眼，發現這樣的人在外面還不止一個。他們有人假裝悠閒地在大街上溜達，有人站在對面那家客棧的防火水桶後面。總之看上去樣子很不尋常。她以爲這些人可能是來抓人的。

可是仔細一看，他們並非捕吏，而是比留間道場的那些小夥子。

「比留間道場？」

歲三大吃一驚。

糟糕，行蹤暴露了。

看來對方已經搶先一步在監視江戶屋了。說不定客棧外面除了這個女人說的，還在其他什麼地方設下了埋伏。

（會是誰洩露出去的？）

歲三臉色煞白。他想這一定是阿仙說出去的，絕對錯不了。一定是阿仙脆弱的心承受不了這麼大的事情，於是拐彎抹角地告訴了她的丈夫半造或七里研之助。

「我說你啊，」

女人若無其事的笑著用手指直戳歲三。說：
「你是不是騙過很多女人？」
「什麼？」
歲三嚇了一跳。因爲他心裡想的正跟女人有關。不過這個女人並不是在故意刺激歲三，她摟住歲三的脖子，說：
「因爲你長得帥嘛。」
「滾開。」
歲三站了身來。樓下有沖田總司、原田左之助、永倉新八和藤堂平助。歲三對於他們幾個人能不能順利逃出八王子沒有把握。

乞物僧

有幾個人正在旅籠的樓下一起喝酒。

土方歲三一進他們的房間，就聞到滿屋子的酒兒，忍不住皺起了眉頭。原田左之助正躺在地上，一手拿著小酒杯，仰著脖子喝杯裡的酒，圓滾滾的肚子上放著酒壺。

「原田君，你這像什麼樣子，快起來。」

歲三冷冷地看著他說。對歲三而言，男人醉後醜態是他不能接受的。順帶一提，近藤和土方兩人雖然都不嗜杯中物，但兩人態度截然不同。近藤不喝酒卻非常喜歡酒宴，而且也很理解酒徒嗜酒的心態。土方則不然。他忍受不了酒鬼嘴裡噴出來的酒臭味。歲三是在去了京都以後才開始真正接觸酒的。頭一次喝下京城的當地美酒後，他第一次知道了酒原來是那樣的一種液體，這多少沖淡了他之前對這種液體的厭惡感。

「有事嗎？」

原田問。

「我有話跟大家說。」

歲三告訴他們計畫已經洩露，比留間道場已經知

道今晚的事情，而且甲源一刀流的人馬此時已經包圍旅籠並封鎖了宿場周邊的各條要道。

「那怎麼辦？」

「逃！」

「我才不要。」

「住嘴！你又喝多了。」

這天晚上，位於八王子宿千人町的甲源一刀流比留間道場，幾乎召集了附近所有的門人。

門人的成分很複雜，有平民，有賭徒，還有八王子千人同心的人等等，人數三、四十人左右。他們手裡拿著木刀、木槍，還有人穿著鎖子甲。這是他們的一個策略。因為沒有使用真刀真劍，即使官府追究起來，也有理由搪塞，到時候他們可以說這是一場和天然理心流間的非正式比試。可以想像，這一定是塾頭七里研之助的主意。

道場主比留間半造是個性情溫和的人，所以道場的指揮權實際上掌握在七里的手裡。

妻子阿仙稱自己感冒，躺在房裡沒有出來。此時的她連尋死的心情都有了，因為她出賣了「賣藥的」。為了告訴丈夫有關歲三的事，她著實費了一番心思。一方面她不能讓丈夫和七里懷疑自己婚前和那個藥販子有過私情，另一方面又要說清楚歲三的企圖，確實是難為她。好在上天是公平的，在必要的時候總會向弱者伸出援手，賜予這個女人自我保護的智慧。但是儘管她運用上天賜予的智慧告發了藥販子的企圖，但是當帷幕拉開，戲就要上演時，她卻不敢看了。

七里研之助把門人分成了兩組。這一次無論如何都可以把對方打得落花流水，藉著這次機會，七里打算將這群人打到一輩子都無法起身、行走的傷重程度。

從這一點可以看出七里的為人。跟歲三一樣，他喜歡打架已經到了病態的地步。這天，七里在佩戴劍術護具，佈置陣容的時候，眼神都與平時大不一樣。

七里安排一組人留在比留間道場，負責保護道場主比留間半造。這是主力，約二十人。

另一組埋伏在明神之森。

七里認爲這樣的佈置，對於天然理心流的五個人來說，不論是進還是退都將是甕中之鼈。

——我再說一遍，和他們的交鋒絕不能發生在人來人往的地方。以前在上州曾經有過類似的事件，結果全鄉所有的劍術道場都遭到了取締。所以我在這裡再次強調，先把對方引到道場或明神之森，然後再出擊。

七里一再提醒衆門徒。

「我想——」

歲三在旅籠江戶屋樓下後頭的房間對大家說：

「比留間那些人應該不會在熱鬧的八王子宿街頭鬧事。他們大概會在我們離開宿場一段距離後襲擊我們。而最危險的地方應該是在淺川橋一帶。在過橋後不遠處，左手邊有一片雜樹林，叫明神之森。如果我是七里研之助，我會在那兒設埋伏。所以說這應該是個危險地段。」

「所以呢？」

原田左之助問道。

「你說，我們該怎麼辦？」

「現在，聽我說明。」

歲三環視在座所有人，說：

「沖田君，你和藤堂（平助）君、永倉（新八）君三個人先走。你們三人爲闇組，一路上不要點燈。」

「啊，是祭典鬥毆。」

沖田總司悟性極佳。在歲三老家的日野宿郊外，自古就有這種打架戰術。

這個三多摩地區自從家康入主關東以來即爲幕府領地，被視爲支持江戶大量人口的農業地帶。

而在更早之前，這一帶的農民不僅要務農也有練武傳統，只要一聽到要打仗就會披掛上陣。自源平以來，他們一直保持著以精銳而著稱的「坂東武者」威名。

歲三的土方家族現在雖是平民中的大戶人家，然而在遙遠的源平時代，這個家族曾經出過一位名叫土方次郎（東鑑）的源氏武士。還有在戰國時期身爲多摩十騎眾的地方豪族之一（《新編風土記》），土方越後、同善四郎、同平左衛門和同彌八郎等人，爲小田原北条氏的屯田司令官（大名家臣），勇武之名傳遍鄰近地區。

所以在三多摩地區有很多源平武士、戰國武士的後代，他們的性情偏於暴戾。雖說是農民，卻多少傳承了祖先武鬥的方法和如何在戰鬥中取勝的戰術。後來土方歲三指揮的新選組在會津之戰、函館之戰中運用的戰術，無一不是出自三多摩的鄉土戰術。

沖田總司說的「祭典鬥毆」就是其中一種。

「土方師傅，」

原田左之助略帶不滿地說：

「你好像把我給忘了。」

「別急。你和我一組。在祭典鬥毆的戰術上，咱們倆充當提燈組。」

「什麼意思？」

「到時候你照我說的做就是了。很有意思的。」

監視旅籠江戶屋四周的比留間道場門人共有七名。

他們的任務只有一個。七里研之助命令他們：

——只要這夥人一出門，立即前來報告去向。

因爲七里不清楚歲三一行是要去千人町（道場），還是會沿著街道向東回去江戶。

（究竟他們會選擇哪邊呢？）

比留間道場的人或蹲守在旅籠的樹叢裡，或躲在防火水桶的後面，或混跡於對面旅籠的土間。他們一個個盯著旅籠裡的動靜，不敢有一絲鬆懈。不久，戌時的鐘聲響了，隨後外面突然起風了。就在這時，有三名同樣戴著斗笠的武士走出了旅籠。

他們是沖田、藤堂和永倉三人，充當祭典鬥毆中的闇組，沒有提燈籠照明。

——出來了。

正在監視的那些人緊張起來。

夜空非常晴朗，星星在天上閃閃發亮。三人出了旅籠逕自朝江戶方向走去。很快這幾名武士的身影消失在黑暗的街道之中。

——他們上了甲州街道要回江戶。快去千人町通知七里大人。

一名小頭目吩咐手下。報信人正沿著屋簷下要邁步離開，江戶屋裡又出來了一個形跡可疑的人。

是個大和尚。

因爲天黑看不清楚，此人似乎戴了一頂和尚帽。而頭上還纏著一條繩當頭巾，腰部紮了一條注連繩，身後斜背著一席草席，腰間又插了一盞大大的燈籠。

「嗨～善男信女，世間眾生，」

此人唱著、跳著離開了客棧。

這可是原田左之助以前在伊予（愛媛縣）松山藩的某上士家做雜役時閒來無事學會的酒宴助興歌舞。

直到現在，只要一喝醉酒他還會表演拿手絕活。

曾經有人調侃他：

（原田君，這就是你在人家裡做僕人時學的玩意兒啊。難不成這是你的本職工作？）

可見左之助的表演本事還挺像樣的。

此時的他手裡拿著一種簡單的樂器，正清脆地奏著，說是樂器不過是夾在手指間的兩塊竹板。他一邊拍打竹板一邊嘴裡念念有詞：

「踢踏踢踏，踢踏踢踏，踢踏和尚來了……」

「這是什麼人？」

「一個乞物僧。」

有人回答。

很早以前，各國隨處可見乞物僧這種街頭藝人，卻不知什麼時候不見了蹤跡。然而近來乞物僧又像從地下冒出來似的，開始沿著街道出現。究其原因，也許是因爲攘夷運動引起了社會的不安定吧。

「踢踏踢踏、踢踏踢踏、踢踏和尚來時，腰紮七九注連繩，大日如來，代僧、代祭、苦行僧的踢踏和尚匆匆走不停。」

原田左之助唱著跳著向江戶的方向走去。斜背在身後的草席中藏著他引以爲傲的肥前鍛冶藤原吉廣二尺四寸。

歲三走在原田的身後，一身藥販子的裝束，深藍色手拭巾裹住了他的頭和臉，和原田一樣腰間插著一盞沒有紋飾的提燈。

兩人渡過了淺川橋。

過了橋就算出八王子宿了。過了一會兒，星空下黑土的甲州街道穿越武藏野的草地和樹林，綿延向東。

不久兩人接近了明神之森。

這片樹林祭祀的神是橫亙在山城和近江國界上的比叡山守護神，日枝明神。大約遠溯至戰國時代前，這一帶曾經是叡山延曆寺的領地。大概是爲了守護這塊領地，明神才被供奉到坂東這塊地界上的。

神祠被雜樹林所包圍，街道兩旁的櫸樹枝葉茂盛，有如屋頂般遮住了夜空中的星光，看過去像一個深不見底的洞穴。

「原田君，大聲唱歌。」

歲三說。

「了解。」

夜梟在啼叫。

原田繼續大聲唱了起來。

「善男信女，世間眾生。踢踏踢踏、踢踏踢踏、踢踏和尚……」

還沒唱完，旁邊的樹林裡突然跑出十二、三人，團團圍住了二人。

至此一切都在歲三的預料之中。

「喂，和尚，」

一人向前舉著燈籠喝道：

「往哪裡去？」

「這裡是關所嗎？」

原田說著，擺出要打架的架勢。歲三大吃一驚。他原打算到這裡後，態度放謙和些，以便順利通過。（看來我選錯人了。）他有點後悔。

「我來問你，」

原田左之助沙啞著嗓子說：

「這一帶是不是伊豆的韮山代官管轄的地方？難道是代官換了人在街道上設起了關所？還是你們這些東西拉幫結派，霸佔此地敲詐過往百姓，強收過路費？我告訴你們，這可是滅九族的大罪，是天下第一等惡事。你們可要想好了再回答我。」

「你胡說什麼！」

對方有點心虛。這時，歲三周圍的幾個人往上舉了舉燈籠，問：

「你是和尚的隨從嗎？」

啊。有人禁不住地叫了起來。

「這人是、是那個賣藥的。——」

「哪一個？」

有兩三個人拿著燈籠直往歲三的臉上照，一絲不漏地仔細辨認。

他們想確認一下歲三的長相。

「喂，藥販子，你把頭巾取下來。」

「嗨。」

歲三扭了一下腰，把背在後背上的草席移到左側，裝作解斗笠繩結似的，突然握住刀柄，唰的一聲抽了出來，然後蹲下。

「啊！你想幹什麼？」

原以為歲三會跳起，只見他將劍一甩，立刻由下往上狠狠砍向對方的手，一條胳臂握著燈籠就這麼飛了出去。

這時，乞食僧原田前來幫忙，他拿著劍橫掃而來。

一夥人迅速向後退去。

「快後退。」

小頭目慌忙喊道：

「圍成大圈。對方只有兩人。」

歲三和原田像是故意暴露自己讓對方來砍殺似的，腰間各自掛著一盞大大的燈籠引著對方。

「原田君，先別動手。」

「爲什麼？」

「先等等。」

歲三顯得很鎮定。他知道甲源一刀流的人正一步步地走進自己設的圈套裡。

這種戰術在幾年後的會津之戰中也用到了。當時歲三利用這一戰術把山上的薩摩、長州、土佐的官軍殺得狼狽不堪。

這時，沖田、藤堂和永倉三人組成的闇組正悄悄地向這邊靠近。沖田從雜樹林、藤堂從莊稼地、永倉從街道的東邊分頭襲來。

這一帶村落的年輕人，在祭典夜裡和其他村的村民打架時，基本上都是這樣做的。

三人各自從不同的地方，一聲不吭突然跳了出來。

當然目的是要給敵人造成一個錯覺，讓他們搞不清究竟有多少人。

他們悄無聲息地移動腳步，突然出現在敵人的背後，舉起木刀，以最快的速度向敵人的後腦勺打去。

藤堂打了三個。

永倉新八左右開弓，轉眼間打昏六人。沖田總司揮舞著眞劍，跳進對方的人群裡，斬落一只又一只燈籠，周圍逐漸暗下來。

在混亂之際，歲三和原田左之助從正面殺入敵陣。他們只相準敵人的前臂，見一個砍一個。

比留間的門人向西潰敗而去。黑暗中來自背後的奇襲，讓他們誤以爲來人無數。

「撤！」

比留間的小頭目叫嚷著。

他們看準時機跑出作戰區向西潰逃，在此同時，歲三一行向東邊飛也似的跑了。作戰的關鍵就是看準時機。對於他們來說，此時不宜戀戰，不宜拖沓，否則千人町一定會很快派來援軍對付他們的。

又過了一個月。

一天，太陽還高高地掛在天上，去多摩地區授課剛回來的近藤來到道場後面的井邊，一邊洗腳一邊大聲叫喊：

「阿歲在嗎？」

歲三從道場裡跑出來，呆呆地站在近藤旁邊。

「什麼事？」

歲三問。近藤正在洗腳趾縫。

「我在日野宿的佐藤家聽說了有關八王子的消息。」

「什麼消息？」

歲三一下子警覺起來。他擔心上次的事情已經傳到了近藤的耳朵裡。

「八王子的比留間道場近期要閉館。你聽說了嗎？」

「沒聽說。」

「哈哈，我太高興了。這次總算比你消息靈通了。」

近藤張開大嘴笑了。

「眞是意外的遲鈍啊。」

「那又怎麼樣。不過那麼受歡迎的道場爲什麼突然要閉館呢？」

「好像是因爲門人的人品太差。那家道場直到上一代場主一直只以八王子千人同心爲教授對象勉強維持的。但是到了現在這一代，因爲聘用了七里研之助做師範代，使道場的風氣一落千丈。本來嘛，聘用這種上州流浪過來的、不明底細的人做師範代就是失策。七里這小子當上師範代後，聲稱爲了改善道場的經營，招收了八王子到甲州一帶的賭棍當弟子。從此道場裡外暴力事件不斷，動刀動劍的武鬥不停。於是八王子千人的頭領原三左衛門大人居中調停，說要改革道場。」

「那麼七里呢？」

「據說被掃地出門了。」

「嗯？」

歲三表情有點複雜。

「據說，」

近藤用毛巾擦著腳，說：

「他帶著道場的幾個人去京城了。走之前還吹牛說今後武士的舞台是京都。我猜想他可能會搖身一變成爲現在流行的攘夷浪士，然後抬著公卿當藉口，做出一些讓幕府頭痛的事。」

（今後武士的舞台是京都。……）

歲三陷入了沉思。

（京都啊。……）

這個時候，他腦海裡還沒有形成一種明確的想法。在第二年的秋天，這個想法才具體實現。

瘟神

筆者不是宿命論者，但是綜觀人類歷史，早已埋下精巧的伏筆。

近藤勇也好，土方歲三也好，都是時代的風雲人物，而且關於他們在幕末史中發揮了極不尋常的作用，也是被一條巧妙的伏線所牽引。

那就是麻疹和霍亂疫情。

他們可能沒有意識到，正是這兩種傳染病帶來的不幸命運，讓他們離開江戶道場前往京都創建了新選組。

這一年是文久二年（一八六二）。

正月前後，有一艘外國船在長崎靠岸。船上除了病人外其他的人都上岸。

這些人當中出現了幾個因高燒而路倒且咳嗽不止的人。原來他們在上岸前已經染上麻疹。那時大西洋的法羅群島（丹麥領地）麻疹疫情嚴重大流行，並很快蔓延到整個歐洲大陸。病毒大概就是隨著這艘歐洲船的到來而傳播至長崎。

長崎地區人口密集的街町受到病毒感染，還從當地經由中國地區蔓延至近畿地區。

碰巧當時有兩名江戶的僧侶去京都、大坂雲遊。

在江戶，有一所寺院傳通院緊挨著小石川柳町的近藤道場「試衛館」，而這兩名僧侶正好就是寺裡的和尚。

兩人一路上並沒有任何不適，順利地回到了江戶。但是一進到傳通院的僧房後兩人就發病了，不久寺院內有一大半的人因此倒下。

直到現在痲疹病毒也沒有消失，經常還有人患上此病，已成爲一種流行病。但是在鎖國時代的日本，只有稀少的從中土傳入的案例，所以很少有人對痲疹免疫。

因此，這場流行死者無數。

這兩名傳通院僧人帶來的「舶來品」痲疹，很快擊倒了小石川一帶的男女老幼，並開始蔓延到全江戶。這時雪上加霜的還有霍亂流行。

——這就是幕府沒有等待京中敕許，隨便開放讓外國人入港的結果。

攘夷論者十分畏懼這種病毒，他們開始抨擊幕府。

江戶人齋藤月岑編纂的《武江年表》中，有關文久二年夏季的條目如下——

○有時候一天內有二百具以上的桶棺通過日本橋。

○很多人死後遍身通紅。病人因高燒不止而變得性情狂躁，口乾舌燥。爲喝一口水而跑到河裡溺斃、因痛苦難忍而投井自殺的人難以計數。用來退燒的犀角等藥物完全不起作用。到了七月，事態越來越嚴重，死者已經不計其數。此外，同時還有霍亂流行。（幾年前的安政年間日本首度流行，文久二年是第三度。這種傳染病也是開港後西洋人帶進來的疫病。）

「眞是嚴重啊。」

沖田總司到街上瞭解情況後，回來後告知歲三。

根據沖田的報告，江戶街頭家家戶戶緊閉門戶，路上沒有行人，大街一片死寂。

儘管時值炎熱的夏季，卻沒有一個人跑到兩國橋去乘涼，夜市也沒開張，連吉原、私娼街這些遊廓風化區也因爲賣春婦染病而關門不再接客。

重要的是，沒有人去澡堂或理髮店等公共場所，江戶的男女老少一個個蓬頭垢面，像一隻隻蠐螬愍在家裡不敢出去。

「全江戶的人都把小石川看成了人間地獄。」

「因爲這裡在風頭上嘛。」

近藤眉頭緊鎖，一臉憂鬱。

傳染病發源地就是小石川，所以這一帶的患者尤其多，沒有人敢到這裡來，連近藤道場的門人也不見蹤影。

「傳通院的臭和尙！」

近藤咬牙切齒地罵了一句。近藤做夢也不會想到這種病毒是從大西洋上丹麥領地的法羅群島繞過半個地球傳到近藤道場周圍的。所以，要怪也應該怪前年三月在櫻田門外被暗殺的大老井伊掃部頭直弼的開國政策。

「不過，你們不覺得奇怪嗎？」

近藤雙臂交抱著說：

「我們道場居然沒有人染上這病呢。」

「是啊。外面的人都在罵我們呢，說那家道場居然一個人都沒有染病眞有狗屎運。松床的老頭還到處說至少有一個人得病也比現在這樣可親多了。」沖田說道。

「說得也是。阿歲，」

近藤覺得很有意思，他說：

「你就代表大家得這病吧。」

「土方沒辦法啦。」

沖田揶揄道：

「土方師傅自己就是個大瘟神，瘟神見了他就夾起尾巴趕緊溜走啦。」

「你胡說什麼。」

「不過，阿歲，」

近藤插話。近藤雖然是養子，但現在畢竟是這家道場的經營者。他有些擔心，說：

「這樣下去，道場會支撐不下去的。我們該怎麼辦呢？」

「有什麼辦法。只能等囉。在米櫃徹底變空之前我們只能守在家裡。」

「守在家裡嗎？」

那也是需要錢和白米的。

爲此歲三幾次派人到日野宿的大名主、姊夫佐藤彥五郎家要錢要糧食，甚至還讓姊夫送來味噌、鹽及藥物等東西。

瘟疫持續到七月、八月依然猖獗，沒有一絲減弱的跡象。往年在江戶頗受歡迎的淺草田圃長國寺舉行的鷲大明神開帳展示儀式，今年狀況冷冷清清，只有附近的幾隻野狗在附近徘徊的程度。

到了九月，傳染病的蔓延勢頭還是沒有減退的跡象。

直到十月，終於出現衰滅的勢頭。

然而，一度被冷落的道場依然冷清，以前的門人沒有一人回來。

原本道場的門人，是正統的領有俸祿米的武士，像是在上一代場主周齋主事時的奉行所與力弟子，而現在淨是些商家少爺、旗本家的僕人、賭徒及寺院僕從等。這些人意志力薄弱，欠缺毅力。所以離開練劍場一段時間後，就沒有幹勁重新拾劍了。

秋去冬來。

道場裡依然只有幾名閒來無事的食客，頗有點《水滸傳》中梁山泊的光景。這些人願意來這裡，可以說是爲了近藤非常人的人品。

近藤個性大剌剌的。

他的這種性格使得道場的氣氛異常輕鬆，任何人都可以大大方方地跑去廚房自己盛飯吃。

食客中也是什麼樣的人都有。

江戶人藤堂平助（北辰一刀流目錄）自稱是伊勢津藩藤堂大人的私生子；永倉新八原是松前藩人，後來脫離了藩籍，他是神道無念流的皆傳；齋藤一是播州明石的浪士。這幾個人分別來自不同的流派，與天然理心流的近藤、土方和沖田不同，都擅長竹刀比賽。所以他們經常代表道場與前來挑戰的其他流派的人進行比賽。所以與其說是道場養著他們，不如說是因爲道場需要他們。所以道場無償向他們提供食宿也是天經地義的，他們吃住在道場完全可以心安理得。只有一個人和他們幾位不同，那就是原在伊予松山藩做僕人的原田左之助，他只會用長槍。他在大坂松屋町筋的道場場主谷三十郎（後來在原田的引薦下參加新選組）那裡學習寶藏院流的長槍術，還拿到了皆傳的資格。但是他的劍術並不出色。然而他力大無比，且勇氣超人。在這一點上他很有點像源平時代粗暴蠻橫的僧人，可是他不能像其他食客那樣靠替道場比賽來賺取飯錢。

他常常坐在廚房的一角，嘴裡嘟囔著：

「眞難爲情。」

一邊不住地往嘴裡送飯。

道場的生活日見窘迫。

但是原田要吃飯，而他的飯量又大得驚人，非常人所能及。

「給原田君一桶飯。」

近藤經常這樣說。

——近藤頗有大將風範。

這是近藤的食客中年紀最大（二十九歲）的山南敬助說的。他原是仙台伊達藩人，此時已脫離該藩籍。歲三不太喜歡這個學問不深卻有些狂妄自大的男人。

（山南是隻狐狸。）

歲三這樣對沖田說。每次看到山南乾癟的臉，歲三就會作嘔。

當時，在仙台、會津等東北地方一些雄藩，藩教育辦學徹底。所以山南寫得一手好字。

（字寫得好的沒好人。）

歲三甚至對沖田說過這樣的話。

按照歲三的理論，能寫一手好字只說明此人模仿能力強，而善於模仿又只能說明這個人沒有骨氣，或者至少骨氣不夠。模仿的本質說到底就是阿諛逢迎。歲三這套理論的依據是整日圍著大財主轉的像司茶者、町醫和俳諧師等人，他們個個都寫一手漂亮得不能再漂亮的好字。

當然沖田不同意歲三的說法。他嘲弄歲三說：

——土方兄總是先入為主。

山南劍術高超。在神田玉池的千葉道場已經取得了免許皆傳的資格。但是他的劍術中缺少近藤常說的「氣勢」。這可能跟他的性格有關。（正是他的這種性格最後導致山南走向了自我毀滅。）

山南的交際廣闊。

他出自江戶第一大道場、號稱有三千弟子的千葉門下。這一門出了許多為國奔走的志士，像清河八郎、坂本龍馬、海保帆平、千葉重太郎等等。因為該門聚集了眾多來自各藩的慷慨激昂之士，他們互相影響。雖然不能說當時的情形與現在的東京大學或早稻田大學學生聯合會一樣，但是仔細想想，也有不少共同之處。

因為江戶府裡朋友很多，所以山南消息很靈通。他經常會把聽來的消息帶到這個柳町斜坡上的小小道場裡，其中包括國內局勢等等。

如果沒有山南敬助這個交際廣泛的聰明人，近藤、土方等人恐怕終其一生只是這個小小道場裡的劍客而已。

文久二年年末的一天，帶著仙台口音山南對近藤說：

「近藤先生，我有一個重要消息要告訴你。」

「什麼重要消息？」

近藤對山南的素養打心底服氣。他問：
「是關於幕府閣僚的一個秘密。」
「是這樣啊。那我叫上歲三一起來聽聽。」
「不用。這件事情屬於絕密，我只能告訴先生您一個人。」
「這樣不好。我和土方歲三、還有日野宿的佐藤彥五郎（歲三的姊夫）是拜把兄弟，任何事情我們都是要分享的。」
「拜把兄弟？聽起來像賭徒。」
「古代武士中也有結拜兄弟的。」
歲三被叫來了。
歲三和山南連招呼都不打。他們之間就是這種關係。
「我在千葉有一個同門俊才叫清河八郎，是出羽的鄉士。他文武雙全，既有辯才又有計謀，和戰國謀士一樣。今年三十出頭，在神田玉池開了一所文武塾館，聚集了府內很多攘夷黨人，與幕府大臣中的有識之士也走得很近。」
「是嗎。」
近藤沒聽說過此人。這時不知道江戶才子清河八郎的人，可以說是太不關心時勢了。
「這位清河，」
山南敬助接著說。
他說清河說服幕府閣僚，由幕府出資組建浪士組。老中板倉周防守已經表態同意了。
幕府對攘夷黨人的肆意妄爲、殘忍暴虐很是頭疼。前年，大老井伊被殺，去年又發生多起攘夷浪士騷擾外國人的事件，像是闖進江戶高輪東禪寺的外國人旅館刺殺外國人。他們很猖狂，以至於京都竟成了一個法不能及的地帶。更有甚者，他們還聲稱天誅，濫殺佐幕開國派的幕臣，擁護公卿企圖倒幕。
——說難聽一點，把垃圾集中起來丟入筐中是最好的。幕府拿錢出來養他們，這樣應該不會再做出對幕府不利的舉動了吧。

這是老中板倉的想法。

事情既定，就著手開展工作。招募浪士的工作就交給了講武所的教諭松平忠敏等人負責。

招募工作開始後，清河一派的劍客（彥根藩的脫藩浪士石坂周造，他一直活到明治中期，後來成爲企業家。以及藝州浪士池田德太郎）以個人名義向江戶府內以及鄰近諸國的劍術道場送去了檄文。

「檄文？」

近藤不太明白。

「我們試衛館沒有收到這東西。」

「這個嘛，」

山南一臉的同情。自安政中期以來，江戶的劍術道場高達三百多家，所以像近藤道場這種連聽都沒聽說過的平民流派劍術道場是不可能收到檄文的。

「不可能送到這裡來。」

「爲什麼不可能？山南？」

歲三在一旁插話。

歲三的性格不能容忍別人的歧視。此時的他不是對清河一派心存不滿，而是對大流派出身的山南敬助的說法很不高興。

「這個嘛，土方君，落選是難免的。當然也可能是他們疏忽了。」

「兩位別爭了。山南君，你說這個浪士組會升爲旗本，是嗎？」

「這個嘛——」

山南搖了搖頭。山南不是一名普通劍客。作爲當時的知識分子，他的思想傾向於攘夷論。

「這不是升不升旗本的事。作爲大和武士（當時的流行語，意思是拋開藩的割據意識，成爲泛武士），浪士組是驅逐外國人的攘夷先驅。」

「但是不管怎樣，總是直屬於幕府的吧。」

近藤的思想很簡單直接，也很傳統。按照近藤的想法，在戰國時期，只要有戰爭，浪士就會投奔孰人，借大名之陣參加戰鬥，並在戰後論功行賞，得到提拔。此時近藤腦海裡出現的就是德川幕府之前的這一習俗。

「阿歲，覺得如何？」

近藤一臉喜色。從近藤的內心來講，成不成爲將軍直屬武士並不重要。

就目前的情形來看，道場的經營越來越困難，總有一天大家都會沒飯吃。而作爲道場場主，如果選擇加盟浪士組，經營困難的狀況就可以一舉解決。

「怎麼樣，阿歲？」

「如果我們加盟浪士組，天然理心流的試衛館將不復存在。這事情太大了，山南畢竟不是我們流派的人，他在場不方便討論此事。」

歲三很是執拗。他要是討厭起一個人來，甚至不能容忍此人在自己面前出現。

「老場主（周齋）還在。我們與其在這裡像沒頭蒼蠅似的議論，不如去聽聽他的意見。」

「好吧。」

近藤馬上起身去對義父周齋老人講了此事。周齋年紀大了，對時局並不瞭解。所以用山南口中的主義或思想去說服老人是不現實的，所以近藤只用了一句話來解釋此事。他說：

「將來可以變成將軍直屬的道場。」

這句話周齋聽明白了。

「這麼說我也能成爲將軍直屬道場的退休老人了。」

隨後，近藤把門徒和食客召集到道場裡，讓山南重述了一遍事情的經過。

「太好了！」

跳出來表示贊成的是食客原田左之助。這不只是因爲又可以有吃的了，而且還因爲他的本性就是好鬥，好像他就是爲了戰鬥才到這個世上來似的。如果他生在戰國時代，說不定靠他手中的長槍，就可以輕鬆拿到一兩千石的俸祿呢。

「沖田君，你的意見呢？」
近藤問。
「我？我無所謂。只要是近藤師傅和土方兄去的地方，就是地獄我也會毫不猶豫地跟著去。當然天堂更好。」
「井上君呢？」
「我同意。」
在近藤道場，從上一代場主以來一直像管家一樣的弟子、性情溫和的井上源三郎很痛快地表示同意。
「齋藤君？」
「我同意加盟。只是因爲有些事情需要回一趟明石去處理。可能會趕不上加盟儀式。」
「永倉君、藤堂君，你們二位怎麼樣？」
「這可是武士千載難逢的好機會，我當然要加盟。」
餘下的人放棄這次機會。
包括近藤、土方在內，共九個人決定加入浪士組。至此道場不復存在。
各個道場前來應聘幕府浪士組的人達三百名，但是爲此關閉道場的只有試衛館一家。應該說這個道場關閉的眞正原因並非爲了應聘浪士組，導致道場關閉的罪魁禍首應該是發生在小石川的痲疹疫情。

浪士組

歲三打從心底討厭山南敬助。本來山南從其他道場打聽到的有關幕府主持成立「浪士組」的內幕消息，對於素來一直夢想成爲有名望武士的歲三而言，絕對是一件值得歡呼雀躍的好事，但歲三卻持保留態度。原因是因爲他不喜歡提供消息的人——山南。

「還是再確認一下吧。」

他勸近藤。

「是爲了攘夷。」

山南敬助進一步說明幕府成立浪士組的宗旨。

這是策士清河八郎的主意。可是歲三還是心存疑慮，果眞是這樣嗎？

歲三和近藤一起前往位於牛込二合半坂的宅邸，拜訪了負責招募浪士的松平上總介。當然，也適時帶上了一封介紹信。

松平上總介爽快地接見了他們。這是時局所趨。松平上總介的家系爲第三代將軍家光的弟弟忠長家一脈，俸祿雖然只有三百石，仍是門第高的德川宗家的一個分支，在千代田城內即使敬陪末座也算得

上親藩大名。若不是時勢所迫，這樣的貴人不可能輕易接見浪士劍客那類無名小卒。

「啊，你們是說這件事啊。」

這位旗本大人解釋道：

「成立浪士組的目的是保護幕府將軍。」

上總介表示，將軍近期要上京。

而京都是激進派浪士的巢穴。這些人每天舞刀弄劍，威脅和刺殺反對派政客。將軍上京將可能遭遇極危險的狀況，所以特別招募武術名師護衛。

「這、這是真的嗎？」

近藤非常激動。

近藤此時激動的心情，是我們現代人所難以想像的。因爲當時將軍就如同神明一般，是兩百幾十年來天下一切價值、權威的源頭。浪士近藤勇昌宜額頭抵著榻榻米伏地行禮好一會兒，渾身止不住顫慄。歲三悄悄側眼看了一下近藤，只見他淚流滿面。對於此時的近藤來說，就是貢獻出自己的今生

……………………………………………………………………

甚至來世都絕不後悔。

男人有時候就是這樣。

近藤唯一喜歡的書是賴山陽的《日本外史》。《日本外史》是部描寫權力興亡的宏大長篇紀傳文學，在這部長篇史書中，近藤最欽慕的男性是楠正成。

楠正成是歷史上南北朝某個時期突然出現的一位豪快人物。在那之前，他只是一名居於河內金剛山的名不見經傳（就連鎌倉幕府家臣名單上也沒他的名字）的地方豪族，後來流亡的南帝（後醍醐天皇）拍著他的肩說「幫助我」，光是爲此他就甚爲感動，率領一族人奮不顧身地爲南朝而戰，最後在湊川自殺戰死疆場。賴山陽在這部書中，把楠正成寫成了日本史上最傑出的好漢。

英國也有這樣的事例。

傳說中著名的獅心王理查在位時，有次理查國王率領十字軍東征，國王的弟弟伺機篡奪王位，是雪伍德森林的綠林好漢羅賓漢奮起維護了王權。這位

草莽英雄的故事現在依然受到英國人的鍾愛。當然這是一段閒話。

數日後，歲三前去日野宿名主佐藤彥五郎家，報告了加盟浪士組的事情。

「我有一事要拜託姊夫。」歲三說。

「什麼事情？阿歲就要當武士了，只要我能辦的事情都可以答應你。說吧，到底是什麼事？」

「我想要一把刀。」

「你想要這個啊。我眞是粗心，早應該想到送你刀的。」

急性子的彥五郎馬上帶歲三去了佛堂，啪啪地敲打著用櫟材製成的、釘有金屬配件的大刀櫃，臉上掛著老好人般的微笑，說：

「這裡有三十多把。只要喜歡的都可以拿走。」

看著姊夫的笑容，歲三有點困擾。

像這等劣質的刀劍，就算成綑送他，他也不想要。他想要的是名刀。而且他對名刀匠作品更是期待。他考慮了一會兒，

「我姊在嗎？」

「你問阿信嗎？她出去了。不過應該快回來了。你也有事找阿信嗎？」

「我想趁你們夫妻倆都在時再索討。」

「這樣啊。」

去爲先人掃墓的阿信終於回來了。從歲三口中得知他要參加浪士組的消息。

「是嗎。」

阿信極有肚量，沒有多說什麼。

阿信是土方家手足六人中的老四，非常疼愛這個讓全家人頭痛的小弟。歲三也喜歡這個姊姊。小時候他就經常待在姊姊的婆家佐藤家，比在自己家的時間還要多。

「你究竟想要什麼東西？」阿信問道。

「我要買一把好刀。所以想跟你們要一些錢。」

「你要多少？」

「既然開口了，我不希望被拒絕。你們先答應。」

「好啊。」

彥五郎充分表現出了他心胸開闊的一面。

「要多少？」

「一百兩。」

夫婦倆沉默了。一百兩的數目實在太大，就算把附近的良田都賣了也湊不出這麼多錢來。在那個時代，家裡雇用的男僕年薪也不過才三兩。

彥五郎的聲音不自覺地大了起來：

「你到底要買什麼刀？」

「我想買一把將軍、大名使用的那種名刀。」

歲三沉著地回答。

「荒唐。……」

「姊夫認爲這荒唐嗎？」

歲三兩眼直盯著彥五郎。

「畢竟價錢太高了。」

「在京城，西國諸藩、不法浪士肆意妄爲，因爲要從他們的狂刃下保護將軍，所以護持的刀劍也不能有失體面並講究鋒利。」

「──」

「近藤似乎在尋找虎徹。」

「找虎徹？」

那也是大名用刀。

「勇嗎？找虎徹？」

「沒錯。愛宕下日蔭町的刀劍店正全力以赴地替他找尋。上京之後，我們全得靠劍術和劍來一決生死。所以我也想要一把和虎徹不相上下的利劍。」

「這……說得也是。」

彥五郎有點膽怯地看著自己的妻子阿信。阿信表現得很鎮定。她知道梳妝台裡還放著自己出嫁時娘家父親給的五十兩錢。她說：

「阿歲，你跟姊夫要五十兩吧。」

「五十兩行嗎？」

阿信接著拿出自己的五十兩添上，分成二十五兩共四小包交給歲三。

「感激不盡。」

這個在別人面前桀驁不馴的男人接過四個小包，臉上露出的童稚笑容，讓阿信忍不住想摸他的臉頰一把。

第二天，以愛宕下的刀屋町爲首，歲三來回尋訪全江戶各家刀劍店。

每次一進店門他就問：

「有和泉守兼定嗎？」

那可是名震天下的大業物（利刀）。

鋒利。傑作利劍甚至遇上南蠻鐵也削鐵如泥。順帶一提，「大業物」的排名依刀工與鋒利程度經過評定的。知名的有堀川國廣、藤四郎祐定、以ソボロ助廣的別名而聞名的津田助廣等名工匠有二十一位，其中和泉守兼定則名列前茅，據說鋒利無比，劍刃就像帶了魔力一般。

「兼定？您是……？」

所有刀劍店的店主都流露出很驚訝的神色。那可不是一介浪士所能擁有的東西。

「我們有初代和第三代的兼定。」

有刀劍店這樣回答歲三。但是歲三並不想要那些。同樣是和泉守兼定，初代和第三代的刀都很普通，價格也便宜，應該說最適合浪士使用了。但是歲三看不上，他說：

「我要『之定』。」

「之定」是第二代和泉守兼定。所謂的大業物兼定，別名爲「之定」。因爲他在刀上刻銘時習慣將兼定刻成兼㝎，定字的寶蓋頭下爲「之」字，所以有此別名。

戰國時代的武將細川幽齋和忠興父子很喜歡兼定的作品，還有豐臣秀吉的猛將、被稱作「鬼武藏」的森武藏守也極喜歡使用這位兼定的十文字槍，上面還刻了「人間無骨」幾個字。

刻上這種讓人不寒而慄的字，刺穿敵人就像刺穿地瓜一樣。

歲三知道這個「人間無骨」的故事。由此他推想只要揮舞利劍兼定，敵人身上就會像沒了骨頭似地散了架。

「有和泉守兼定嗎？」

每天他都到處重複這個問題。

「有的。」

終於有一天，在淺草的一家古武具店裡，一個兩眼發白的盲眼老人肯定地回答。

「能確定嗎？」

「若是您有疑慮，不買也沒關係的。」

「不是。我是說你的眼睛有辦法鑑定出來嗎？」

「刀這種東西，」

老人嘶啞著聲音笑道：

「恰恰是明眼人才容易看走眼。我是十年前也就是七十歲的時候眼睛才瞎的。在那之後，我握著劍時完全心無雜念。連愛宕下的刀匠遇上沒把握鑑定的，也經常跑到淺草這裡讓我摸摸看呢。」

「好吧，讓我看看。」

老人從店後頭拿出一柄收在又舊又髒的白木鞘刀劍出來。

「請看吧。」

歲三抽出刀。

刀身鏽跡斑斑。歲三一看，不禁怒氣衝天，臉色刷白。但是他強忍住怒火，裝著若無其事問道：

「多少錢？」

「五兩。」

歲三沒有說話。他盯著這個乾癟癟的瞎老頭，好一會兒才開口：

「爲什麼這麼便宜？」

笑開的嘴裡看不見一顆牙齒。

「買東西還有嫌便宜的嗎？難道我開口要一百兩你

才滿意？」

「你是在耍我嗎？」

歲三嗓音低沉了下去。老人沒有因此而害怕。

「刀也是有天賦命定的一生。這把刀從永正年間（足利末期）問世後的遭遇我不清楚，後來也一直沒有成爲哪位大名或有地位武士的隨身物。長期以來一直躺在出羽某鄉下豪族的倉庫裡。數百年後終於有竊賊進這倉庫盜走這把刀，這才使它有機會在世上露面。竊賊將這柄舉世無雙的刀送到我的手中。這就是刀的來歷。」

老人很坦誠，向歲三說出了刀的來歷。而他的這一番解釋很可能給自己帶來牢獄之災。可見這位老人是誠心誠意要成全歲三和刀了。

「我相信，」

他語氣有些粗魯，繼續說道。老翁以盲人的直覺，認爲這位專找和泉守兼定的浪士不是個簡單的人物。

「幾百年來，這把刀一直在等待像你這樣的人。總之我就是知道，所以才開價五兩。你要是不願意，直接送給你也可以。你可能覺得我這人很怪，我這間武術道具店開了五十多年，一向都是憑著愛好在經營的。」

這種義氣直率的口吻，眞不像是一個靠經營武術道具店爲生的老頭，他在背後或許還幹著什麼令奉行所倍感頭疼的事情。

「那我五兩擱這兒。」歲三說道。

離開店，歲三直奔愛宕下找人磨劍。

接近出發赴京都之時的文久三年正月，劍打磨好了。

刀裝完全是實用的鐵製，刀鞘是拋過光的黑漆。這都是按歲三的要求做的。

刀身經過仔細打磨，任誰看了都會認爲這是貨眞價實的和泉守兼定。

淬火時形成的刃紋是紅豆粒大小的不規則紋路，

劍身質地泛著魅惑人的青光，鍛造時形成的柾目紋直讓人起雞皮疙瘩。

（眞是鋒利。——）

歲三握劍的手忍不住顫抖。

從這天晚上開始，歲三的舉止變得非常古怪，令沖田總司感到納悶。

首先，他晚上沒有回道場。

直到拂曉他才回來，接著倒頭酣睡至中午，到了傍晚又外出不見蹤影。

「土方，」

有一天，沖田親切地傾著頭問道：

「我得相信眞有那麼回事兒了。」

「什麼事？」

「狐狸附身呀。我看你連面孔也越來越像狐狸了。這樣吧，我認識一位修行的人，我帶你去給對方驅邪吧。」

「說什麼傻話。」

歲三說著往劍身上磨刀粉。

這時正值日落，沖田背對著拉門，臉上表情因爲背光昏暗而看不眞切。

「今晚去哪處街町？」

「——？」

「就算瞞著大夥，也是不行的。」

這個年輕人早已察覺了。

近來，發生了試刀斬人的事件。大多數並非搶劫殺人，而是因爲攘夷運動的熱潮，使得那些浪士劍客變得殺氣騰騰，他們聲稱爲了防備外夷的入侵要努力練好劍術，晚上就在大街上亂開殺戒。

幾乎每個晚上都有人喪命。

受害者大部分是武士。爲此，夜間外出的武士減少許多。

這類事件有不少發生在小石川附近。

在彗星連夜往東方劃過天空的去年年底，在小日向清水谷、大塚窪町、戶崎町的田地裡各發生一起殺人事件。時間都在晚上，死者都是侍奉主君的武士。

到了今年，在道場所在的柳町的石屋前，一名旗本宅邸的僕人慘遭斬殺。自此，奉行所同心開始盯上了近藤道場，他們三番五次地前來詢問道場相關人員的情況。

「你這惡作劇太過分了。我覺得你還是趁早改邪歸正吧。——」

沖田以一臉從來沒有過的認眞表情說道。

但是，當晚歲三還是出門了。

試刀斬人並非他的目的。

他是爲了找一個人。爲此，他每天晚上都在熱鬧的地方徘徊。

終於遇上這個人。

戌時下刻（約晚間九點）。

歲三經過金杉稻荷的鳥居前，走到一位旗本久保田某的宅邸拐彎處時，突然從背後一刀襲來。

危急之中他躍至圍牆腳下，轉身回過頭的時候已拔出和泉守兼定，習慣性地擺出下段姿勢，準備應戰。

（……？）

歲三繃著臉一聲不吭。天空掛著月亮，對方的影子正悄悄地向左移動。

（厲害。）

歲三這麼想是因爲對方已經收了劍，只見他空下右手，繞著歲三走了起來。聽不到半點腳步聲。看那架勢，居合功夫已經練到了如火純青的地步。

歲三注視著這個人。

一般來說，黑夜裡看東西不能平視，視線最好稍高於影子，這樣可以清清楚楚地看見物體形狀。這是夜戰的經驗。

「喂。」

對方開口了。

「你是誰？哪個藩的？報上名來，我可以供養你。」

「呸。」

歲三吐了一口吐沫，又不說話了。

對方像是在等歲三出手。此時兩人相距不過六尺，不論兩人中誰先動手，其中一人將死於非命。

歲三也在等對方出手。

如果歲三先出手，那就正中對方下懷，居合的招術正好用上。

（怎麼才能讓他先拔劍呢？）

對付居合只有這一種方法。

歲三突然彎下膝蓋。

一口氣挺直。

在圍牆前橫向閃開，同時快速抽出短刀，與對方廝殺在一起。

同時向對方扔出了短刀。

對方見狀迅速做出了反應。只見他一彎腰，白色的劍刃「嗖」地一聲揮向空中，從歲三的頭頂上直劈了下來。

火光四濺。

不知什麼時候，歲三的左手多了一把鐵扇。他反持著鐵扇，接住了敵人砍下的劍。

接著，歲三早已拿在右手上的和泉守兼定像風一般飛旋，刺進了對方的右臉，割斷他臉上的骨頭，傷口裂至右眼窩上方。眼球噴飛，下巴凹陷。男人就這樣面朝下撲倒在地，當場氣絕身亡。

（的確鋒利。）

這一夜是正月三十日。

數天後，二月八日歲三等新招募的三百浪士在小石川傳通院集合後從江戶出發了。經由中山道六十八個宿場，走過一百三十里的路程，於文久三年二月二十三日的傍晚到達京都。

歲三住進了壬生宿所。

袖子上還滲著江戶的鮮血。

清河和芹澤

壬生鄉位於京都西郊，是古寺、鄉士宅邸和農家組成的聚落。在王朝時代，這裡曾經是朱雀大路的中心地帶，所以保留了非常濃郁的古典氣息。

歲三等天然理心流的八位壯士被安排住在壬生鄉八木源之丞的家裡。

「好漂亮的房子。」

近藤非常高興。

的確，這房子比歲三見到過的武州任何一所豪宅都要講究。不論是柱子也好地板也好，毫不吝惜地使用上好銘木。前院與中庭的別緻程度都足以讓風雅人士爲之歌詠。

「阿歲，你看，這才是名園啊。」

近藤這個大老粗又走到緣廊參觀，怎麼看都看不膩。不過，說到名園，後來近藤在京都住的時間長了，知道像這樣的房子在京都只是一般住宅。他感覺有些複雜，說：

「京都這地方太驚人了。」

但在當時，看著這樣的一棟大房子，他只有目瞪口呆的份。

「是吧，阿歲？」

近藤回頭。歲三正站在一旁欣賞院子。他突然對近藤說：

「以後你別再叫我阿歲了。」

到了京城以後，他覺得近藤太土氣了。不僅老土，而且整個人看上去好像也小了一號。

「那叫你什麼？」

「你就叫我土方君吧。我叫你近藤兄或近藤先生。剛開始可能會不習慣，但是這種架勢是最重要的。我們不再是武州的無名之輩了。我在想，我們八人也不能群龍無首，最好按年齡大小和能力高低定出井然有序的關係。」

「這主意不錯。」

「當然首領還得由你來擔任。」

「這樣啊？」

近藤嘴裡沒說，臉上明顯流露出「那是當然」的神情。近藤從小就是個孩子王，至今還沒有一次屈居第二。

「所以，你就要像個首領那樣注意自己的言行舉止。」

「我知道。不過阿歲，我們只是一般隊士。」

近藤說得沒錯。從江戶出發的時候，清河八郎就與幕府派來負責監察的山岡鐵太郎等人已經商定了浪士組的體制。他們從召募的浪士中選出若干人，分別擔任組長和監查等職務。而近藤的這一組人，包括近藤在內都是普通隊士。

這就是無名之輩的悲哀。

任命的幹部中，甚至有像祐天仙之助這種愚蠢的人。他以前是個賭徒，因為他帶著自己平時豢養的護衛及嘍囉等一大群人加盟浪士組，所以他名正言順成了五番隊的伍長（組長）。

除此之外，其他被任命的幹部首領也盡是在江戶攘夷浪士中徒有虛名的輕浮之徒（起碼歲三是這麼認為的），例如根岸友山、黑田桃珉、新見錦、石坂周造等。他們當上頭頭後好像一副已經得到天下似的端出師匠的架勢。他們裝腔作勢憂國憂民或許在行，但是到了真槍實劍對戰，落荒而逃可能就是他們的第一選擇。

（怎麼淨說傻話呀。）

歲三在上京途中，幾乎沒有和那些人說過話，有時甚至還翻白眼瞪他們。所以很不討這些幹部的歡心。

（這種烏合之眾，也就這麼點本事，總有一天他們會樹倒猢猻散的。）

就等著這一天到來。

歲三的戰鬥已經開始。他要依靠武州天然理心流的勢力來奪取這個集團的最高權力。

（怎樣才能實現這個目標？）

歲三終日神色陰沉地思考這個問題。

浪士組分別住在不同地方。

浪士組徵用了壬生鄉的數間宅邸，本部設在新德寺。

還有寺院武士田邊家、鄉士中村、井出、南部、八木、濱崎、前川等人的房子，連富農家屋也被徵用。小小的壬生鄉裡充斥著東國地區的浪士。

這天傍晚。

也就是抵達的二十三日隔天傍晚，從總部新德寺派來了一名使者到歲三他們住的八木家。來人進門就喊：

「清河先生在新德寺的正殿有話要說，請大家馬上前往。」

說完又匆匆跑遠了。

「土方兄，會說些什麼呢？」

沖田放下了筷子。

大家都聚在近藤的房間裡一起吃飯。每人的盤子裡都有醃製的壬生菜。

這種菜在關東沒有見過。

這是京水菜的變種，顏色呈墨綠色，雖然葉子和莖都很粗，嚼起來有種微妙的口感且柔軟。

——眞好吃。

山南敬助一次又一次地要八木家的女傭添加這道菜。歲三很看不起山南的饞樣。

山南不光對吃的如此，只要是京城的東西，他都毫不吝嗇溢美之詞。

「這裡眞不愧是王城之地。到這裡以後，我越來越覺得我們不過是東國的野漢而已。」

這樣的話他重複了許多遍。歲三於是把山南讚美的壬生菜從自己的盤中剔出，完全不碰。

（東國野漢又怎樣。像這種一點鹹味都吃不出來的鹹菜有什麼好吃的。）

當然，歲三不是對食物反感，而是他對山南厭惡至極。

「什麼，清河先生有話要說？」

山南放下了筷子。這個文化人正因爲自己有文化，所以尤其敬佩才識淵博又能言善道的清河八郎。

「各位，走吧。」

「我們還沒吃完呢。」

歲三說道。

「用不著這麼急吧。山南，清河八郎又不是我們的主人，他只是個愛管閒事的人。讓他等著就是了。」

「土方君，」

山南很勉強地笑著說：

「你也是好不容易才到京都來的。京都人說話不傷人。你最好這方面留心一點。」

「我還是打算照我的作風。」

歲三一臉不悅挑起魚上的刺。沖田在一旁噗哧笑了。

「土方，那是我的魚乾。你的在那邊。」

「知道啦。」

歲三嘴裡不肯認輸。他說：

「別人碗裡的東西看起來更好吃嘛。我只是在學京都迷山南而已。」

近藤一群人吃完最後一碗茶泡飯後才慢吞吞地出了寓所的門。八木家的男僕幫他們打開大門。門上裝飾有厚重的金屬鑄件，有如大名宅邸。大門雖然是武家風格的長屋門，可是跟和武州日野的佐藤家完全不加修飾的作風有所不同，牆面塗上紅殼漆，窗戶上鑲了細密的京格子，感覺有點微妙的女性化風格。

出門就是坊城通。歲三一行人只要穿過這條路就到新德寺了。新德寺就在八木家的斜對面。

狹小的正殿裡已經擠滿了浪士。歲三一行人讓人家在末座騰出一塊地方後，擠著坐了下來。

坐在正殿須彌座右側的是山岡等幕臣，清河坐在他們旁邊，神情有些不滿兼無奈。在他的周圍坐著心腹石坂周造、池田德太郎和齋藤熊三郎（清河的親弟弟）等人，一個個神情異常緊繃。歲三心想：

（看來眞的有事。）

三十張榻榻米大的正殿裡只點了五座燭臺，沒有點燈。就在這昏暗的房間裡，清河一派的石坂周造首先站了起來。

「各位請安靜。現在清河氏有話要說。」

清河八郎站了起來。是名高個子、儀態好的男子。

他一步一步走向須彌座前。

清河除了具有出羽人的白皮膚，五官也非常端正，那面容連男人看了都會爲之心動。同時又不失爲北辰一刀流的精英，眼光銳利，渾身充滿了活力，態度不卑不亢，很有大將風範，能在世間做番大事業。說他是一代人傑絕不爲過。

「諸君，」

清河把太刀換到左手，說：

「今天我要說的是有關我們自身命運的事，所以希望大家用心聽。在座的各位都是勇敢慓悍、視死如歸的好漢，所以我們並不害怕流血。但是我們必須清楚熱血爲何而流。如果我們的鮮血是爲了錯誤的選擇而流，那麼將會蒙上永遠也洗刷不掉的亂臣賊子惡名。——」

清河環視眾人。

大家都緊張地看著清河。清河接著說了出乎意料的事。

「我們在江戶傳通院結盟誓師的時候，告訴大家是爲了保護近期上京的將軍（家茂）。但這只是表面理由，我們眞正的目的是要保護天皇基業，做尊王攘夷的先驅。」

（啊！）

感到驚訝的不只是在場的浪士，還有協助清河說服幕府方面組織起浪士組而的幕臣們。山岡鐵太郎等人臉色鐵青。清河的這番話，連山岡也是第一次聽到。（幾年後山岡才成長爲一個讓人刮目相看的響噹噹人物，而當時他還太年輕，多半是被策士清河的口才所折服。）

「的確，我們是響應幕府的號召組織起來的。但是我們沒有拿德川家的俸祿。我們可以自由選擇我們的路。所以我們選擇做天朝的兵士。今後，如果有幕府官員（例如老中、京都所司代）背叛天朝、違抗皇命，我們將毫不留情地置之於死地。」

清河八郎就在這壬生的新德寺裡，舉起了維新史上第一面倒幕旗幟。清河爲了手中沒有一兵一卒的天皇，他要採取強硬的手段，試圖以此使自己搖身一變，成爲旗本，並確立高於江戶幕府的京都政權。可以說這是維新史上最大的一場演出。

「有異議嗎？」

在座的人被清河給鎮住了。即便是在座的受過教育的人也不能夠做到眞正理解他這番話，更別說是提出反對意見來了。

清河內心是看不起在座浪士的。他心想謀略自己來即可，你們只要追隨我就夠了。

全場沒有人發言就散會了。

從這天晚上起，清河開始了遊說京都公卿的工作。他請求公卿們上奏天皇，稟明浪士組的心跡。

當時的那些所謂的公卿，他們的政治素養簡直跟白癡沒什麼兩樣，而當時的天子（孝明帝）又患有高度的白人恐懼症，他對幕府的開港政策始終持反對意見。

所以，清河提出的「奉天旨意，爭做攘夷急先鋒」的倡議極大地震撼了朝廷。很快，清河得到了天皇的聖言：「甚合朕意」。

清河感到狂喜。

如果形勢的發展能如清河願望，說不定出羽清川村的一介鄉士真的能坐上京都新政權的首席之位呢。

「阿歲，怎麼辦？」

當晚近藤把歲三叫到了自己的房裡。近藤此時還不甚瞭解時勢這個東西，也不太理解所謂的志士議論的話題。

歲三也好不到哪裡去。畢竟在這之前他還只是個在武州多摩的鄉下，和八王子的甲源一刀流打架爭地盤的男人而已。

但是歲三具有近藤所缺乏的天賦直覺，以及男人的節操與道義。

「那個人不是好東西。」

歲三說。一句話徹底消除了近藤的疑慮。他說：

「阿歲，你說得對。清河那小子說的話我不是很懂，但是很明顯他那是叛變行爲。再怎麼披上正義的僞裝，他也還是一個禍國殃民之徒。既然這樣，我們怎麼辦？」

「我們只有一條路可走，除掉他。」

「殺了他嗎？」

近藤的思想很簡單。但是歲三認爲殺死清河還不能徹底解決問題。所以他又說：

「我們還要成立一個新的組織。」

「成立新組織？」

「對。現在我們只有八個人，人數太少，我們敵不過他眾多的追隨者。所以現在殺清河爲時尚早。我們不要操之過急，需要假以時日，一步步實現我們的目標。」

「那我們怎麼做呢，阿歲？」

「請叫我土方君。」

「啊，這樣啊。」

近藤表情有點尷尬。

歲三側著耳朵注意隔壁房間的動靜。他拿出紙和筆，寫下了三個字，

——芹澤鴨。

「要想成事，必須把這個人拉攏進來。」

芹澤鴨是水戶藩的脫藩浪士。他自稱是天狗黨的同夥，身材魁偉，力大可抵數人。

他也是神道無念流的免許皆傳，有自己的弟子。但此人性格暴烈，什麼事情都要順他的意，否則他是什麼事都幹得出來的。這一點非常讓人頭痛。

「芹澤嗎？」

近藤輕聲嘀咕了一句。他很不喜歡芹澤。在進京的途中，有好幾次，近藤和這個男人發生不愉快的事。所以把他拉攏進來無疑是一件令他感到極爲不悅的事情。

歲三也不喜歡這個人。

歲三甚至比近藤更討厭這個殘暴的傢伙。但是爲了今後更好地發展，歲三要說服近藤，同時也要說服自己，和芹澤聯手合作。

「爲什麼非他不可？」

「首先是因爲他的手下。」

芹澤手下只有五個人，但是個個都是以一擋十的好漢，劍術高超。而且他們又是清一色的水戶人，同是神道無念流的出身。芹澤是他們的頭頭，帶他們加入了浪士組。與近藤這一組不同，他們之中出了兩位浪士組的首領（芹澤鴨是取締付，新見錦是三番隊伍長。另外三人分別是平間重助、野口健司和平山五郎。）

「還有，」

歲三用手指著紙上的「芹澤鴨」三個字，說：

「你知道這個人的眞名嗎？」

「不知道。」

「他的眞名是木村繼次，他的親哥哥叫木村傳左衛門，就在水戶德川家的京都宅邸任職，隸屬於公用方（派駐在京都的外交官）。你看，既然他是水戶德川家的公用方，那他應該和京都守護職松平中將大人的公用方關係很密切吧。」

「所以呢？」

「說起京都守護職松平中將（容保）大人，」

歲三頓了頓，看著近藤。近藤也知道，京都守護職就是幕府設在京都的代表機構。

「明白了。」

近藤興奮起來。他說：

「你的意思是，透過芹澤去說服京都守護職大人批准我們成立一個新的組織在京都運作，對不對？」

「對。芹澤是毒物般的男子，但現在卻是一帖良藥。而且，對我們來說，還有一個便利之處，就是他們五人和我們都住在這裡。」

歲三揉著紙團說。

這實在是太巧了。在安排浪士組住處的時候，近藤的一組和芹澤的一組湊巧就分在一起，住進了八木家屋。如果沒有這樣的巧合，幕府末期是否會出現新選組這個組織還眞的很難說。

「芹澤先生，我想找你聊聊。」

近藤和歲三分手後就去了芹澤的房間。兩個房間中間隔著一個內院。

「喲，眞是稀客呀。」

芹澤熱情招呼。他們雖然住在一個屋簷下，但各據一方，兩位首領還從來沒有坐下來聊過天。

對於近藤的來訪，芹澤顯得非常高興。而此時他已經有些醉意朦朧了。

「喂，給近藤先生拿一副碗筷來。」

他指示手下平間重助，還把自己正用著的朱漆大杯子洗乾淨遞給近藤，說：

「先喝一杯。」

「謝謝。我不客氣了。」

近藤不太會喝酒，但此時爲了達到和芹澤聯手的目的，就是毒藥他也會毫不猶豫地喝下去。近藤乾了這一杯酒。

「痛快。對了，你有什麼事情？」

「是關於倒戈的事情。」

「倒戈？」

「就是清河說的事情。」

近藤沒有用敬稱稱呼清河，而在這之前卻一直敬稱他爲清河先生。

「什麼呀。就那小子的事情呀。」

芹澤好像從一開始就沒把清河放在眼裡。他接過近藤遞過來的杯子，說：

「你爲什麼說那小子是倒戈？」

「芹澤先生，這事我們可不能聽之任之。是不是？」

「嗯。」

芹澤側著頭。的確，聽近藤這麼一說，清河是利用了當今流行的尊王攘夷口號，巧妙地掩蓋了一個事實。那就是作爲武士，背叛了大公儀（幕府）的信任。

「對武士來說，那就是叛變。」

「嗯。」

被近藤一說，芹澤的腦海裡不知不覺地把清河八郎和戲曲中的明智光秀放在了一起。

「要殺他嗎？」

他放低了聲音。

「關於這一點，」

近藤對芹澤說了歲三的策略。芹澤拍打著自己的手，顯得很興奮。

「有意思。非常有意思。就這麼辦！這下京城可有好戲看囉。」

新選組誕生

土方歲三和近藤進京後的第一項費盡心思的事是殺清河。

當然是採用暗殺的方式。

這事絕對不能洩漏一點風聲，否則歲三計畫中透過秘密結盟，由近藤·芹澤兩派共同組建一個新組織的事情就會困難重重。

近藤派的八個人每天都到壬生周邊散步，看似很悠閒，目的自然是爲了刺探清河的動靜。

芹澤派的五個人也積極協助他們。但是由於首領芹澤鴨是個急性子，所以並不適合做這種需要小心加耐心的偵查工作。

「近藤君，」

芹澤幾乎每天都往近藤的房間裡跑。每次，腳步聲蹬蹬蹬的震天響，進來就抱怨：

「整天這樣子，麻煩死了。」

他的性子確實急躁。

而且還經常酒氣沖天。

他有一個毛病，喜歡一邊說話，一邊用一把大鐵扇不停地拍打膝蓋。鐵扇上刻著幾個字，

——盡忠報國。

這是當時在水戶很流行的一句話。

「不如——」

芹澤直咳嗽。他說：

「深夜闖進清河八郎那混蛋的房間，不管三七二十一把他幹掉就是了。」

「眞不愧是芹澤先生。」

「是個好主意吧。」

「您不愧是一位英雄豪傑。」

近藤極盡花言巧語之能事。此時他必須安撫住芹澤，因爲一旦芹澤鴨輕舉妄動，結果將不堪設想。

「不過我們還是愼重些好。對了，你哥哥那邊有消息了嗎？」

「你是說找守護職的事嗎？」

「是。」

「昨天我又去了。我哥說應該很快就會有消息。只要得到守護職的認可，近藤君，京城就是你我的天下了。」

「不不，我什麼都不懂。」

近藤苦著臉哄芹澤，說：

「不過，先生一定能成爲京城第一的國士。」

「你別給我戴高帽子。」

「你覺得我是一個花言巧語的人嗎？」

「說得也是。」

芹澤很得意。

儘管說這些話讓近藤覺得很痛苦，但他必須這樣做。這是幕後主謀歲三的主意。他說在事成之前，無論如何都要抓住芹澤鴨這個人不放。

——近藤，如果，

歲三反覆叮囑近藤。

「芹澤讓你舔他的腳底，你也只能服從，只要他高興。總之你要盡一切可能討他的歡心。」

在前面已經提到，芹澤的親兄是水戶德川家的家臣，在京城擔任公用方。這對歲三來說，是非常有利用價值的。通過芹澤，可以讓他的哥哥對京都守護職會津中將松平容保的公用方進行商議，並最終得到密旨：

「誅殺清河八郎。」

現在正是近藤他們的關鍵時刻。

根據歲三的觀察，對於清河突然倒戈，幕閣異常氣憤（這一點他猜對了。正如歲三所料，老中板倉周防守已經向在講武所任教的幕臣佐佐木唯三郎下了命令，命令他設法暗殺清河。）所以京都的幕府探題、京都守護職當然也對清河耿耿於懷。這一判斷絕不會有錯。

（密旨一定會下的。）

所以，歲三一邊讓芹澤去他哥哥那裡運作，一邊繼續開展暗殺清河的計畫。

一切不出他所料。

第二天。

京都守護職松平容保的公用方中，有位叫作外島機兵衛的具影響力的人找到芹澤，說要見他。還叮囑了一句，說要保密。

「這事兒有著落了。」

歲三對近藤說。一群名不見經傳的浪士劍客從此將進入擁有高於江戶幕閣權力的京都守護職的人脈中，難道這還算不上是一個了不起的收穫嗎？

「是啊。」

近藤面孔通紅。可能是因爲太興奮了，他說：

「阿歲，這事兒應該通知老家，一定要的。」

結拜兄弟日野宿名主佐藤彥五郎一定會爲他們高興的。彥五郎非常惦記他們，說在京城「需要用錢的地方會很多」，還特地派人送錢過來。這就是好朋友的情誼。

第二天，幾個人離開了住處，跟大家說是要去「參觀城裡」。

一行人從壬生出發，一路向東行。

近藤勇、土方歲三。

芹澤鴨、新見錦。

一行共四人。

此時此刻，這四個人無論如何也想不到幾個月後自己會成爲震驚京城的男人。

他們到達位於黑谷的會津本陣時，已是午後太陽開始向西斜的時刻。

「喔。」

近藤抬頭向上看去。

一扇安著裝飾釘的有如城門的大門就在眼前。說是會津本陣，實際上是淨土宗別格本山金戒光明寺。而這裡的建築與其說是寺院建築，更像是一座背靠丘陵的城堡。不只是像，這其中還有一個故事呢。

在江戶初期，德川家爲了預防萬一，除了二条城這座正式的城池之外，在京都還建了另外二座備用城池，以應對萬一發生的叛亂。一座是位於華頂山的知恩院，另一座就是這座位於黑谷的金戒光明寺。對幕府來說，現在正是面臨「萬一」的時候了。爲此幕府派會津松平藩駐紮在京都，並把本陣設在了備用的城池金戒光明寺內。德川氏祖先的智慧在經過了二百多年後的今天，終於有機會發揮作用。

「芹澤先生，你看這本陣多氣派。」

「是啊。」

芹澤對建築興趣不大。

他們一行人被帶進了大方丈。

不一會兒，從外面進來一位眼光犀利的中年武士，在下座上向四人行禮。

「讓你們特意到這裡來，眞是過意不去。我是公用方外島機兵衛，以後請多多關照。」

此人按照會津藩士的禮節向大家做了自我介紹。

接下來就是喝酒。外島機兵衛的表現很像一位風流雅士，與他的長相似乎並不相稱。他又是說一些無關痛癢的玩笑話，酒喝多後，又用可愛得讓人捧腹的聲音說一些會津的俚謠，周旋於眾人之間。這是近藤第一次出席這種場合，他顯得非常緊張，渾身不自在。

歲三也是兩眼骨碌碌地轉，臉上沒有一絲笑容。到了告辭的時間。外島機兵衛把一行人送到大門外。他輕輕摸著自己的臉頰，說道：

「今天晚上非常高興。」

說完又突然壓低嗓音，叫了一聲：

「近藤先生。」

「啊？」

「清就拜託了。」

關於正事，他就說了這麼一句話。清當然是指清河。就這樣，京都守護職下達了暗殺清河的命令。

清河八郎每天都會外出，他的目的地是御所。

御所裡新設了一個辦事機構叫「學習院」。這裡集中了從公卿中選出來的天資聰慧的人，他們每天研究並討論對付幕府的政策。然而由於自源平以來，公卿被剝奪執政權力已達七百多年，他們從來沒有接受過政治訓練，幾乎不具備判斷力。所以這個機構充其量只是一個空架子，被出入於這個機構的「尊攘浪士」的議論所左右。

清河也是這個機構的幕後人物之一。

歲三研究了清河每天往返的路線。

（不愧是劍客清河。）

歲三十分佩服。因為清河每天走的路線都不同，他是有意識地提防刺客的襲擊。

經過探查，他終於找到了一個清河每必經之地。這地方位於九条關白家的南面，在丸太町通（東西向）與高倉通（南北向）相交的一個角落。

那個地方有一棟町家（商家），裡面沒有人居住。

（這點對我們很有利。）

歲三告訴近藤和芹澤，並決定就在那裡設下埋伏。

「暗殺一定要在夜間進行。」

歲三對芹澤說：

「而且要速戰速決。稍有耽擱，我們可能會被認出來。」

「知道了。你眞是當軍師的料。」

「人數也不能太多。」

「知道。這還用你說。」

近藤、芹澤兩派人中只有前述的四個人知道這個秘密，其餘人均蒙在鼓裡。所以暗殺行動決定由這四個人實施。

四個人分成了兩組。

近藤勇和新見錦。

芹澤鴨和土方歲三。

兩組人輪流到那個空房子裡等待機會。之所以四個人沒有按同伴搭配是因爲一旦取了清河的首級，會成爲兩派中的其中一派的功勞，到時候引起不必要的爭執。對於這些後果，歲三也已經考慮到了。

計畫開始實施。

然而眞正實施起來困難重重，因爲清河的保護措施做得實在是無懈可擊。他出門的時候，一定會帶幾名身材魁梧的心腹陪伴左右。

而且他總是趕在太陽下山之前回到住處。

「眞是滴水不漏呀。」

連近藤都感歎清河的細心。儘管每天都在空房子裡守候，但是清河回來的時候天色實在太早。

芹澤急得直咬牙。

每次從木籬笆的縫隙看出去，看到清河一步步地走近，芹澤恨不得一躍跳出去。而每次歲三總要費好大的勁才能制止他。

機會終於來了。

是在芹澤和歲三這一組埋伏的時候。這天傍晚，直到太陽下山還沒有看見清河從學習院回來。

「看來今天有戲可唱了。」

芹澤說著在木籬笆腳下痛快淋漓地撒了一泡尿。那飛濺開來的尿滴毫不客氣地濺到歲三的衣服上，芹澤不以爲意。

歲三皺了皺眉頭。心裡罵了一句：

（討厭的傢伙。）

正想閃開的時候，從木籬笆縫隙間看到路上有了狀況。

歲三最先看見了幾盞燈籠。

緊接著又聽到了談笑聲。

「是清河。」

歲三說。

「在哪兒？在哪兒？讓我看看。」

芹澤向外看去。一邊看一邊笑著說：

「是四個人。」

他們分別是清河八郎、石坂周造、池田德太郎和松野健次。這幾人個個實力雄厚，具備開道場的能力。

「土方君，清河就交給我來解決。」

「好。我來對付那些鼠輩。記住要速戰速決，千萬不要動靜太大。」

「眞囉嗦。」

芹澤沉著地戴上事先準備好的面具。歲三也用黑布裹住了臉，只露出兩隻眼睛。

「土方君，上。」

一個健步飛身出了木籬笆。

芹澤拔劍跑了出去。歲三也跟著跑出去，同時抽出了和泉守兼定。

——怎麼回事兒？

提燈籠的一行人停下腳步。他們看見前面兩個黑影衝過來。

黑影中的一個腳步聲大得驚人，有如地鳴一般的極大聲響。

（芹澤這小子。……）

歲三邊跑邊因爲芹澤的魯莽而生氣。

而清河一夥人卻因爲芹澤這種毫不加掩飾的腳步聲放鬆了警惕。

「會不會是什麼地方著火了。」

石坂周造還在那兒瞎猜。然而清河八郎不愧是當首領的，他馬上意識到這腳步聲並不正常。

「大家把燈籠放到地上，向後退。在那邊等著。」

他指示大家。

清河很有經驗。他知道如果來人是刺客，一定會衝著燈籠去的。

芹澤跑進了燈籠堆裡。這裡沒有人。

他躍過地上的燈籠堆。

一邊跳一邊把劍高高地舉過頭頂，腳一落地，對著清河一劍就下去了。

清河後退兩步。

「什麼人？」

他站定後問。

芹澤很想瀟灑地報上自己的名字，但還是忍住了。默不作聲地向前邁了兩三步，再次揮劍刺去。

清河接住了。

歲三再三強調的速戰速決的戰略失敗了。

「芹澤這小子，就會嘴上功夫。」

歲三一邊跳躍，一邊揮劍，一劍劍刺向石坂、池田和松野，一時間，劍光閃影，看得人眼花繚亂。不能再戀戰了。再不走會被認出來的。

一挑開石坂周造的劍，歲三便乘機跑了。

芹澤也跟著跑了。

兩人從高倉通一直向南跑到夷川街再轉向西，穿過間之町，在二条通再向東跑，到川越藩的京都宅邸跟前時，終於甩掉了敵人。

「芹澤先生，我們失敗了。」

「哼。」

芹澤直喘粗氣。歲三已經習慣了打架，所以此時的情形和平時沒有什麼不同。

（這還是神道無念流的免許皆傳，可以招門徒的人呢。就這點能耐。）

芹澤鴨大概察覺到了歲三的心思，他很不高興。說：

「都是你的錯。」

歲三一時心頭火起，問道：

「你什麼意思？」

「剛才只要再有一個回合，我就可以殺死清河了。就因爲你跑了，才把那條大魚給放走的。」

「你錯了。最初定下的戰術就是一舉擊斃他，不然就跑。」

「就你聰明。」

「我只是個不學無術的人。」

「不，你很聰明。口口聲聲說戰術、戰術。不過是沒有勇氣的藉口罷了。」

「你說什麼？」

透過川越藩屋的圍牆，紅松的影子映了出來。

「我有沒有勇氣，芹澤先生，您可以試一試。拔刀吧。」

「來吧。」

芹澤也拔出了刀。

這時圍牆的一側出現了幾個人影。

芹澤和歲三看見有幾個人跌跌撞撞地跑過來，心想可能是清河的人。

（不好。）

兩個人轉身就跑。

第二天。——

清河再次把浪士組的全體成員召集到了壬生的新德寺。

「諸位，我要告訴大家一個好消息。」

清河說：

「天皇瞭解了我們攘夷的決心，並且已經下了詔書。所以我們大學上京是是値得的。但是，上次生麥暴動事件——」

所謂的生麥事件是指前些時候，在東海道的生麥（位於神奈川與鶴見之間），有一個英國人騎馬橫越薩摩島津久光的隊伍，藩士因而斬殺一人、重傷兩人的事件。此事致使幕府和英國政府之間在外交問題上出現了裂痕。

甚至在橫濱一帶，因傳言將爆發戰爭，而出現了居民收拾起家當離開當地的現象。

「現在幕府和英國之間已經開始出現裂痕。所以一旦英國啓戰端，我們將成爲趕走他們的先鋒。我們也接到了朝廷的通知，很快就要啓程回江戶。」

這其實是幕閣的手段。

而策士清河卻被這一手段迷惑了。他帶領浪士組回到江戶後，改名「新徵組」。不過，身爲監督的清河最終還是在赤羽橋遭到了佐佐木唯三郎等人的暗殺。

在壬生新德寺的會議上，近藤、芹澤、土方和新見等住在八木源之丞家屋的一群人站出來，斷然拒絕了清河的要求。

「我們不回去。」

隨即，離開了會場。

由清河領導的浪士組離開京都，朝著江戶再次走在木曾路上是在文久三年的三月十三日。他們在京都逗留的時間前後只有短短的二十天。

近藤勇一派八人。

芹澤鴨一派五人。

加起來共十三個人繼續留在寓所的八木宅邸。

自成一派。

自成一派。聽著很好聽，可實際上不過是一個浪士集團而已，既不能夠享受幕府的資金資助、又沒有任何身分的保障。

「阿歲，怎麼辦？」

近藤不知該如何是好。沒有錢，連填肚子的米都是厚著臉向八木家借的。這可不是長久之計，總不能老吃白食。

「找京都守護職。」

歲三說。對於歲三來說，目前的情形都在他的預料之中。他要利用芹澤的哥哥，去做京都守護職的工作。如果能成爲「京都守護職會津中將的預備浪士」，那麼不僅有了響噹噹的靠山，而且還會有經費撥款。所以首先必須確立在壬生駐紮的合法地位。

「好主意。」

芹澤很高興。他說：

「不過，近藤君，醜話說在前面，到時候總帥要讓我來當。」

「那是當然的。」

他的這個要求完全可以理解。因爲首先芹澤有那樣一個哥哥可以幫助他們實現願望，其次，社會上很認可水戶天狗黨芹澤鴨的名字。所以這時只能把芹澤作爲招牌推到前面去。

請會津藩公用方外島機兵衛向京都守護職說了他們的意願，沒想到第二天就有了回音。守衛官很支持他們，也批准使用「新選組」的名字。

「阿歲，眞像是一場夢啊。」

近藤握著歲三的手。歲三也握了握近藤的手，說：

「這只是第一步，今後的路還長著呢。」

歲三的腦海裡出現了芹澤的面孔。

四条大橋

清河八郎走了。

新選組誕生了。

文久三年三月十三日，壬生鄉八木源之丞家的門口，掛起了醒目的牌匾「新選組」。題字者爲山南敬助。此時的京都春意正濃。距離該寓所不遠處，坊城通四条一角的元祇園社境內，櫻花掛滿了枝頭。

這兩天，壬生附近的櫻花競相盛放。

只有歲三的臉上總是陰沉沉的。

「近藤，錢還是有問題。」

正像歲三說的，新選組的成立雖然得到了京都守護職會津中將大人的首肯，但畢竟還只是一個私黨。經費怎麼辦？十三名隊士的吃喝又怎麼解決？

歲三知道，壬生鄉的人看到隊士穿著破衣爛衫，已經在嘲諷他們了。這也難怪，每名隊士身上還是剛來京都時的裝束，有人的袴已經磨破，有人的羽織滿是補丁。如果沒有佩戴刀劍，才四十來歲的井上源三郎等人一定會被看做是乞丐的。

——衣衫襤褸壬生浪士。

有人在背後議論他們。

「從古至今，錢是軍隊的根本。——攘夷也好、尊王也好，議論這些問題固然重要……」

隊士們每天無所事事，所以他們整天圍在山南敬助的身旁議論天下國家事。歲三說的就是這個狀況。

「是啊，錢……」

近藤當然清楚。在柳町試衛館的時候，近藤最頭疼的事情也是錢。在江戶，他的道場窮到被人們背地裡叫作「番薯道場」。有時候妻子連飯都吃不飽。在供給養父周齋老人的伙食中，三天至少要吃一次魚，但有時候眞的連買條魚都很困難。

「要不還是麻煩日野？」

近藤提議。到京都以後，佐藤已經幫過他們一次了，這次如果再找他，就是第二次了。還在試衛館的時候，眞到了走投無路時，近藤總會厚著臉皮向武州日野宿名主佐藤彥五郎要錢。這好像是近藤經營道場的唯一方法。

「沒用的。」

歲三不同意。就算厚著臉皮向姊夫（彥五郎）開口，能送來的錢數也就五兩、七兩，只夠維持幾天的生活而已。

「馬上派人去吧。」

「近藤桑，」

歲三一臉嚴肅地說：

「我有一個想法。我們應該召集天下的劍客到壬生來，把新選組擴大成二、三百人的大組織，成爲皇城下最大的一支義軍。」

「阿歲……」

近藤很吃驚。這是他從沒有想過的。歲三這個人簡直就像是爲了專門嚇他而一直跟在身邊的。

「爲此，我們需要錢。」

歲三用手指敲打著榻榻米，說：

「我們需要足夠多的錢。怎麼用都用不完的、像溫泉一樣會源源不斷冒出來的錢。所以，」

「什麼？」

「你必須改變你以往的做法，不能總是五兩、十兩地向日野要零花錢。我先聲明，要養活二、三百人的精銳部隊，至少需要五、六萬石的經費，相當於一個小大名。你說，他給得了嗎？」

「是啊，你說的對。」

聽歲三說到小大名三個字，近藤不禁喜上眉梢。這樣一來自己的地位豈不是要一步登天，坐到常人想都不敢想的位置上了嗎。他情不自禁地激動起來，說：

「太好啦。」

「那麼近藤兄，咱們馬上找芹澤，再給他戴一頂高帽子。」

說著，歲三突然意識到這話可能會擾亂近藤的思想，馬上換了口氣，說：

「我的意思是讓芹澤再去運作一下，把我們的意思傳到會津侯那裡。對我們來說，現在芹澤可是個寶。」

「好，就這麼辦。」

近藤馬上去芹澤的房間找他。

芹澤鴨正在自己的房間裡與新見錦、野口健司、平山五郎等自水戶以來就是心腹的隊士飲酒。

這幾個男人的面前都放著一般人很少吃得到的好菜好酒。

芹澤派的五個人和近藤派的人不同。他們有吃又有喝，生活過得相當奢華。個個身上穿的是黑色縐綢羽織，芹澤本人每隔兩、三天就要去一次島原，據說還有了女人。

近藤知道他的資金來源。他們經常刁難城裡那些有名的富豪，故意找他們的碴兒，強行向他們借錢。「強行借錢」是那些口口聲聲高喊尊攘的流浪志士的作爲。而京都守護職認可的新選組的責任就是要阻止這種不法行爲。

近藤坐了下來。

「要不要來一杯，近藤先生？」

新見錦遞給近藤一個杯子。

「不用了。」

「是啊，近藤先生不喝酒。要不要來些點心？」

「不，我不能要。我們從小就過窮日子，經常睜開眼睛就不得不爲這一天的伙食操心。所以如果我在這裡吃了這麼奢侈的東西，會遭報應的。」

「噢。」

新見錦已經喝醉了。半年後，這名男子因爲沉溺於玩樂而怠於職守，在祇園受到近藤派的逼迫而不得不切腹。不過此時，他很想譏諷近藤一番，他想說：

「你讓我好生佩服。眞不愧是番薯道場的人。」

他想說的話沒錯，因爲這是無庸置疑的事實。但是他可能意識到這樣的話有點過於傷人，所以沒敢說出口。改口說了一句：

「你很儉樸。」

近藤沒說話。

芹澤坐在床之間柱前，問近藤：

「近藤君，有事嗎？」

「有。」

近藤向前靠了靠，把歲三說的話一五一十地告訴了芹澤。

「小大名？」

芹澤一聽也很高興。他說：

「你說得太對了。爲了保衛皇城、做將軍家御警護，我們的確需要十萬石大名規模的人員數量和武器。我馬上去找守護職談這事兒。」

「我和你一起去。」

近藤提了要求。總是芹澤一個人去找京都守護職接洽的話，近藤一派永遠只能處在下風。

近藤命令歲三馬上備馬。

馬牽來了三匹。

芹澤等近藤上馬後，發現還有一頭。問：

「近藤君，怎麼還有一匹馬？」

「這……」

近藤假裝不知道。

沿坊城通出了四条後，歲三從後面騎馬趕了上來。

「什麼？你也要去嗎？」

「我跟你們一起去。」

「要是知道你也要來，我應該叫上新見的。」

到了黑谷，見到了會津藩公用方外島機兵衛等人。三人盡可能詳細地說明了自己的想法。歲三爲了抬高近藤，話說得很含蓄也很巧妙。於是到後來，會津人自然而然地只對著近藤說話了。

「好，明白了。」

會津人辦事效率極高。

立刻在另一房間與家老橫山主稅、田中土佐等人商議，向藩主容保通報了此事。容保當場做出決定，同意近藤等人的想法。時機也非常湊巧，當時會津藩剛剛提出預算方案，除了平常的二十三萬石之外，幕府追加了五萬石的職務俸祿給京都守護職，又加上幾天前私下加撥了五萬石。京都駐軍的費用多得都快溢出來了。

「立即著手招募隊士。」

歲三說。

首先他們確定了招募的辦法。他們準備打出「京都守護職預備隊」的牌子，到京都、大坂的各個劍術道場進行大肆宣傳。相信劍客應該會聞風而來。

「近藤，招募的遊說宣傳一定要讓我們武州派的人來做。這很重要。」

「爲什麼？」

「如果我們讓芹澤的人去做，那麼前來應徵的浪士自然會成爲芹澤派的人。」

「原來如此。」

近藤苦笑了一下。

歲三當下立即做出安排，開始了招募工作。而住在同一屋簷下的芹澤一夥人卻渾然不知。

第二天開始，歲三帶著沖田、藤堂、原田、齋藤、井上和永倉等所有近藤派的人走進了京都、大坂的各個道場，動員劍客們前來應徵。

在京都和大坂，道場不是很多，但加起來也有三、四十家。

要求應徵者必須具備目錄以上的資格，會劍術的優先，會柔道、長槍術也可以。

——我報名應徵。

很快有人申請入隊。

在宣傳的過程中，也碰到過難纏的道場主。他們會提要求：「你們難得光臨本道場，所以想請你們賜教一、兩招。」話說得很客氣，實際上是想暗中試探一下新選組的實力。因爲他們不瞭解新選組，更多的人還是第一次聽到這個名字。

——榮幸之至。

沖田、齋藤和藤堂等人毫不客套。他們拿出竹刀迎接挑戰，一次也沒有輸過。

在大坂松屋町，有一對經營長槍術和劍術道場的谷兄弟。哥哥三十郎曾經是原田左之助的長槍術師範，

「這，」

他表現得非常傲慢，怎麼也不肯鬆口。不知道是不是因爲把浪士組看成了一個來歷不明的組織，還是因爲連自己的弟子都當上了幹部，於是對自己以後的待遇有過高的奢望。總之態度非常曖昧。

沖田總司雖然伶牙利齒，但他認爲這樣的人，與其沒完沒了地解釋不如比試一番更有效果。於是他站起來，說：

——谷師傅，我想請您賜教一手。

兩人同時出手，沖田連續三次擊中拿著長槍刺過來的對方的手後，高明地擊中了面具。

就在他們快走遍各道場的時候，芹澤來找近藤了。他說要商量一下招募隊士的事情。

「我們該開始著手招募隊士了。」

（太遲了。……）

近藤心想。但他還是裝出一副若無其事的樣子表示同意，並請芹澤派的人一起參與招募工作。但是芹澤的手下都很懶，不像近藤派的人那樣肯吃苦。結果芹澤就完全放手由近藤派去完成這項工作了。後來證明他們自掘墳墓。

新招募的隊士達上百人。

其中，經歷諸國的流浪生活、最後來到京都或大坂的人居多。而這些人身上幾乎都有一、兩種怪癖。

歲三和山南敬助商量如何安排這些人的住宿。

接下來的問題是如何把這支已達一百十幾人的部隊編制建立起來。

「近藤君，我想把隊士分成兩隊，你負責一隊，我負責一隊。你看怎麼樣？」

芹澤找近藤商量。對於芹澤的意見，近藤表示同意，但歲三極力反對。他說：

「那樣只會成烏合之眾。」

按照歲三的想法，正因爲這支部隊是個烏合之眾，所以必須建立起一個鐵的組織。只是什麼樣的組織可行呢？

藩。

自古以來「藩」是日本武士唯一的組織形式，可是無法效仿。而且藩有藩主，藩主與武士之間互爲主從關係。再說，藩兵制度從戰國時代一直沿用至今，有許多不合理之處。歲三一時找不到可以用來參照的先例，他只能考慮建立一個獨創的編制。

歲三去了一趟黑谷的會津本陣，透過公用方外島機兵衛的介紹，見到了熟悉西式軍隊訓練的一位藩士，聽對方說明外國軍隊的制度。

歲三這一趟去黑谷收穫匪淺。他全面採納西方軍隊的中隊組織體系，並根據新選組的特點，加入了自己特有的元素，形成了這個新型劍客集團的體制。

首先是中隊付將校。

他稱之爲「助勤」。這是取自江戶湯島的昌平黌

（幕府的學問所，東京大學前身）書生宿舍自治制度的用語。歲三從萬事通山南敬助那裡聽到這個詞後覺得很合適，馬上採用了。

身為士官的助勤在內務工作上為隊長的副官，在實戰中則為小隊長，負責指揮一個小隊。此外，他們可以住在外面通勤。性質和西方軍隊中的中隊付將校一樣。

隊長名稱決定用「局長」。

考慮到芹澤派、近藤派的勢力關係，隊裡設了三個局長。芹澤派兩人，分別為芹澤鴨和新見錦。

近藤派一人，為近藤勇。

局長下面設兩個副長，都由近藤派擔任，分別為土方歲三和山南敬助。

「阿歲，你為什麼不當局長？」

近藤鐵青著臉問歲三。歲三笑了笑沒有回答。歲三很清楚為了讓隊內運作順利，以便盡早確立近藤的總帥地位，副長身分有諸多的便利，實為上策。

因為從隊伍的組織結構來說，直接管理助勤、監察等部隊士官的不是局長而是副長。

最初響應號召一起來京都的人都擔任了助勤，另外又從新招募的隊士中選拔了幾個人擔任幹部。最後確定助勤十四人、監察三人、諸役四人。在這些士官中，近藤派的人占了絕對的多數。

（完成啦。）

歲三非常高興。

櫻花已經枯萎，初夏已經悄悄降臨京都。

隊旗做好了，制服也做好了。新選組名正言順地登上了歷史舞臺。對於歲三來說，這是他創造的無與倫比的傑作。

在枝頭上還零零星星掛著一些櫻花的時節，有一天晚上，正在市內巡邏的近藤和沖田、山南在四条烏丸西入的鴻池京都宅邸的門前，殺死了企圖翻牆而入的四、五名浪人強盜。從這一天開始，各隊幾乎每晚都會在市內有捕殺「流浪武士」的事件。

當時任會津藩公用方之一的廣澤富次郎在他的隨筆《鞅掌錄》中這樣寫道：

浪士們一律身披羽織，長刀及地。髮髻梳得很高，頭高高地抬起，外形粗獷，排著隊走在街上。路人見到他們，紛紛別過臉去，不敢正眼相看。似是害怕。

新選組完全控制了市內大街小巷的治安。有時候也「出戰」大坂、奈良等地，見到流浪武士格殺勿論。

就在這期間。

歲三在建仁寺的塔頭寺院與會津藩的公用方外島機兵衛進行會談，之後就帶著沖田總司沿大和大路向北走去。

微風習習，非常怡人。

「京都和江戶確實不一樣，連木葉芽的氣味都不一樣。」

沖田依然一副漫不經心的樣子。

「總司喜歡京都嗎？」

「當然。」

沖田微微一笑。歲三從總司的答案中隱隱覺察到沖田似乎在這裡已經有了戀情，儘管不知道對方是誰。

「我覺得土方兄好像不太喜歡京都。你說京都究竟有什麼地方讓你討厭？」

「泥土的顏色太紅了。泥土這種東西應該是黑色的才對。」

「那倒是，武州的土是黑的嘛。不過以此來決定好惡，讓我很爲難。」

「爲難什麼？」

「沒什麼。」

沖田哧哧地笑著說：

「一定是你不談戀愛的關係。只要你愛上了京都女人，我想你的好惡觀一定會變。」
「胡說什麼啊。」
歲三嘴裡罵著，腦海裡卻突然出現了武州府中的神官猿渡家的佐繪。心想她不是就在九条關白家嗎？只是奇怪的是，這位當時曾經如此吸引過歲三的女人，歲三現在怎麼也想不起她的長相來。到了京都以後，過去的一切似乎都成了遙遠的往事。
「武州發生的事還眞不少。」
沖田突然換了話題。
「怎麼說？」
「你還記得八王子比留間道場的七里研之助吧。聽說他現在出入河原町的長州藩屋。」
「你聽誰說的？」
「我聽藤堂說的，他說昨天看見七里進了長州藩屋。」
「哼。」
兩人來到四条通，向西走過大橋，進了一家茶館稍事休息。他們打算一會兒向茶館租盞燈籠。此時天色已經開始暗下來，鴨川河面開始倒映出一家家餐館掛出來的燈。
路上人來人往。這條路白天非常清靜。正因爲如此，一到黃昏時分，走在這條路的行人匆匆的腳步聲在這悠閒的街上顯得格外有情趣。
一群燈籠向西漸漸遠去。
又一群燈籠向東而去。
突然，燈籠群中有一盞燈籠滅了。
「總司。——」
歲三站了起來。
路上飄散著血腥味，掉落的燈籠旁邊有人被殺死了。

高瀨川

「總司，看看這是個什麼人。」

歲三吩咐總司。

沖田總司在屍體旁邊蹲下一看，死者是一名武士。

「土方，從著裝和髮髻上來判斷，這人像是公卿家的雜掌。」

「雜掌?」

雜掌是武士的一種，很有些本事。他們實際上是公卿的侍從，平安朝的時候稱作青侍。近來，在京都名門望族中間，非常流行雇用這樣的人。

這位武士看上去有三十五、六歲的樣子。從現場的情形來看，很可能是以一敵眾，在五、六個敵人的圍攻下遭到毒手。

「大爺。」

負責祇園一帶的一名捕吏向前探了探腦袋。

捕吏在江戶算得上是一個相當吃得開的職業，可此時，這名捕吏卻嚇得在渾身哆嗦。的確，像他們這種人對平民百姓總是趾高氣揚，威風無比，然而對於尊攘派流浪志士的猖狂行爲，卻只會藏起捕具抖個不停。就說去年的閏八月裡，曾經發生過一件

事。有位高倉押小路上的「猿之文吉」，他是爲了幕府像獵犬一般到處奔走的佐幕派，遭到一些過激分子殺害並曝屍在三条河原上。而捕吏對此卻沒有任何作爲。

「喂，你見過此人嗎？」

「見過。」

「他是誰？」

「他是九条關白大人手下的野澤帶刀。」

（九条家，該不會就是猿渡的佐繪服侍的那位公卿？）

死者的主人名叫九条尚忠。

據說他曾經是京都的佐幕派頭頭，被尊攘派的志士視作眼中釘。但是自從去年同門的謀臣島田左近、宇鄉玄蕃被暗殺後，迫於形勢，他暫時離開了政界。但是，在尊攘浪士中依然有人固執地盯著這此人。關於這一點，歲三也曾經聽說過。

（此人被殺是否也因爲這個原因。）

歲三站了起來。

調查就這樣結束了。與官府不同，對於新選組來說，案件發生的動機、經過並不重要。因爲新選組的工作就是揮劍回應使劍的人。

「對方有幾個人？」

「六個人。」

看樣子，捕吏目睹了案件發生的過程。

「有什麼特徵？」

「三個人帶長州口音，兩個人是土州人的打扮，還有一個好像與大爺您的口音一樣。」

「武州口音？」

在京都的尊王攘夷浪士中，武州人很少見。

「他們往哪個方向逃了？」

「不是逃，是順著這條先斗町通向北從容離去的。」

「總司，跟我走。」

歲三說完邁開腳步。

（我要統統幹掉，一個不留。）

歲三脫掉膚色的棉布羽織，捲成一團扔到番所裡，順著先斗町花柳街的屋簷下前行。

好窄。

像劇場內演員上下場走的通道似的狹窄的街道兩側，掛在茶館門口的燈籠淡淡地照著格子門窗，一直向北延伸，融入遠方在三条通的黑暗中。

「總司，身體狀況還行吧？」

「什麼行嗎？」

「我是問你能還能動嗎？」

最近，歲三發現沖田總司常常咳嗽。歲三很擔心他患上肺癆。

「沒事兒。」

沖田很陽光地笑了。

歲三之所以這麼問是因爲他壓根兒也沒有向隊裡請求緊急增援的想法。他打算靠兩個人的力量來解決此事。歲三認爲新選組要想在京都提高威名，最好的辦法莫過於以少勝多、以寡敵眾了。

——宿緣店。

一名藝妓從這個房子裡走出來。

歲三和沖田一聲不吭地走了進去。

「我們是會津中將預備隊新選組的，奉命前來搜查。」

兩人裡裡外外搜了一遍，沒有發現他們要找的人。

就這樣一家一家地向北搜查，不知不覺過了先斗町。

「土方，他們會不會在木屋町呢？」

沖田站在三条橋畔。

木屋町是由此向北的小酒館一條街。

「嗯。」

歲三在十字路口淡淡的燈光下看了看沖田的臉色，又問了一句：

「你眞的沒事兒？」

看上去，沖田的臉色很不好看。

木屋町可以說是尊攘浪士的巢穴一條街。正門對著河原町的長州藩屋的後門就對著這條木屋町。

行兇的人數量比歲三他們多。

而且，又是在這樣的一個地點。一旦動起手來，想必長州藩屋的人會出面幫助敵人。可以想像戰鬥將異常激烈。

歲三很擔心沖田的身體。他知道，在戰鬥的過程中，一旦咳嗽起來那就意味著死期的來臨。

「沒事兒。」

沖田搶先一步走在了木屋町。

木屋町內有一家料亭叫紅次，是紅屋次郎兵衛的縮寫。

「紅次。」

沖田嘟噥著站住了。又慢慢地從格子門旁邊走過。裡面傳來一陣陣酒席助興歌。沖田側著腦袋，仔細傾聽裡面的歌聲，點點頭，叫了一聲：

「土方兄。」

他聽到了武州的踏麥苗歌。

「知道了。總司，你盯住這裡。」

說完，歲三一把拉開了格子門。

「我們是奉命前來搜查的。」

說著，跳上門檻向前一步，又一把拉開了裡面的紙門。

「什麼人?」

在場的武士們吃驚地看著歲三。人數正好是六個。從髮髻上看，土州人有兩個，長得眉清目秀、像長州人的有三個，還有一個歲三見過。

只是不知道此人的名字。

他應該是武州八王子甲源一刀流的人，是七里研之助的手下。

（不是說七里也來京都了嗎?怎麼只有這個人?）

「你是什麼人?」

靠近門口的一個人閃了閃身，像是信號似的，所有人立刻支起身拔出了劍。歲三掃視了一眼在場的人，心想：

（看情形，這些人都有兩下子。）

歲三兩手悄悄拽住袴，慢慢地卷起了袴的下襬。

「這麼沒禮貌。報上名來。」

「土方歲三。」

「啊？」

六個人齊站直了身體。歲三這個名字在京都的尊攘浪士中已經傳開了。

「剛才在四条橋畔，殺死九条家雜掌的是你們吧？」

「這、這事，」

靠近門口的一個高個子男人說：

「那又怎樣？」

「跟我走一趟，聽候審訊。」

當然不會有人傻到願意跟他走。

靠近門口的人突然從側面向歲三揮劍而來算作了回答。歲三躲開這一劍，一躍跳進了屋裡。趁對方還沒來得及反應，逕自穿過了房間的中間。

抬腳踢翻紙拉門，在走廊上，一轉身對準了房間裡的幾個人。

他的架勢擺明了他不準備讓這幾個人逃走。正門有沖田守著，他們無法輕易跑出去。可見，歲三實在是一位高明的戰術家。

「他只有一個人。」

有一個人喊道。

「把他圍起來殺了他。」

「小心燭臺哦。要是火著起來了，在京都可會連累到你們家三代哦。」

說這話的是歲三。他已經擺好架勢，取右下段的姿勢。

沒有人向前靠。

歲三的背後是緣廊。

緣廊前面是一個窄小的庭院。跳過庭院外側的木籬笆就是鴨川河原。

「諸位，怕什麼呢！」

剛才靠近門口的高個子男人平舉著劍衝了上來。

歲三判斷出他是衝著自己的手刺來的，就在對方向上抬手的時候，歲三也稍稍往上提了提劍。

「殺——」

對方高喊一聲，帶著驚人的氣勢，撞向歲三。

歲三已經單膝跪地，伸著脖子，挺著身體，等在前面。就在此人衝過來的時候，歲三的劍向前一伸，刺進了他的身體。

立刻把劍抽回，又一躍跳過濺滿血的榻榻米，從右側斜著刺向了另一個人。

接下來的情形可以用混戰來形容。

歲三很勇猛，對方也不是省油的燈。有一個人轉身從背後向歲三襲來。形勢非常危急，歲三一閃身鑽到了門框下面。

「哐噹」一聲，劍砍在了門框上。歲三轉身一看，眼前是一張似曾相識的面孔。

是武州人。

眼中充滿了恐懼。

此人抽回劍，神色慌張地跳到庭院裡。

歲三緊緊跟上。腳踩在庭院裡的苔蘚上，冰涼的感覺很刺激。

男人打開了後門。

外面是懸崖。一丈多高的石牆幾乎垂直地疊砌在一起。從這裡跳下去，無疑會扭傷腳。

男人猶豫了。

金星在東山上空一閃一閃的。

「喂，」

歲三叫道：

「七里研之助好嗎？」

「土方，」

黑暗中，男人的身體探出後門外，說了一聲：

「你給我記好了。」

縱身一躍，跳了下去。

「……」

歲三無語。回頭看房間裡面，沖田正站在那裡。

沖田站在房間的中間，劍已經入鞘，左手揣在懷中。

這是一個絕對稱得上有膽有識的、勇敢的人。

在他腳下躺著兩具屍體，不用說，是沖田幹的。

「土方兄，要回隊了嗎？」

「嗯。」

歲三放下袴，說：

「剛才那小子是八王子甲源一刀流的人。」

「是七里研之助的手下吧。」

「差一點就報了武州之仇，讓他給跑了，眞是可惜。」

「土方兄可眞固執。」

「就這點，」

……………………………………………………………………

歲三走上緣廊，說：

「是我的優點。」

「好奇妙的優點。」

「不管怎樣，我一定會碰到七里研之助的。我相信那小子也在等著和我相遇呢。」

「我眞意外。」

沖田盯著歲三的臉說：

「難道非得把鄉下的糾紛帶到這個花般的京城嗎？」

「是的。」

「看來土方兄對所有事都攪在一塊。」

「因爲我是鬥士嘛。」

「我看你算得上是日本第一的鬥士了。只是很遺憾，你就會武鬥卻不懂天下事。」

「你這話是從山南敬助那兒聽來的？」

「不行嗎。」

兩人上了大路。

也不知道是不是因爲害怕干戈之事，木屋町的家家戶戶都關著門，悄無聲息。

路上也沒有行人。

三味線的彈奏也停止了。

「剛才那件事情還沒完。咱們先去一趟會所吧。在這邊。」

兩人於是向北走去。

不幸的是會所的旁邊就是長州藩屋的後牆。

（這太危險了。）

就連沖田也會擔心。

進了會所，街町人們一聽是關於剛剛發生在「紅次」料亭裡的事情，都圍了上來。

「我們是壬生的土方和沖田。剛才在四条橋畔發生了一起兇殺案。九条關白家的家臣野澤帶刀遇害。經過調查，兇手共有六個人。案發後他們去了紅次舉行酒宴。本來我們打算把他們抓起來。但是因爲遇到抵抗，打了起來。結果殺了他們中的五個人，一人漏網。」

「啊。」

一群人聽得直打哆嗦。

「有茶嗎？」

「有有有。」

馬上有人跑出去，很快的拿了滿滿一升冷酒回來。

「這不是茶吧？」

「啊？」

「我要的是茶。」

歲三目光犀利。畢竟剛剛殺了人，情緒還沒有穩定下來。

會所的看門人在一個大茶碗裡倒上了茶。

「總司，喝。」

說著就自顧自先出去了。他想茶雖然不是鎮咳藥但總比沒有來得好。

——狗在叫。

歲三開始向南走去，而且盡可能走在河邊上。

這條河叫高瀨川。

沖田從後面追來的時候，正好有一艘掛著燈籠的夜行船通過。

這條高瀨川的西岸，自北向南可以看到長州藩、加賀藩、對州藩、彥根藩和土佐藩等藩的京都藩邸白色後牆。

「土方，木屋町的這個會所，」

沖田壓低嗓音說：

「跟長州藩和土州藩都有關係。我覺得他們對我們不太友好。」

「那又怎樣？」

「我覺得他們會去長州藩屋報告，說我們朝這個方向走了。」

「總司，你是不是累了？」

「你眞討厭。」

沖田說：

「我比你體力強多了。還可以再打一仗。」

歲三停下了腳步。四處的狗開始狂吠起來。

「總司，人好像來了。」

「是從後面嗎？」

沖田繼續向前走著。

「對，是從後面來的。」

「前面也有哦。」

兩人繼續前進。

前後各有五、六人。前面的一組速度較慢，聽後面一組的腳步聲有些急促。漸漸地兩人所處的空間越來越小。

「總司，你離開這裡。」

歲三命令。他想分散敵人的目標，並且殺出敵人的包圍。

沖田去了左手邊的屋簷下，歲三站在右手邊的屋簷下。兩人分別站到了路的兩側。

人群的影子走在路的正中央，看上去個個都是精悍的武士。

走到歲三和沖田坐在的地方，他們同時停下了腳步。一半人對著沖田，一半人對著歲三。

「什麼事？」

歲三問。

「你們是壬生的人嗎？」

「沒錯。」

「紅次的事是你們幹的吧？」

「你是在審問我嗎？」

「我們是要爲弟兄報仇。」

一場戰鬥又開始了。歲三的刀才剛出鞘，就有一人被劈成了兩半。咚咚咚，歲三衝到了路中央。

屍體倒在地上。

「多殺無益。」

他收起刀，邁開大步走了。

沖田已經走在了前面，右肩在劇烈地顫抖。

他好像又在咳嗽了。

祇園「山之尾」

京都號稱大寺院四十家，小寺院五百家。

舊曆七月，一到盂蘭盆節，市內所有的道路、空地突然到處是念佛聲、敲鐘聲和誦經聲。

「迷信。」

歲三恨恨地說。雖然武州的盂蘭盆節有點土氣，但至少不像這裡感覺陰森森的。

「眞受不了。外面街上的行人身上都是燒香味，連和服的合縫處都飄著氣味。」

沖田也覺得節日儀式搞得有些誇張。當然在新選組內部，即便是盂蘭盆節，隊士也不會燒香供佛。他們覺得這樣做很傻，他們不相信世間眞的有神佛存在，他們認爲所謂的神佛就是自己腰上的劍。而這一觀點已經深入到了每個隊士的心裡。

在這樣的氛圍裡，一天早上，隊裡接到了奉行所的通告，說是在千本松原有一個人慘遭殺害，此人很可能是新選組的人。

「山崎君、島田君，」

歲三叫來兩名監察，吩咐說：

「你們去看看。」

於是兩人走了。
沒多久，兩人回來，直接到副長室向歲三報告。
「死者是赤澤守人。」
死者身上有幾處傷口，第一劍好像是刺在右肩背後。此外，正面左肩和脖子上各有一處傷口。這兩劍像是斷氣後刺的，沒有出血，只有白色的脂肪向外翻著。
「這樣啊。」歲三陷入了思考。過了一會兒，他兩隻大眼閃著光芒，卻什麼也沒說。監察有點害怕，說了一聲：
「我們再去仔細檢查一下，回頭再向您彙報。」
說完就退下了。
歲三馬上去隔壁近藤的房間。
「什麼事？」
近藤頭也不抬地問了一句。
他正在練習寫字，是臨摹。
（都三十歲了還學什麼寫字。）

歲三經常嘲弄他。
近藤的字寫得很難看，確實讓人不敢恭維。到了京都以後，突然有一天他意識到了自己的這一弱項，他想：
（我現在是新選組局長，字寫成這樣有點說不過去。）
於是開始了練習寫字。近藤認為作為一名士大夫，書法是最好的通行證。如果字寫得不好，很多時候會因此而受到奚落。
「喲，」
歲三探頭看了看，說：
「寫得不錯嘛。」
「當然啦。我有天分嘛。」
近藤的所謂天分，是徹頭徹尾模仿的天分，他模仿的是賴山陽的風格。而近藤最喜歡的就是這位曾經發起勤王運動的文學人的寫字風格。聽上去有點可笑。

「阿歲，你不練字？」
「我？」
「你不會甘心永遠當武州的一個鄉下劍客吧。」
「我就算了。」
「那怎麼行。聽說書法可以改變一個人的。」
「那只是儒雅之士的說詞而已。」
「你總是這樣我行我素。這可不行啊。」
「你說這種華而不實的東西能改變一個人？我看我還是做我自己算了。——」
「做自己當然也不錯。不過，」
「做我自己就行了。」
「不過，寫字眞的會使人心情變得很平靜。」
「心情平靜怎麼行？在這個亂世裡，如果你平心靜氣地生活，說不定什麼時候白刃就刺到你身上了。你也是，淨學些莫名其妙的東西。你可不要把我們關東武士的氣概拋到腦後。」
「對了，你說到白刃，」

近藤爲了迴避這種沒有意義的爭論，換了個話題。他說：
「我聽說一個叫赤澤守人的隊士今天晚上在千本松原被殺了。是嗎？」
「哦。」
歲三突然裝出一副很睏的樣子應了一聲。同時大腦迅速轉動，心想負責監察團的是副長自己，不是局長近藤，爲什麼他會比自己更早知道這件事呢？一定是有人先告訴了他。那就是越級行爲。無視上下級關係是歲三最大的忌諱。畢竟這個組織的體制是他制定的，是他的得意之作，他容不得有人破壞他的成果。
「誰告訴你的？是哪個監察？」
「不是監察告訴我的。」
「不是？」
歲三從近藤的手上奪過筆，說：
「這就奇怪了。現場回來的監察剛剛向我報告了這件事，我就趕緊過來打算告訴你。這到底是怎麼回事兒？難道你比監察還要早知道這事兒？」

「當然。我早聽說了。」

「早聽說了？」

「是這樣，大約一小時前吧，我去廁所的時候，在走廊碰到了野口君（健司・助勤），是他告訴我的。他說赤澤守人君被長州人殺了。」

「長州人？野口君居然知道兇手是誰。眞是奇怪。」

「你看我這字寫得怎麼樣？」

近藤給歲三看自己剛寫完的山陽的詩，是本能寺長詩中的幾句。

「你看得懂吧。」

「你當我是傻瓜呀。」

——老坂西下備中道

歲三掃了一眼。

（難道——）

歲三一邊用眼睛慢慢地掃著近藤蹩腳的字寫的長詩，一邊心想：

（殺赤澤的不是長州人，而是芹澤一夥。說不定敵人就在本能寺。）

直覺這樣告訴他。

歲三很相信自己的直覺，甚於相信神佛。

野口健司跟新見、平山、平間一樣，都是自水戶就追隨芹澤的部下。他劍術高超，口才也好，又有學問，甚至還有些小聰明。

但這些都是表相，不是內在的東西，實質上他只是個狗屁不如的傢伙。對於這樣的人，歲三無論如何也喜歡不起來。

歲三回到房間，叫侍者泡壺茶來。

茶葉在水中立著。

「好兆頭。」

「哦，我們老家有這樣的說法。難道京城也有？」

歲三一臉不快的看著茶碗，心裡想：

（像我這樣的人能有什麼好事啊。）

——赤澤守人。

他又陷入了沉思。

對於已死去的赤澤守人，說實話歲三並不喜歡。

他原是長州藩的人，是脫藩後加入新選組的。

事情的經過是這樣的。這年六月，新選組的主力去大坂出差，一天他跑到新選組在天滿的臨時駐地（京屋・船宿），說：

——我受到了同藩人的羞辱。

還說自己不想回那個藩了，再也不想回去了。說願意加入新選組，爲新選組出力。還表示自己可以替新選組秘密打探長州藩的動靜。歲三仔細詢問了前因後果，原來他只是個來自下關的一個平民，是長州藩奇兵隊的隊士，沒有顯赫的背景。所以從一開始就缺少對藩的忠誠。

——好吧。

芹澤和近藤都表示同意。

於是就把他安排在監察部。表面上他與新選組沒有任何關係，每天依然若無其事地進出京都的長州藩邸。

赤澤送來過幾個情報，都非常準確。於是最初懷疑他是長州藩過來的臥底的疑慮消除了。（這段時間裡，新選組發現兩、三名長州藩的探子混進隊裡來。在隊裡被揭發出來後，幾個罪有應得的人受到了死刑處罰。其中有御倉伊勢武、荒木田左馬助等人。）

赤澤的境遇就截然不同了。

他的懷裡經常揣著厚厚一疊新選組給的錢。

他用這些錢邀請長州藩的藩士或脫離土州藩籍的人去祇園、島原等娛樂場所，從這些人口中套取情報，然後送到歲三這裡。

赤澤送來的情報中總有一些出乎意料的內容。

他說自己在祇園和島原等地玩的時候，經常碰到新選組的人。歲三一聽，就猜出他說的一定是芹澤鴨和他的手下。因爲近藤派的人沒有錢，根本不可能在那種地方出現。

「噢，有意思。」

歲三對這些情報很感興趣。

「赤澤君，他們是怎麼玩的？」

「這個，」

赤澤說他們很過分。欠錢不給算是客氣的，對於店主來說，最頭痛的莫過於芹澤喝醉酒後發酒瘋。只要一喝醉他就會生氣，一生氣不是摔東西，就是去其他房間騷擾那裡的客人。

祇園就有一家酒館深受其害。別說是町裡居民，連各藩在京都藩邸的公用方都不再去那兒了。酒館就快關門了。

（原來這事是眞的。）

在這之前，歲三從會津藩的重臣那裡已經聽說這事兒了，他們都是在新選組成立的過程中幫過忙的。

有一天，近藤和歲三在三本木的料亭裡和會津藩公用方外島機兵衛等人一起用餐。就在餐桌上他們說起了芹澤的事情。

「近藤先生，」

外島機兵衛說：

「你有沒有聽說過，在京師，不管一個人官職多麼顯赫，只要他在祇園、本願寺和知恩院這三個地方的任一處不受歡迎就要被革職？」

「我見識少，不知道這事。」

「土方先生呢？」

「我也不知道。」

歲三放下了杯子。外島說：

「這是歷任的所司代及地方官傳下來的處世法則。出家人和漂亮的藝妓通常都有很深的道，可以通各級權力人物。所以這些人的閒言碎語往往會傳到你想也想不到的高級官員那裡。說實話，我們的主人，」

「啊——」
近藤顯得很驚訝，他是說京都守護職會津中將松平容保嗎？
「比我們更清楚芹澤先生的所作所爲。」
「嗯……」
「兩位先生，」
外島機兵衛表情有點奇怪。他說：
「別的我就不多說了。但是這件事請你們一定要放在心上。」
「我明白了。」
近藤應道。
回寓所的路上，近藤對歲三說：
「剛才我答應得挺痛快的。可是外島大人說的到底是什麼意思呀？」
「就是讓我們殺了芹澤鴨。」
「可是阿歲，芹澤畢竟是新選組的局長，弄得不好反而會使他成爲全國皆知的攘夷運動烈士。所以你說我們能隨便動他嗎？」
「犯罪必殺，怯懦必殺，違反隊法必殺，褻瀆隊名必殺。除此之外新選組沒有別的法律。」
「阿歲，我只是隨便說說，」
近藤縮了縮脖子半開玩笑地說：
「假如我觸犯了其中的一條也要被殺嗎？」
「當然。」
「眞要殺我呀，阿歲？」
「眞要有這麼一天，我土方歲三的一生也就隨之結束了。我會在你的遺體旁切腹自殺。我想總司（沖田）大概也會死。到那時，天然理心流也好，新選組也好，一切就都結束了。——近藤，」
「什麼事？」
「你是總帥。你不能把自己當普通人看。我希望你做一個不奢、不淫的天下武士典範。」
「我知道。」
後來歲三透過赤澤，又瞭解到了芹澤局長的諸多不良行為。

芹澤賒賬，濫殺無辜，甚至還幹出一件令全京都人大為震驚的惡行。一天，芹澤帶著他的手下去一条葭屋町，到大和屋庄兵衛家敲詐勒索，遭到了拒絕。芹澤氣急敗壞，下令說「燒了這裡」。

於是，他們把隊裡僅有的一門大砲拉到一條街上，對準大和屋庄兵衛家的土牆倉庫，射出一顆接一顆的砲彈。直到最後倉庫變成廢墟。

這件事情鬧得太大了，用不著赤澤回來報告，歲三也知道了。

那天，近藤終日關在自己的房間裡練他的字，不肯出現在隊士面前。大概是氣壞了。

——監察山崎烝回來了。

他帶回了有關赤澤守人被殺的消息。

「基本上都搞清楚了。」

山崎烝是個聰明的年輕人。他是大坂高麗橋一位名針灸醫的兒子，會劍術，也擅使棍。最難能可貴的是他由於從小接受了良好的教育，人很機靈，非常適合當監察。

「前天晚上他確實和長州的幾個人一起去島原的角屋玩了。」

「哦？」

歲三略有些失望。

「你確定是跟長州人在一起？」

「這一點錯不了。長州藩士是久坂玄瑞等四人。」

「哦，這可是個大人物。」

「大概是辰時前後，他們醉醺醺地離開了島原。至此大家的說法完全一致。之後他可能被帶到千本松原，並在那裡遭到了毒手。」

「等等，他是和久坂等人一起離開島原的嗎？」

「是啊。」

「你確定？」

「要不我再去確認一下。」

「算了，不用了。」

歲三在傍晚時分離開了駐地。他穿著絹質羽織、仙台平的袴，佩帶著和泉守兼定的打刀和堀川國廣的脇差。

他此行的目的地是島原角屋。歲三曾經和近藤一起去過。當時，認識了那裡一名叫桂木大夫的藝妓。那個藝妓好像很喜歡歲三，自從第一次見過歲三後，經常讓女侍拿著古詩去請他。

這天晚上，歲三和桂木大夫坐到了一起。歲三不太會喝酒。

他繃著臉坐在那裡一聲不吭。

大夫很想討好歲三，卻又不知如何做才好。她問歲三：

「你玩不玩雙六？」

她拿出豪華的描金盤子，可歲三連正眼也不看一下。

「你是不是哪兒不舒服？」

「不是，我有事求你。」

「什麼事？」

「這事也不難。」

歲三簡單地說了說他想讓大夫做的事情。

「這可不太好辦。」

大夫聽後付之一笑。這裡有一條不成文的規定，因爲這裡是人間仙境，所以在這裡服侍客人一律不得談論俗世的事情，有這不成文的規矩。

「不行嗎？」

「不行。」

大夫嘴上一口回絕了，可行動上卻並沒有拒絕。她站起身跟自己貼身女侍咬著耳朵說了些什麼。

知道了。

原來，那天晚上，赤澤的確是和久坂等長州藩士一起離開角屋的。不過久坂等人是坐轎子走的，只有赤澤守人一個人走著回去。所以，實際上他們出了島原的大門就分手了。這正是歲三猜測的結果。

同時他還意外得知另一件事。那天晚上，芹澤和他的心腹新見錦也到角屋來了，而且就在赤澤守人離開的時候，他們也起身走了。
這時，小雨淅淅瀝瀝地下了起來。芹澤和新見向店裡借了傘和燈籠。據說當時還有這樣一段對話。
新見還問了一句：
「赤澤君拿燈籠了嗎？」
「拿了。」
一名男店員點了點頭。
「是角屋的燈籠嗎？」
「是的。」
（原來如此。）
歲三的腦子又轉動起來。他想起了死在千本松原的赤澤守人，他的屍體旁邊的確有一盞帶角屋紋飾的燈籠。
幾天後的一個夜晚。
這天傍晚，歲三突然帶了幾個人去了祇園一家料亭「山之尾」。
「我是捕吏。」
他首先鎮住了料亭老闆和女侍。
「新選組局長新見錦現在應該在這裡。告訴我他在哪個房間？」
「啊？」
老闆嚇得腿都站不直了。
「在、在裡面的包廂。」
歲三馬上下令，讓一起來的沖田總司、齋藤一、原田左之助和永倉新八埋伏在正對著包廂南側的庭院裡。
「老闆，記住，對喧嘩、出聲的人格殺勿論。」
說著，歲三遞給老闆一把大刀，然後一個人悠哉悠哉地從走廊上走去。手上持著另一把大刀。
這是赤澤守人的遺物。
裡面單間的隔扇拉門上映著兩個人影。
手指撥拉琴弦的聲音從裡面傳出。無疑其中之一是藝妓。

另一個影子梳著一個大抓髻的髮髻，一看就知道他是新見錦。他是芹澤從水戶帶來的手下，劍術流派和芹澤一樣，是同門同派的神道無念流。劍術水準達到了免許皆傳的資格。

歲三在駐地的道場裡和新見交過手，兩人的竹刀實力不相上下。

「誰？」

新見鬆開藝妓，支起身子問。

「是我。」

歲三用劍鞘推開了隔扇門。

士道

「——是土方君啊。」

局長新見錦皺起了眉頭。

他覺得奇怪，平時沒有什麼交情的副長土方歲三，爲什麼會突然到這裡來找人。

「新見先生，不好意思打擾你的雅興。可是爲了國家社稷，我不得已才到這裡來找你，請你做一個決定。」

「決定？」

「是的。」

歲三臉上始終沒有表情。

「我？」

「當然。」

「土方君，你可是副長，有必要這麼急嗎？新選組有三個局長，除了我，還有芹澤先生和近藤君。有什麼事情找任何一位局長不行嗎？有必要特意跑到這種地方來嗎？」

「不，我跟他們倆已經談過了。」

歲三說的不全是眞話。不過，此時在駐地，近藤應該正在和芹澤促膝談判，高大威猛的侍衛伴隨在

他的左右。
「總之，」
歲三說：
「這件事情需要新選組三位局長的一致同意。」
「哦。既然這樣，我無所謂。就交給你去處理吧。」
「真的可以交給我來處理嗎？」
「嗯。」
新見錦好像很不耐煩的樣子，揮了揮手，又拿起了已經變涼的酒杯。歲三直盯盯地看著他的手，說：
「那好，我現在就告訴你我們的處理意見。請新見先生在這裡切腹自盡。」
「什麼——」
新見錦立刻握住了佩刀。
「等等。」
歲三舉起手，說：
「剛才您已經同意了。作爲一介武士可不能失信，要說一不二才對。」
「你，土方君，」
「我知道。我土方歲三，一會兒會幫您舉起介錯的劍。」
「爲、爲什麼我非得——」
「你很不甘心是吧。說起新見錦，昔日在江戶可是名盛一時的水戶志士呢。怎麼樣，拿出點武士的樣子來吧。」
「我是在問理由。」
「你說過由我全權處理，所以現在我已經得到了芹澤先生、近藤先生以及您新見錦三位局長的同意。根據三位局長的決定，原水戶藩浪士、現已脫離該藩籍的新見錦因涉嫌入室搶劫、敲詐錢財責令其切腹自盡。」
「等等，我要回駐地。」
「哪兒的駐地？」

「明知故問，當然是壬生。」

「看來你還是沒忘記自己是新選組局長的身分。很遺憾，你已經被撤職並除名了。當然做出這個決定的是新選組的前任局長新見錦。只是他現在已經不是局長，而是不法之徒新見錦了。——」

「你、你——」

「難道你希望我動手嗎，新見錦？我可是希望你像個真正的武士一樣自己動手，切腹自盡。這也是會津中將大人的恩典。」

「你、可惡——」

新見錦突然起身拔刀向歲三砍來。他喝醉了，刀法很亂，像瘋了似的。

歲三用手上那把赤澤守人的佩刀，帶著刀鞘撥開了新見刺來的刀。黑色的鞘皮破了，刀身露了出來。

「這把刀，」

歲三擺出架勢說道：

「是你殺死的赤澤守人的佩刀。我就用這把刀為你介錯吧。」

這時，沖田總司來到了他的背後。

與此同時，隔壁房間的隔門唰一聲開了。齋藤一、原田左之助和永倉新八一言不發地出現在門口。

「把刀放下。」

歲三厲聲說。

只見新見錦臉色蒼白，兩腿哆嗦，只是刀還在他的手上。

這時，有人想從新見的後面跑出去。

一回身，新見橫刀一掃，砍中了那個人。

血立時飛濺開來，一隻手腕被斬落。只見她撲通一聲倒在地下，在血流中呼天搶地地喊叫起來。原來是與新見相熟的藝妓。新見見她要逃，一刀砍中了她。

藝妓疼得滿地亂滾大叫，十分恐怖。

新見已經徹底崩潰了。他倒握著刀，突然刺向藝妓胸口。同時一屁股坐到藝妓的身上。藝妓的屍體彈了一下。

「土方，看著。」

新見畢竟是當過新選組局長的人，他慢慢地從懷裡掏出懷紙，把它裹在劍身上。

「我來介錯。」

歲三繞到他的背後。新見準備刺向腹部，但是手不太聽使喚，怎麼也舉不起劍來。一雙閃爍的眼睛緊緊地盯著榻榻米上的一點。

「原田君，你幫他一把。」

「哎。」

原田左之助在故鄉伊予松山時，因爲一件小事曾經切過腹。現在在他的腹部還留著一條傷口縫合後留下的痕跡。

「對不起。」

原田從背後用天生的大力氣握住新見的兩個拳頭，不讓他的手哆嗦。

「新見先生，要這樣做。」

身體頂了頂新見的後背。他先向後拉了一下新見的上身，接著又用力向前一推。劍進了新見的身體，與此同時，歲三的劍也越過原田的頭頂，一顆腦袋落在了前面。

新見死了。隨著新見的死去，芹澤鴨的勢力大大削弱。用攻城來比喻的話，就是外城已經失陷，只剩內城了。

就在歲三帶著幾個人前去找新見之時，在壬生駐地的一室，芹澤受到了近藤的嚴厲指責，因爲近藤一再強調士道爲上。芹澤最後被迫同意懲處新見。

「好了，好了。我知道了。」

芹澤希望盡早結束這個話題。因爲他打算晚上去島原。

但是近藤仍不放棄。他繼續說：

「芹澤，這件事情很重要。我再問一句，你認爲領導新選組的應該是什麼人？」

當然這個問題不是近藤自己的想法，而是歲三事先告訴他的。

（他在說什麼啊！）

芹澤臉上非常不屑。因爲他認爲領導新選組的當然是第一局長的自己了。

「近藤君，你腦子還正常吧。」

「我很清醒。」

「那好，你說來我聽聽。」

「領導這支隊伍的不是芹澤先生、不是新見君，當然也不是我近藤。一句話，只要是血肉之軀的凡人都不能成爲這支隊伍的領袖。」

「那誰才有辦法？」

「士道。」

近藤說，只有無愧於士道的人才能成爲我們的隊士，違反士道的人只有死路一條。他接著說：

「如果我們做不到這一點，就無法號召諸國的熱血劍士，也不能成爲皇城之下眾人敬畏的一支力量。」

「那好，我來問你，」

芹澤冷笑著說：

「你口口聲聲說士道、士道。請問近藤君，你說的士道究竟是什麼？」

「你什麼意思？」

「你出生在多摩的平民家，你可能有所不知。我們水戶也有士道，是我們從小學習的東西。長州藩也有，薩摩藩、會津藩及其他各藩都有他們自己的士道。不同的藩，士道可能會有所不同。但有一點是相同的，那就是士必爲主死。這才是士道。請問新選組的主君是誰？」

「新選組的主君？」

「對，新選組的主君。」

「是士道。」

「你還沒明白嗎？我剛說了，離開了主君，士道是不存在的。沒有主君的新選組拿什麼來衡量士道、管理士道？」

芹澤出身的水戶藩裡，有辯才的人非常多。所以儘管芹澤表面看上去大剌剌，但對於辯論方法卻嫻熟於胸。

「怎麼樣，近藤君？」

近藤被堵住了，無話可說。

（不長眼的鄉下武士。）

芹澤臉上明顯帶著這樣一種意思。

夜裡歲三回來了。他向芹澤和近藤兩位局長報告了新見錦切腹自盡的經過。芹澤聽到這一消息氣急敗壞，臉上青筋浮現。

「你、你們已經下手了？」

芹澤當時以爲近藤也就只是來商議，根本沒當回事兒。沒想到眼前這兩名武州南多摩的鄉下劍客與只會嘴上功夫的水戶人不同，他們竟不動聲色地辦妥這件事情。芹澤覺得自己好像見到了一個新的人種，是自己以前從沒有見到過的。日本武士當中，恐怕是第一次出現像近藤、土方這類的武士。

芹澤踢掉坐墊，站了起來。

隨即，他從水戶帶來的三名手下依次走了進來。

他們分別是：

助勤　野口健司

助勤　平山五郎

助勤　平間重助

他們都是脫離水戶藩籍的浪士，和芹澤一樣，也都是神道無念流的同流派弟子。

三人圍著芹澤坐下，表情兇狠。

平山五郎準備拔劍。他抬起下巴，腦袋微微向左傾。這是他準備動武時的習慣動作。「獨眼龍五郎」是他的外號。他沒有左眼，據說是被火燒傷的。所以他的這個習慣動作，很可能就因爲這個原因。

芹澤開口了。他說：

「近藤君、土方君，我要再聽一遍你們讓新見錦切腹自盡的理由。」

近藤沉默不語。

歲三微微一笑，答道：

「不符合士道。」

正像芹澤說的，歲三和近藤不屬於任何一個藩。

但正因爲如此，他們非常崇尚武士精神，並帶有非常鮮明的理想主義色彩，與三百年來世襲的怠惰幕臣及各藩藩士是不能相提並論的。

「武士。」

每當說到這兩個字，歲三和近藤的語氣中總有一種純眞的感覺。

還不止這些。

他們出生在武州多摩。三多摩是天領地（幕府領地），現在生活在三個郡的人雖都是普通百姓，而在戰國以前，追溯到源平時代，這個地方曾經是以威猛而名震天下的坂東武者輩出之地。自然兩人的士道理想圖就是古風坂東武士。

他們不是怯懦的江戶時代武士。

「芹澤先生，你是眞的不知道嗎？」

歲三說：

「新見先生非常不符合士道。這是我們要求他切腹自盡的唯一理由。還有，」

「還有什麼？」

「如果芹澤先生違反士道，也要和他一樣切腹自盡，不然就斬首。」

「你說什麼——」

獨眼龍五郎站了起來。

「平山君，」

歲三慢條斯理地舉起手，說：

「你想在這裡動武嗎？別忘了，這裡是駐地，只要我一拍手，我們從江戶一起來的人馬上會蜂擁而入。」

芹澤一派離開了。

按理說，從這天晚上開始，他們應該立志爲新見錦報仇。但是他們沒有，相反他們選擇了另一種方法來洩憤——沉湎於酒色。而芹澤胡作非爲的程度比以往又有過之而無不及。

新選組局長芹澤在京城簡直像個萬能之王。有時候走在路上，他會無緣無故地突然指著街上的某個行人，說他沒禮貌，上來就砍。他看上隊士的情婦，嫌該隊士阻礙了自己，不由分說誘殺了他（佐佐木愛次郎）。位於四条堀川的和服店菱屋爲他做了一身和服，卻一直分文未付。爲此菱屋老闆一直催他付錢，有時候老闆自己來討，有時候讓小妾來要。菱屋老闆的這位小妾名叫小梅，芹澤不僅不付錢，而且還在她來討錢的機會乘機佔有了她，此後又公然在駐地與小梅過起了荒淫的同居生活，成了堀川一帶居民茶餘飯後議論的話題。

歲三什麼也沒說。近藤也什麼都不說。但是他們的計畫正一步步地付諸實施。執行者名單已經確定。

只有近藤勇、土方歲三、沖田總司和井上源三郎這四人。

永倉新八和藤堂平助不在執行者名單裡。這二人雖然是從江戶一起來的同仁，也參與了近藤派的一系列秘密活動，但是在這件事情上歲三還是撇開了他們。原因很簡單，因爲他們不是天然理心流的人。

藤堂平助是北辰一刀流的，永倉新八是神道無念流的。他們曾經是位於江戶小日向台的近藤道場的食客，雖是近藤的旗本，但不是眞正的心腹。歲三爲了謹愼起見，決定對他們保密。

計畫將經他們四人之手來實施。這四個人曾共同經歷了爲維持天然理心流的窮道場而嘔心瀝血的日子。對於歲三來說，只有共患難過的人才最値得信任。

「我還是有些不放心。」

近藤說。既然要除掉芹澤，當然希望同時解決芹澤派的其他人。但是僅靠四個人難免會有閃失。

「阿歲，你看怎麼樣?」

近藤說著在習字紙上寫下了一個字：

「左」。

是指原田左之助。

「對呀，這小子可以。」

歲三點頭同意。這是一個如猛犬般的傢伙，卻像眞正的狗一樣忠心耿耿地追隨在近藤左右。

近藤叫來了原田左之助。歲三也在場。近藤拐彎抹角地提到了芹澤，問他對芹澤有什麼看法。

「是條漢子。」

原田哈哈地笑了。

近藤感到很意外。但轉眼一想，有些方面原田其實和芹澤屬於同類人。不同的只是原田出身卑賤。他曾經是松山藩短期雇傭的僕人，從小飽受生活的艱辛。正因爲如此，他的感情非常脆弱。

「原田君，我就打開天窗說亮話。我要親自去殺了芹澤鴨。」

近藤說。

聽到此話，原田大吃一驚。

「您自己一個人？」

「對。可是土方君極力反對。他說要和我並肩作戰。」

「那不行。」

原田思想很單純。他說：

「土方說得對。芹澤局長可不是一個人，他手下還有獨眼龍平山，還有野口和平間。萬一先生受了傷，新選組怎麼辦？是吧，土方？」

「嗯？」

「你必須說服他。近藤先生好像只考慮到他的命是他自己一個人的。」

「我知道了。」

歲三露出了少見的明朗笑容。他說：

「原田君，要不一起加入吧。」

「我當然要參加了。」

殺死第一局長是對還是錯，這個傢伙是不會去想的。他的大腦裡不存在這種是非觀念。或許歲三一直在尋找的新選組的「士道」就是原田左之助這樣的男人。

原田的嘴巴很緊。

在決定動手的一天到來之前，近藤和歲三也沒有再提及這件事。

文久三年九月十八日，日落之後，天雨。

這日從辰時下刻（早上九點）起，風狂雨驟，連鴨川荒神口上的橋都沖垮了，是滂沱大雨的天氣。

就在這樣的深夜，芹澤喝得醉醺醺地從島原回到駐地，和等在房間的小梅赤身露體地纏在一起睡下了。

一同前去島原的平山和平間也回各自的房間就寢。此時，芹澤派的人還住在八木源之丞的家屋裡。

隔著一條路，是近藤派的人入住的前川莊司家。

半夜十二點半左右，天然理心流的四個人，加上原田左之助共五人，像旋風一般突然襲擊了八木源之丞的家。

小梅先被刺死。

向芹澤刺出第一劍的是沖田。芹澤躲開劍想要起身的時候，歲三的劍緊跟著刺到。芹澤急忙一個翻身，滾出了緣廊，一張桌子擋住了芹澤的去路，近藤的虎徹直直地刺進了他的胸口。

獨眼龍平山五郎正和島原的娼妓吉榮睡在一起。衝進他房間的原田左之助一腳踢開吉榮的枕頭。喊了一聲：

「快跑啊。」

吉榮哇哇大叫著，連滾帶爬推倒拉門跑了出去。原田很念舊情，他不想吉榮受牽連。因爲他和這名妓女睡過。

驚醒過來的平山迅速滾到一邊，一手伸向佩刀。

就在這時，原田的劍砍下。

因爲砍中肩胛骨，平山沒有受到重創。原田在黑暗中，大膽探出身子找平山所在的位置。

「呀！」

平山聽到叫聲，吃驚地抬起頭來。

一顆腦袋飛起又落下，骨碌碌地滾進了床之間。

平山已經身首異處。

平間重助逃走。

野口健司不在。

這一年的年底，二十八日的那天，野口因「不符合士道」被迫切腹自盡，芹澤派徹底土崩瓦解。

再會

同年的文久三年，京都秋意漸深。

對於新選組副長土方歲三來說，每天依然一樣忙碌。只是他近來脾氣有點古怪，有時候會把自己關在房間裡大半天，不出門也不見任何人。

——副長閉關了。

隊士們在背後議論紛紛，猜不透他閉關是爲了什麼，心裡非常害怕。

（會不會又在打什麼主意了？）

他們擔心歲三又盯上了哪個肅清對象而感到不安。

這天一早，下起了毛毛細雨。

九月只剩下沒幾天了。新選組在幾天前剛剛爲局長芹澤鴨舉辦了告別儀式。近藤、歲三向隊裡與會津藩宣稱芹澤是病死（新隊士中有人猜測是遭到了長州人的襲擊）。總之，事情已經過去，對於新選組的日常工作來說，這事已經成了過去式。隊士們沒有回首往事的習慣，大家只知道要努力活在當下。

這天下午，沖田總司巡查回來後，一上臺階叫住了局長侍從，是名見習隊士。他問：

「土方在嗎？」

他只是問歲三在不在房間裡，可是見習的表情有點飄忽不定。他回答說：

「在是在，不過，」

「不過？不過什麼？」

「這……」

「說清楚點。」

見習隊士說得不很清楚，意思是歲三從一早開始就不讓任何人進他的房間。

「啊，又閉關了。」

沖田終於想起來了。他噗哧一聲笑。

只有沖田一個人知道歲三把自己關在房間裡做什麼，連近藤都不知道這個秘密。

沖田走過走廊，到中庭東側時，劍換了換手，停下了腳步。這裡是歲三的房門外。

「是我，沖田。」

沖田隔著隔門喊道。喊完，又惡作劇似的豎起耳朵聽裡面的動靜。

果不出所料，他聽到了裡面驚慌收拾東西的聲音。過了好一會兒，才聽到歲三咳嗽了一聲，說：

「是總司嗎？」

沖田拉開了隔門。

「什麼事？」

歲三正對著華蔥窗，窗前有一個硯盒，右側床之間裡有一座刀架。在歲三單調的日常生活裡，就只有這些用品了。

「今天我去巡街，」

沖田坐下來說：

「碰到了一個意想不到的人。你猜是誰。」

「別賣關子了，我忙著呢。」

「那好吧。」

沖田慢慢把手伸到歲三跟前，歲三想防備，但東西已經被沖田搶走了。

這是一本冊子。

沖田打開嘩啦啦地翻了起來。裡面是歲三歪歪扭扭的字跡寫下的密密麻麻的俳句。

「豐玉（歲三的俳號）師範，你眞夠努力的。」

「臭小子。」

歲三臉紅了。

沖田噗哧笑了。這個年輕人知道，歲三不好意思讓別人知道自己在寫俳句，所以只好偷偷地寫。

「總司，快還給我。」

「偏不要。新選組副長土方歲三每個月會有一次變成豐玉師範，像瘧疾發作似的關在房間裡苦吟俳句不讓大家知道。你想過沒有，因爲大家不知道副長在幹什麼，所以一個個都提心吊膽地瞎猜疑。本來您寫俳句也不是什麼壞事，可是出現這樣的結果不太好吧。」

「總司。」

歲三伸手。

沖田向後退了兩張榻榻米的距離，看起了歲三的大作。

* * *

歲三創作的俳句充滿了鄉土氣息，而吟俳句和石田散藥一樣都是土方家的祖傳。

他的祖父雅號三月亭石巴，文化文政時期在武州日野宿一帶很有名氣，與當時著名的俳句作者、江戶淺草的夏目成美及八王子宿的松原庵星布尼等交往密切。

亡父隼人對俳句沒有太大興趣。到了歲三這一輩，號爲石翠盲人的大哥爲三郎在家鄉一帶已經小有名氣，雖然還沒有傳到江戶。

爲三郎是土方家的長男，但沒有繼承家業。因爲爲三郎是一個盲人。根據當時的法律，殘疾人不能繼承家業。所以土方家的家業就由歲三的二哥喜六繼承了，他還使用了世襲的名字——隼人。以前，歲三還在老家的時候，爲三郎經常對他說：

「幸好我的眼睛看不見。否則，我絕不會死在榻榻米上。」

他是一個膽識過人的盲人。據說在他年輕的時候，有一次去府中宿嫖妓，回來的路上下起了傾盆大雨，致使多摩川河堤決口，渡船不見蹤跡。大家看著洪水不知所措。就在這時，爲三郎脫去身上一層又一層的衣服，捆在頭上，一躍跳進了激流之中。

——看得見反倒會束縛人的自由。

最後他泅泳游到了石田的屋子。曾經有過這段逸事。

他還精通義大夫淨琉璃。據說他的水準超過很多樂友。不過他最得意的還是俳諧。他創作了許多俳句，很像他的性情，非常豪放。

歲三深受大哥影響。

但是他創作的俳句與他的性情相去甚遠，更多地表現出了纖細軟弱的女性特質。當然也沒有太值得欣賞的句子。即使在外行人沖田的眼裡，也淨是差得實在看不下去的庸俗句子。

「呵呵，」

沖田忍著沒有大笑。

——掌心研墨記春山

（他的腦袋到底是去哪兒了怎麼寫出這麼差的句子。）

沖田很開心。在他看來，這是歲三身上唯一稱得上可愛的地方。如果歲三連俳句都寫得很出色的話，那眞的是沒救了。

「怎麼樣？」

歲三很難爲情，但還是期待著從沖田口中聽到一句好聽的話。

「呵，這句不錯。」

沖田指著其中的一句。

「哪個哪個？」

「爲公行路春之月。這句才像新選組副長寫的。」

「是嗎。這是我以前的作品。告訴我還有沒有你覺得不錯的。」

「哦。」

沖田繼續往下看。看著看著，噗哧一聲笑出了聲。

——賀歲路上天鳶箏

「哦，你喜歡這句？」

「還行。」

沖田忍住笑繼續往下看。

「土兄眞是可愛得厲害。」

沖田不由得認眞看了看歲三的臉。

「說什麼啊。」

歲三慌慌張張地摸了摸自己的臉。

沖田接著又嘩啦啦翻起了本子。翻到最後一頁，眼光停留到了最後一句上。

從墨跡的顏色來看，像是剛剛寫成的。

（這句好極了。）

沖田直盯著最後的一句。

歲三漫不經心地湊上去一看，一把把本子搶了回來，說：

「哎呀，這個你不能看。」

歲三匆匆地收拾起筆硯和冊子，對沖田下了逐客令，說道：

「總司，你出去。我忙著呢。」

沖田充耳不聞，一動不動。

「那一句。——」

他盯著歲三的臉說：

「你寫的是誰？」

「不知道。」

本子最後一頁上的最後一句是：

——知而茫，不知則清，

難解戀愛情。

歲三出了駐地。他只告訴沖田自己要去哪裡。

歲三從來也沒有感受過今天那樣的心動滋味。

上午，他想起了佐繪，就有點蠢蠢欲動。

還在關東的時候，他曾經與武州府中六社明神的神官猿渡佐渡守的妹妹佐繪有過幾次偷情。

那時，歲三和幾個女人有過情事：搖鈴的巫女小櫻、八王子專修坊住持的女兒阿仙等，但他從來沒有體會過戀愛的感覺。此外，還有一件歲三很不願意提及的往事。那是在他十一歲的時候，他在江戶上野的一家和服店松坂屋做學徒，在那裡受到了店裡下女的誘惑。下女偷偷教他男女間的事，後來被老闆發現送回家。當然這些都已經是過去的事了。

（只有佐繪……）

他有時還會想起她。不過也只是偶爾想想。

（是個好女人。）

來到京都以後，歲三也去島原、祇園之類的地方玩樂。但是即便是床上功夫了得的京都遊女，也不如佐繪留給歲三的印象深刻。

（唉，都過去了。）

歲三心想。

所以儘管他知道佐繪現在人在京都，也知道她就在九条家工作，但是卻從沒有想過要去找她。

（我就是一個不懂戀愛的男人。）

他早就給自己下了結論。他甚至認爲：

（這樣才算是真正的男子漢。）

然而，就在今天早晨，在夢中，他感覺自己迷迷糊糊地抱著佐繪。醒來後躺在床上還戀戀不捨地回味夢中佳境，心頭忽然湧上了人們常說的戀慕之情，讓歲三覺得很窘迫。

「難道我也會有這種感覺？」

他起身穿好衣服，想處理隊務，卻又感覺心裡空盪盪的打不起精神來。歲三有時候會遇到這樣的情形。

每當這種時候，他就把自己關在房間裡，靠著寫俳句宣洩自己心中的惆悵。他知道自己的俳句寫得不好，所以很害怕別人看見，於是這種時候他就拒絕別人進入自己的房間。

想好了一句俳句。

這就是上面寫的那一句。

但是男女之間的事情有時候眞的很微妙。沖田總司說今天在街上意外地碰到了佐繪，地點是清水。

沖田還說佐繪當時似乎是去參拜的，從清水坂上下來。在安祥院的山門前，與沖田一行人錯身而過。沖田不認識佐繪，而佐繪卻知道沖田。

——我想見見土方。

佐繪託沖田轉告歲三，並說隨後會派人到駐地來接歲三。

「沖田大人，您能替我轉告嗎？」

她像武州女子那樣，口氣不容反駁。沖田已經許久沒有聽到關東女子談話了，猛一聽覺得格外親切而開心。

「當然，我一定會轉告。」

「一定哦。」

佐繪走了。沖田說，佐繪梳了一個高島田髻，一身武家風的穿著。

佐繪侍奉的前關白九条尚忠因皇女和宮的下嫁事件被看成是親幕派而受到了冷落，現在隱居在九条村。所以歲三有點擔心佐繪目前的處境。

不久之後，一名下人來駐地接歲三。

歲三跟著這個男人走出了壬生。

出門的時候，沖田說了一句：

「土方，現在的京都到處都隱藏著妖魔鬼怪呢。」

他是在提醒歲三千萬要小心，不要大意。沖田有一種不祥的預感。

沿著綾小路一直向東，到麩屋町才轉而向北。這條路的西側是一片空地。

這裡有一棟古舊的房子。

（她會住在這裡嗎？）

歲三被帶到這個房子盡頭的一個房間。他坐下後環視了一下房間，怎麼看都像是單身女人的住處。

「請用茶。」

僕人端來了茶。

「佐繪小姐在哪裡？」

「哦，剛剛還……」

回答聽起來含糊其辭。

「這裡是佐繪小姐的住處嗎？」

「不是。我聽說她的住處還在下面。」

「這麼說你不知道她住在哪裡囉？」

「是。」

看來這名男僕是臨時雇的。

因爲後來歲三再也沒有見到這個人。

一個小時過去了。

「奇怪。」

天色已經開始轉暗。歲三心懷疑慮，站起來打開了破舊的衣櫃。

裡面空空如也。

歲三走了出去，問隔壁的女主人這房子的主人是誰，她說是室町的野田屋太兵衛。

「這房子沒有人住嗎？」

「是啊，好久都沒人住了。不過我聽說最近被一位公卿的家臣租下了。」

（京都眞的住著妖魔鬼怪。）

歲三轉身又進了房子裡。

又過去了好一陣子，格子門開了，佐繪拿著燈籠穿過土間走了進來。

「……？」

歲三坐在黑暗中一動不動。

「是土方大人嗎？」

毫無疑問是佐繪的聲音。

「我來晚了，對不起。」

「這是——」

歲三放低聲音說：

「怎麼回事兒？」

「這裡嗎？」

佐繪高興地說：

「是我工作結束後休息的地方。」

「你眞的在這裡休息嗎？」

「是啊。」

「就算是這樣，爲什麼衣櫃是空的？榻榻米也滿是黴味？」

歲三十分謹愼地站起身，下了土間，看著佐繪的臉。

「眞是這樣，」

他用手指點了點佐繪的下巴，說：

「這張臉還是武州六社明神的佐繪的臉。是不是到了京都以後長出尾巴來了呢？」

「你說什麼討厭的話。」

「不愛聽是嗎？」

歲三只有眼睛有笑意。

「現在的京城可怕得很。儘管你是關東女子，可是你們猿渡家也是跟京城關係很深的神官之家，也是國學者之家。再加上你現在侍奉公卿，所以難免會受到社會上一些奇談怪論的影響。」

「哎呀。」

佐繪神情很激動。她說：

「這跟房子有什麼關係？」

「難道你不是把我騙到這裡，設計要陷害我嗎？」

「我回去了。」

佐繪邁步要走。

「不許走。」

歲三一把抓住了佐繪的手。

「討厭。你太令我失望了。我來這裡只是想見見過去那位讓我叫他阿歲的歲三而已，沒想到等在這裡的原來是新選組副長土方歲三這個走投無路的妖怪。」

「別動。」

歲三的懷疑立時煙消雲散。

他把佐繪拉過來。佐繪手上的燈籠掉了。

佐繪在掙扎。

「討厭，你討厭。」

歲三沒有道歉。

他急著想佔有佐繪。只有兩個人的身體合而爲一，他心中的不安才會徹底消除。歲三希望盡快讓眼前的這個人重新成爲自己的女人。

「躺下。」

歲三一把把她拉倒在地。

「現在是六社明神的暗闇祭之夜，我是日野宿石田村的惡魔。」

說話的方式好像是在討好佐繪。

「這種事情，已經……」

「已經什麼？」

「已經過去了。我不喜歡了。」

但是佐繪的反抗力還是減弱了，只是身體依然僵硬。

（眞奇怪。）

歲三的腦海裡隱隱約約感覺有些不妙。他覺得佐繪的言行舉止很放蕩。

以前她可是一個矜持、高雅的女人。也正是因爲這樣才深深地吸引了當時的平民劍客歲三。佐繪變了。只是在京都侍奉公卿，按理應該磨練得更加優秀才對。這究竟是怎麼回事兒呢？

（不管怎樣，看看她的身體怎麼反應，應該就會明白吧。）

歲三的手很溫和。也許是因爲累了的關係，佐繪安靜地躺在了榻榻米上。

二帖半敷町的十字路口

兩人做完了那件事。

歲三背對著佐繪坐好，佐繪在他的背後穿戴衣服。

（眞沒出息。……）

歲三的眼光落在泛黃的榻榻米上，說不出此刻自己到底是一種什麼樣的心境。

（眞無聊。）

他覺得自己很無聊。

好不容易與猿渡家的佐繪重逢，卻急急忙忙地在這種破榻榻米上發洩自己的情欲，想想都讓人心寒。

歲三曾經非常希望體驗高雅的男女之事。他認爲男女之事就應該是高雅的。在武州的時候他總是很戀慕高貴人家的女兒，佐繪是其中之一。

這樣的兩個人在京城重逢了。可這次相逢的場面卻像一個下等男人在馬廄裡和女人交媾。

佐繪也很難過。她好像被強暴似的接受了歲三的身體，心裡卻越想越難過。

就這瞬間，過去已經煙消雲散。

（如果我找的是另外的地方，也許就不會失去以前的美好記憶了。）

想要保持過去的回憶，很需要多用心思跟智慧。

（眞沒意思。）

此時的心情不是用「難過」兩個字就可以形容的。

歲三從佩刀鞘中抽出小刀，坐在一旁開始削指甲。他內心有一股衝動，很想削破手指流點血。

「土方大人，」

佐繪轉過身。

她現在對歲三改了稱呼。很顯然，在佐繪的眼裡，他已經不是武州日野宿石田村的藥販阿歲，而是名震京都的新選組副長土方歲三了。

「什麼？」

「你變了。」

語氣中帶著輕蔑。看來佐繪是失望至極。

「我自己認爲沒變。」

「不對。你像換了個人似的。」

佐繪攏了攏兩邊的頭髮。

「我哪兒變了？」

「全部。」

「你說清楚點，我聽不明白。」

「那時候，我們倆的交往跟小孩嬉戲一樣開心。土方大人，不，是阿歲，也像小孩一樣單純。可現在不是了。」

「怎麼不是了？」

佐繪說不清楚，歲三自己也說不清楚。

（仔細想想——）

歲三削下一片指甲。心裡想：

（以前我很羨慕佐繪的身分。但是現在的我與過去身分不同了。在我眼裡，武州鄉下神官的女兒已經不再是貴人。是的，我是變了。也許這是一次極大的改變。）

又削掉一片指甲。

（我眞傻。過去應該是用來回憶而不應該放在心上的。）

「你也變了。」

「當然。因爲土方大人變了，所以在您的眼裡我當然也變了。但是，佐繪還是原來的佐繪。」

「不對。」

很明顯佐繪變了。按理她在公卿家侍奉公卿，那麼穿著打扮應該符合這樣的身分才對。但看此時的佐繪，渾身上下還是以前的武家風的裝束，和服下襬髒兮兮的，讓人覺得生活很落魄。

「你還在九条家工作嗎？」

「是的。」

「騙我吧？」

佐繪突然臉色發白。

（她肯定在騙我。雖然來京都的目的是給九条家工作，而且也確實去九条家了。但是這期間肯定發生了什麼事，使她離開主人家，自己住在外面。）

歲三換成左手拿小刀，削右手的指甲。

（我眞不願意這樣想，可是，）

歲三把小刀貼在大拇指指甲上，突然一用力，指甲飛了出去。

（我感覺佐繪小姐的身體明顯與以前不同。她一定有丈夫或情人了。看情形生活好像也不是太愉快。）

歲三盯著佐繪看。他說：

「你丈夫是不是長州人？」

佐繪的臉色又一變。

「我們不應該見面的。」

歲三笑了。

「我會忘記今天的事情。——佐繪小姐你也忘了吧。」

忘了吧。歲三站了起來。雖然有點任性，但是歲三眞的不願意破壞猿渡家的女兒在自己心目中的形象。

拉上拉門，下了土間。

在昏暗中摸索著找鞋的時候，歲三突然感覺外面有異常。雖然他也想可能是隔壁家的聲音，但他還是習慣性提高警覺，沒有從前門出去。

歲三轉身來到後院，打開後門走了出去，這裡沒有人影。

「說不定她眞是在給我設圈套呢。畢竟她在公卿家侍過，應該見過不少進出公卿家的尊攘浪士。在九条關白搬到洛南的九条村過起隱居生活後，說不定佐繪和那些尊攘浪士中的哪個人在一起了。」

歲三沿著綾小路向西走去。他打算到佛光寺前，雇一頂轎子回駐地。

（她的情夫會是個什麼樣的人呢？）

歲三邊走邊想。他很嫉妒，感覺心口隱隱作痛。

此時，歲三還不知道這個曾經和自己私通的女人現在已經是一個女強人了，是頗受勤王浪士歡迎的一名才女。

猿渡佐繪。

曾經是九条家的侍女長。

現在她住在寶鏡寺尼門跡里御坊的大佛後面一所舊房子裡，以教授和歌爲生。

當然這些只是表相。實際上這處里御坊還是各個脫藩浪士藏身的地方。佐繪理解這些浪士的思想，同情他們的遭遇，所以她要管理起這棟舊房子，還要照顧他們。她已經變成了一個徹頭徹尾的勤王烈女。期間她有過幾個男人，其中有土州藩士，也有長州藩士。說不定還有不知道從哪裡來的地痞似的「志士」。每換一個男人，佐繪的內心受他們的感化就會深一層。

佐繪有她的舊主九条家做後盾。在服侍公卿的時候，她就在家裡工作，於是有機會認識了很多浪士，很受浪士們的歡迎。有浪士提出想見公卿，她會幫忙替他們引薦。所以她在浪士心目中的分量自然是越來越重。

佐繪很滿足現狀。她想自己是嫁過人的人，既然娘家現在已經由哥哥接班，自己回去也只能寄人籬下，於是思來想去覺得還是留在京都好。每天都有事情可做，每天都覺得過得很有意義，每天幹勁十足。

（佐繪變了。）

歲三走近佛光寺前面的「芳駕籠」，想租一頂轎子。

芳駕籠的老闆見過歲三。

「啊。」

他唯唯諾諾地招呼歲三，吩咐店裡的年輕人趕緊去祇園叫一頂轎子回來。

這是京都和江戶的不同之處。在江戶隨處都可以雇到轎子。可是京都不同，在京都只有遊樂場所附近才會有轎子。連芳駕籠這樣的店，到了晚上也是一頂都沒有。

把轎子叫回來還需要一些時間。

歲三就坐在門框上等。再看芳駕籠店內，一個個神色緊張。女主人沏好茶端上來時，臉色是蒼白的。

「眞對不起。您到屋裡等吧。」

「不用。」

歲三一口回絕了。臉上是一副孤寂的神情。

「可是，這……」

夫婦倆不知如何是好。新選組在最初芹澤掌權的時候，民眾因爲他們的暴行而害怕。現在又加上京都守護職預備隊的光環，給人印象非常沉重。眼前這位新選組副長又是名震京城的響噹噹人物。在京城，連三歲幼童都知道新選組副長土方歲三的大名，只是眞正見過他的人很少。歲三平時喜歡待在駐地，從來不與各藩交往。所以他這種陰沉、冷漠的樣子反而讓百姓備感害怕。

芳駕籠的夫婦看著眼前的歲三，心驚膽戰。這當然是因爲他們先入爲主的想法，怕歲三喜怒無常，突然向他們發難。

時間過去了許久，歲三終於開口了。他說：

「老闆，抱歉，」

歲三的眼睛穿過昏暗的土間一直看著路上。

「好像有人在偷看店裡。」

「啊？」

「你不用害怕，可能是跟蹤我的人。對不起，我想麻煩你妻子，幫我去看一下外面的情形。」

「啊？」

老闆很害怕。

這種時候看來還是女人沉得住氣。這位眉毛因剃光而略有些發青的芳駕籠女主人說：

「好，我去看看。」

拿著燈籠就出去了。

沒一會兒，她回來了。她說：

「外面有五個浪士。竹屋町轉角上有兩個，二帖半敷町的轉角上有三個，都是沒見過的浪人。」

「是五個人嗎？」

「是。」

歲三笑了。

「來的還眞不少。」

女主人也跟著笑了，露出一口漂亮的黑齒。她對歲三似乎開始有了好感。也難怪，本來一直以爲新選組副長是一個鬼一般的人物，然而站在面前的卻是一名雙眼皮、眼神清澈的男子。

「土方先生，要不要叫我們這裡的年輕人去一趟壬生？」

她的意思是去替歲三搬援兵。老闆偷偷拉了拉女主人的衣袖，不讓她多管閒事。

他有些擔心，一旦自己現在幫了新選組，以後不知道會受到浪士什麼樣的報復。

歲三的神情又恢復了往昔的冷漠。

又過了一會兒，終於有轎子回來了。

轎子四周有簾子圍著，這種轎子在江戶叫四手轎，而在京都則叫四路轎。兩地的轎子外形大同小異。

「老闆，這個年輕人看上去很勇猛啊。」

「是的。因爲他是丹波人。」

「丹波人很勇猛嗎？」

「是啊，大家都這麼說。」

「那就好。」

歲三從懷裡掏出一把碎銀遞給年輕人。

「不用這麼多。」

「行了，你拿著。我走路回去。」

「啊？」

在場的人都楞住了。

「不過，我要麻煩你一件事兒。你把那個木桶裝滿水代替我送到鴨川去。」

「大人。——」

芳駕籠的老闆好像猜透了歲三的計謀。

「您這太難爲我們了。」

竹屋町的一角有兩個人在蹲守，他們看到裝著木桶的轎子一定以爲裡面坐的是新選組副長，他們一定會襲擊轎子的。屆時，只要年輕人機靈些，棄了轎子就跑，倒不至於受到傷害。只是他們往後的麻煩就大了。橫行霸道的浪士會藉口自己幫了新選組而來找碴兒。承擔這種後果的註定是老闆。

女主人也猜出了歲三的意思。但是她和她丈夫的態度不同。她馬上吩咐店員，說：

「阿安、阿七，去把木桶裝上水。盡量裝滿些，讓他們以爲裡面坐的是人。」

「好的。」

丹波人把轎子拉進土間，拿上水桶，裝好水，「嗨」的一聲把水桶扛上了轎子。看上去怎麼也有十七、八貫重（約六十五公斤重）。

轎子出門了。向東而去。

歲三緊跟著也出了芳駕籠，朝相反的西邊走去，手上沒有拿燈籠。跟蹤者的注意力會被轎子吸引，他猜測不會有人注意到。

走出十幾步遠的時候，後面果然傳來了預料中的年輕人扔下轎子時喊出的傳來「呀」的一聲，位置大約在竹屋町的十字路口。

（幹得好。）

歲三已經走過了二帖半敷町。根據剛才女主人偵察到的情況，這個十字路口應該有三名浪士。但是歲三沒有看見一個人影。大概是受了轎子的迷惑，跑到東邊去了。

就在這時，身後傳來了啪嗒啪嗒的腳步聲，四、五個人從竹屋町向這裡跑來了。原來他們發覺自己上當後，轉身追來了。

「來啦。」

歲三已經猜到來人就是那幾名浪士，一閃身躲進了南側一間房子的屋簷下。

「看樣子我可以平安回到壬生了。」

歲三身子緊緊地貼著昏暗的格子門。直到此時，一切盡在歲三這位善戰大師的預想之中。

但是有一點歲三沒有料到。出乎他意料的是，對方並沒有向自己追來，而是直奔位於竹屋町和二帖半敷町中間的芳駕籠。

（不好。——）

他們一定是去爲難芳駕籠了。尖利的叫聲傳進了歲三的耳朵裡。

歲三走出黑暗，來到路中央。

他繼續向西往壬生走去，沒有理會後面的慘叫聲，但是腳步明顯在猶豫。

「女主人太可憐了。」

可是他又想早點回駐地。這讓他感到非常鬱悶。

他很想此時有杯酒。

猶豫再三，歲三還是邁步走了。

有一點可以斷定，佐繪的確和那些人有著聯繫。佐繪是個誘餌，是來引誘自己的。歲三意識到了這一點，但奇怪的是他並沒有生氣，也沒有因此激起他的鬥志。

——知而茫，不知則清

　難解戀愛情

（自己寫的這·句眞是糟透了。）

歲三抬頭望著星星。

戀愛。歲三懷疑自己是否眞的戀愛過。他覺得心灰意冷。

無疑他曾經佔有過女人，但是卻沒有和她們中的任何一位眞正戀愛過。就算和記憶中的佐繪勉強可以算做戀愛，但是就這一點點戀愛的感覺也在剛過去的一瞬間被殘忍地抹掉了。

（看來我的人生並不完整。）

歲三像徹底死了心似地打算放棄。

（說不定歲三這男人一輩子都不會有戀愛的機會了。）

就算這樣又如何？他安慰自己。

（反正我也不想和別人一樣。）

歲三走著。

（我本來就是個薄情郎。女人們應該知道這一點。不會有人傻到會迷戀上我的。）

歲三很沮喪，但是也很滿足。他想，即使這一生沒有機會戀愛，但是至少有劍，有新選組。他對劍和新選組的忠誠誰也比不了。而且還有近藤、有沖田。我知近藤、沖田的友情誰也比不了。這就足夠了。擁有這些，難道還不算滿意的人生嗎？

（想通了嗎，阿歲？——）

正自言自語間，歲三突然停下腳步，又一個回身。

他在路中間蹲了下去，手已經搭在劍上，準備出擊。

他聽到四、五個人的腳步聲正朝自己追來。想必是芳駕籠的老闆告發了他的去向。

前面出現了五個影子。

其中三個在二帖半敷町的十字路口停住了，另兩個毫無防備地繼續向歲三靠近。

——是這邊嗎？

其中一人說。

「不管怎樣，先去室町看看吧。」

他們完全用不著去那兒。

他們又向前走了幾步，差一點撞到歲三，這才發現路上蹲著一個人。

「啊。」
其中一人想往後跳開。卻見他右腳抬起，手握劍柄，仰面倒了下去。原來歲三的和泉守兼定早他一步向上挑去，刺破了那人的下顎。
歲三站了起來。
「我是土方歲三。」
「……」
沒有受到襲擊的另外一個人張著大嘴，目瞪口呆地看著眼前發生的這一切。好半天才回過神來，嗓子裡發著破碎的聲音，一躍向二帖半敷町的十字路口逃去。
在十字路口的三個人一片譁然。
這時路上已經不見了歲三。他在路北一排房子的掩護下，正沿著屋簷下面一步步地靠近十字路口。
——真在那兒嗎？
像是頭頭的一個傢伙沙啞著嗓子說。
（那不是七里研之助嗎？）

……

歲三真想立刻衝出去。他抓了把土，極力抑制住自己的衝動。
他非常驚訝。他知道七里已經來到京都。還聽說藤堂平助親眼目睹過七里出入位於河原町的長州藩屋。而且歲三自己也和七里在八王子時的一名同夥發生過衝突，但在木屋町讓他跑掉了。
「七里。」
歲三在黑暗中喊了一聲：
「是我。」
說著，歲三一個箭步衝了出去。這時他已經變成一名鬥士，沒有感傷也沒有彷徨。只有手和腳在舞動。站在七里旁邊的人被歲三從右肩砍下脖子倒了下去。歲三一躍跨過他的身體，第二劍直刺七里。
七里來不及抵擋，跳著退到燈籠柱旁。他終於抽出了劍。

「土方歲三。——終於又見面了。」

七里研之助背靠著燈籠柱的護欄。邊說邊把劍慢慢地往下一點，擺出了下段位的架勢。

「土方，」

七里好像挺高興。

「當年武州土道場的師範代當上了花之京都的新選組副長了。人逢亂世，你出人頭地了。」

「……」

歲三採取上段位。

「不過，雖然你出人頭地了，可我也不能讓你把我七里看扁了。」

「那好，我現在就跟你對打。」

「好好好。對了，近藤可好啊？我有心想去拜訪拜訪他。」

「好得很。」

歲三的話很簡短。

「這就好。我想說我很想念他。還有，咱們倆的緣分實在不淺，本來見面應該互相問候問候。可惜咱們之間的緣分卻是逆緣。」

「沒錯。」

「在武州多摩的時候，咱們可是打了不少場架。我實在不想把那種意氣用事的架持續到這個花之京都來，只是我無論如何沒辦法和你們握手言和。」

「我聽說你在河原町的長州藩屋混。」

「我母親娘家是長州藩駐江戶的武士，所以我與長州有這段因緣。本來我想我不該留在武州鄉下和土裡土氣的鄉下佬打架，所以離開了那裡，準備像個眞正的男子漢那樣闖蕩一番。只是沒想到那個鄉巴佬不死心，也跟著到京城來了。」

「不好意思，我打斷一下。」

歲三說：

「你認識佐繪小姐嗎？」

七里沒說話。

歲三看出來了，他認識佐繪。七里和佐繪之間一定有關係，所以今天他們才能盯上歲三。

「我不認識。」

「你怎麼突然說話沒底氣了。沒想到你還挺誠實的。」

七里沒有回答，只是把劍抬了抬，改成了中段的架勢。就在這時，歲三高舉的劍落了下來。

七里已經不在原地了。

咔嚓一聲，歲三的劍頭劃破了燈籠柱的護杆。他抽回劍，抬起腿，一腳踹倒了燈籠柱。

七里從燈籠的另一頭跳出來。

「我只是耍耍你。」

七里笑道。

這時，繞到歲三背後的一人突然衝了上來。歲三聞聲跳開，袴還是被劃破了。

「怎麼搞的？」

歲三的劍完全沒有氣勢。打鬥的時候有氣勢才會有勝算。看來對佐繪的複雜情感使歲三的情緒有些失控。

其實，這種時候不能顧慮別的，應該抽身而退。

這才是穩妥的策略。歲三對此非常清楚。如果在武州的鄉下，這個時候歲三早就跑得沒蹤影了。但是現在的他已經不是那時的他。現在的他是新選組的副長，打鬥也要顧及面子。如果自己跑了，以後不知道在京都會傳出多難聽的話呢。

（佐繪說得沒錯，我是變了。）

歲三一邊用右手揮舞著劍，一邊用左手脫羽織。他不是眞的要脫掉羽織，羽織只是歲三引誘對方的一個道具。

果然右側一個男人對著歲三脫羽織時露出的破綻，高舉著劍刺過來了。

（來得好。）

歲三一手從下往上挑起劍，刺向了得意忘形的對手的身軀。

「還是那麼有傻勁。」

七里在暗處直吐舌頭。如果沒有足夠大的力氣，靠一隻手是根本刺不死人的。這一點只有像七里這樣的人才知道。

歲三終於脫掉了羽織。

「七里，靠過來些。」

「我不會靠近你。沒有人會傻到和一個正來勁的傢伙正面交鋒的。」

七里也不是一個頭腦簡單的劍客。他很清楚作戰的要領。他看到歲三的氣勢越來越盛，就抽回劍，準備開溜。他下令：

「撤！」

幾個人一哄而散。

歲三沒有追。

（七里好像胖了。）

在聚集到京都的有數的浪士中，人傑不少。七里可能是因爲混跡在這些人中間，平時常談論國家大事，所以感覺他變化很大，不像是八王子時候的七里。

（男人眞是奇怪的動物。）

不能否認，人有時候會像毛毛蟲蛻變成蝴蝶那樣發生改變。

這一年的十二月，幕府頒佈了取締浪士的法令。凡是流入京都或大坂的可疑浪士一律格殺。

原因是將軍家茂要在近期到京都來，而京城只能依靠武力來確保治安不出問題。

「情況就是這樣。」

近藤召集所有隊士開會。他說：

「我們要拿出大公儀的威武，徹底清掃浪士，不讓一人漏網，保證禁闕的安全。我們必須清楚，從今天起，王城的大路小路就是我們新選組的戰場。」

就是從這個時候起，新選組開始了其惡鬼般行動。每天，京都總是腥風血雨。

隊士的人數急降到一百來人。

新選組的隊士中並非都是一流劍客。其中有完全不會武術的，也有膽小的。凡是從戰場上退縮的人，事後一律受到了處分。而新選組的處分不是以往武家社會中的閉門思過或蟄居，而是死刑。對於三百年來已經習慣了安逸享受的當時的武士來說，這樣的處分讓他們備感震撼。

對於隊士們來說，在戰場上或是喪身於敵人的劍下，或者逃跑，回來後在隊裡接受死刑，二者選其一。所以他們每天都處在生與死之間。

「這樣的處分是不是太嚴厲了。」

有一天，山南敬助看到一天裡有三個人被處以斬首或切腹，就到近藤和歲三的面前提出了異議。

前一段時間，在肅清了芹澤鴨和他的同夥之後，山南敬助在隊裡的地位發生了一些改變。之前他和歲三一樣都是副長，現在則升爲「總長」。

新選組的組織架構也因此變成了局長近藤勇、總長山南敬助、副長土方歲三。

提拔山南敬助是歲三向近藤提議的。

「請提拔山南做總長。」

近藤聽歲三這麼說，非常高興。因爲歲三不喜歡山南一直是近藤所憂心的，可是現在歲三竟然主動爲山南特別設了總長的位置，而且還在他自己之上。

——阿歲，今天不會下雨吧？

近藤不相信地說。

——沒下雨呀。

歲三面無表情地說。

「總長」的位置聽起來好聽，但實際上只是相當於局長近藤的私人參謀、顧問或是軍師，沒有實權。更重要的是這個聽起來很好聽的職務，沒有指揮和調動隊士的權力。有權指揮、調動隊士的依次是局長—副長—助勤—隊士。所以用現在流行的話來說，總長山南敬助是近藤的私人幕僚，而不是編制正式組員。

歲三把山南抬到一個體面的位置上，卻成了擺設。一開始山南也很高興，後來等他瞭解了這個職位的實質後，更是恨死了歲三。他請求近藤說：

——還是讓我做回副長吧。

近藤也有這想法，就找歲三商量。

——阿歲，你看還是讓他當副長吧。

——不用，現在這樣挺好。

他還舉了一個讓人匪夷所思的例子。

歲三還是少年的時候，每當夏季農閒時節，他會帶上幾個村裡人爲祖傳的石田散藥採集原料，並在製作散藥的過程中，安排村裡人做哪些工作。他第一次做這事時才十二、三歲。因爲他年齡尚小，大哥、二哥不放心，所以經常會干涉他的安排，說三道四。他發現每次只要大哥或二哥指手畫腳，改變他的安排，村裡人的工作效率就會明顯下降。他思索後，最後明白了原來是因爲指揮的人太多了。

——所以如果新選組有兩名副長，最後也會變成這個樣子。近藤，如果你發出的命令不馬上傳達到副長、下達到助勤，然後隊士電光石火般地迅速動起來的話，新選組會越來越遲鈍。一個組織道理上和劍術一樣，反應不敏捷不行。所以說副長有一人就可以了。」

這又是歲三獨創的理論。幕府及各藩的體制包括江戶町奉行，所有的職位都是二人制。這曾經讓當時來日本的外國使臣備感奇怪。而新選組則輕鬆打破了這一常規陋習。

——我是爲了新選組的發展，所以才讓山南坐在那麼體面的位置上的。

歲三說。

以上是題外話。

「處分是不是太嚴厲了？」

總長山南敬助向近藤進言的時候，歲三翻白眼看著山南。

「山南先生，」

他說：

「這是你應該說的話嗎？難道你想削弱我們的隊伍嗎？」

「誰這麼說了？」

山南非常生氣。歲三沒有任何表示，只是平靜地說：

「我聽起來就是這個意思。」

眞是個討厭的傢伙。山南肺都快氣炸了。

「山南，我呢，一直認爲全日本的武士都是窩囊廢。我已經無數次目睹了所謂的武士，他們口口聲聲說著武士、武士，不過是逞威風罷了。造成這種局面的罪魁禍首是世襲的俸祿制和三百年來的太平日子。新選組決不能成爲那樣的隊伍。我們要鍛煉出一群眞正的武士來。」

「眞正的武士是什麼樣的？」

「不是現在這樣的武士，而是從前那樣的。」

「從前的？」

「像坂東武者或元龜天正時候的戰國武者。具體的我說不清楚，反正就是他們那樣的武士。」

「土方，你太天眞了。」

山南想說「真幼稚」。臉上明顯帶著不屑的神情。

歲三直愣愣地盯著他的臉。之前和芹澤鴨辯論「士道精神」的時候，芹澤臉上也是這樣一副不屑的神情，現在又掛在上山南的臉上。

——臭平民劍客。

事實上，山南也的確是這樣想的。但是歲三的心底有一種衝動，他想喊，理想本來就是純眞無邪的東西。

「好了好了。喝酒吧。」

近藤趕緊插話勸解二人。近藤認爲歲三是獨一無二、無可取代的人，而他也不想失去山南敬助這位才子。平時遞交給京都守護職、京都所司代、御所國事主管和見迴組首領等的公文幾乎都要依仗山南起草。還有與各藩公用方會談時，他也要帶山南同行。新選組裡勇者不少，但是需要場面的地方，能做到口若懸河、侃侃而談的只有原仙台藩士山南敬助。

讓侍童拿來酒後，近藤來回看著山南和歲三，說：

「我很幸運，身邊有你們二位的幫助。山南君有智慧，土方君有神勇。」

但是歲三只有神勇嗎？

近藤對歲三的才能究竟瞭解多少，是個疑問。山南的智慧只是純粹的知識，而歲三卻具備極強的創造力。

「看著吧，我一定要把新選組建成一支精銳的隊伍。」

那天晚上，歲三的房間裡燈一直亮到很晚很晚。

沖田總司看到了，他又來調侃歲三了。

「喲，又寫俳句呢。」

伸頭去看歲三面前的一張紙。

「哦，是隊規。」

歲三已經粗略完成了隊規草案。

展開在歲三面前的紙上，密密麻麻地寫滿了出自這個男人之手的小字，按條款寫成，共有五十條。

沖田拿過來粗粗看了一遍，笑著說：

「你可眞了不起，土方。你打算讓隊士照此執行嗎？」

「當然。」

「五十多條是不是也太多了。」

「我還沒弄完呢。」

「什麼？眞受不了你。這麼多了你還要往上添？」

「不是，是要刪。我想把它們壓縮成五條。所謂的規定，其實有三章就足夠了。所謂約法三章嘛。」

「這話我聽說書人說過。好像是大唐的一位大將最先說出來的。我得問問山南這位大將是誰。」

「你煩不煩。」

說著，歲三隨手劃掉了一條。

直到深更半夜，五條規定終於完成了。

一、不得有違武士道精神。

二、不得擅離組織。

任何一條的罰責都是切腹。第三條是「不得擅自籌款」。第四條是「不得擅自受理（外部的）申訴」。第五條是「不得搞明爭暗鬥」。違反右列任何一條規定者，一律按切腹處置。

除了上面這五條，歲三還制定了相應的細則。

其中有一條非常有意思。並且歲三相信只有這一條才是讓新選組隊士變得更加堅強。這一條是：

「隊士非因公務而與外人發生爭執，並刀刃相見，若不能打傷或殺死敵人，而讓其逃脫的情況。」

「這種情況怎麼處理？」

「切腹。」

歲三說。

沖田笑了。

「這太殘忍了。打傷敵人應該算立功，漏網總是難免的。讓對方逃掉也要切腹有點說不過去。」

「只有這樣大家才會拚死作戰。」

「我看，你費盡心思制定這一規定，很可能是自尋煩惱。站在隊士的角度來說，與其與敵人對打最後讓他逃掉，還不如自己一開始就跑對自己更有利。」

「那也是切腹。」

「啊？」

「第一條是不得有違武士道精神。」

「哦。」

總之，作爲隊士，一旦劍出鞘，就只有一心一意地向前衝，直到殺死敵人才算無過。

「如果隊士不接受呢？」

「切腹。」

「這樣一來，膽小的人就會因懼怕隊規而出逃的。」

「根據第二條規定，那也是切腹。」

規定公示出來後，那些年紀尚輕、血氣方剛的隊士感到了一種飛瀑打身的壯烈情懷，而那些入隊時日不長、年齡稍大的幹部思想上卻出現了動搖。他們感到恐懼。

歲三很認眞地觀察大家對這個規定的反應，不出所料有人出逃了。

第一個出逃的是助勤酒井兵庫。

酒井兵庫是大坂浪士，一個神官的兒子。此人在隊裡屬於數一數二有國學修養的人，和歌寫得非常好。

正是這樣一個人首先逃走了。

歲三調動了監察部的所有力量到京都、大坂、堺、奈良等地追蹤酒井。

不久他得到消息，說酒井就躲在大坂住吉明神的某神官家裡。

「山南君，你看這事怎麼處理？」

近藤找山南商量。

山南建議饒了酒井。山南與酒井關係不錯，平時他經常找酒井兵庫幫自己修改和歌。

近藤想殺酒井。因爲酒井是隊裡的助勤，經常參與隊裡的重要事務，知道很多隊裡的機密。一旦這些機密傳出去，不僅對新選組不利，還會累及京都守護職。

「現在不是談論和歌或擔心機密的時候。局長，我覺得總長要是不帶頭執行隊規的話，以後的工作可就不好開展了。」

「你的意思是殺了他？」

「那是無庸置疑的。」

沖田總司、原田左之助和藤堂平助三人立即動身赴大坂執行任務。

他們到住吉的神官家找到了酒井兵庫。

酒井很絕望，他拔劍應戰。

原田一下打掉他手上的劍。爲了避免在神社境內動手，他們把酒井帶到了我孫子街道邊的一片竹林裡，又把劍遞給了他。

幾個回合後，酒井戰死。

從此以後，隊士不敢再輕舉妄動。隊規開始在隊士身上發揮效力。

很快新年到了。

池田屋

買柴薪啊

有劈好的柴薪啊

頭頂著柴薪大聲叫賣的一個女人走過河原町通後，太陽雨像追著她的腳步似的吧嗒吧嗒下了起來。

「眞安靜。」

沖田總司說。

這是如畫般的一個京都午後，元治元年的六月一日。

已經臨近祇園會。

此時，歲三和沖田就在叫賣柴薪的女人剛走過的一棟房子的二樓上。這裡是位於河原町四条的小百貨批發商茨木屋四郎兵衛的家，樓上略有些昏暗，還散發著一股發黴的氣味。各種各樣的小商品堆滿了整個二樓。

二樓正對著河原町通的窗戶開著。沖田從這扇窗戶向外看著下面的路上。

「從早上到現在只出現過三個人。一人武士打扮，另兩人從穿著上看像是街上的居民，不過舉止很像武士。」

沖田說話的時候，嘴裡咬著乾果子。

「是嗎。」

歲三剛剛上樓。

從這扇窗戶看出去，可以清楚地看到河原町通東側的一排房子，還有一條向東去的無名小路，要觀察進出該無名小路的行人，這裡是最好不過的地方了。

從河原町通拐入那條無名小路，走過大約五、六間房子的地方，右側有一家叫「枡屋」的武道具店。

沖田就在茨木屋四郎兵衛家的樓上監視著這家武道具店。當然負責監視的不止沖田一個人。

還有監察部的山崎烝、島田魁、川島勝司和林信太郎等人。他們喬裝打扮成藥販子、修行者等在枡屋周圍走動。此外，原田左之助在無名小路另一頭的西木屋町通租用了一間房子，從那裡監視路上的動靜。

「監視這種工作真沒意思，不適合我的性格。」

「是吧。」

的確，沖田的性格非常不適宜做監視工作，儘管這是公務。

「你忍忍吧。明天給你換下來。」

「一定？」

說著，沖田隨手放了一塊點心在嘴裡。

一副漫不經心的樣子。

歲三苦笑著說：

「不過今天你可不能偷懶。」

「你就放下這顆心吧。不過，枡屋的那個老頭你說會怎樣？他會選擇這樣一個起風的夜晚行動嗎？」

「哦？」

「就是刮風的晚上。」

沖田嚥下點心，說：

「不是說他們召集了十幾個浪士，準備在京都市區到處點火，然後闖進御所帶出禁裡殿下（天皇）去長州建立一支倒幕義軍嗎？這種事情一般來講是不太可能成功的。這樣做太不理智。他們要是眞這樣做了，那一定是腦袋出了問題。土方，你說枡屋是不是瘋了？」

「不，他們沒瘋，他們很正常。他們也是一群有血氣的人，只是這樣的一群人整天聚在一起，幾天、幾十天、上百天地談論同一個夢想，夢想就不再是夢想了。他們越來越相信倒幕勢在必行。」

「那不就是瘋了嗎？而且還是集體發瘋。有意思。」

「是很有意思。不過正因爲是集體瘋了，所以說不好他們會做出什麼事情來。」

「新選組也一樣。」

沖田哧哧地笑了：

「土方還是瘋子的師範呢。」

「又胡說八道了。」

歲三拉長了臉。不過沖田一點也不怕這位讓新選組隊士怕得要死的歲三。在沖田總司這個非常開朗的年輕人看來，歲三越是耍威風就越顯得滑稽，就像壬生狂言中演默劇的熊坂長範。

「總司，盯緊點。」

歲三苦著臉說：

「有消息說準備在京都放火起義的浪士不下五、六十人。能否制止他們關係到新選組是否能成爲天下第一的新選組的關鍵。」

「吃一個？」

沖田塞給歲三一塊點心。歲三很不情願地放進嘴裡走了。

隨後他又去了原田左之助的監視點。還到高瀨川沿線的路上和裝扮成藥販子的監察山崎烝錯身而過。山崎故意垂下眼簾走過歲三的身邊，一切表現得非常自然。山崎劍術很好，但因爲他是大坂高麗橋一位針灸醫生的兒子，所以走在街上，看不出他與其他行人有什麼不同。

和山崎碰過面後，歲三到木屋町三条叫了一頂轎子回到了壬生。

「怎麼樣？」

近藤問。

「還不清楚。不過總司和原田都看到有武士模樣的人頻繁在那條無名小路上進出。」

「這事不會有錯吧。」

「希望如此。」

這件事情是近藤最先得到的消息。

就在幾天前，近藤親自帶領隊士在市內巡邏，到堀川本國寺（水戶藩兵在京都的駐地）前準備往回返的時候，馬前出現一名武士擋住了他的去路。當時這名武士說了聲：

「喲，是近藤。少見。」

是刺客！隊士們趕緊圍上來，卻見那武士不慌不忙地說：

「別緊張，是我。原先住在江戶山伏町的岸淵兵輔。在江戶的時候多蒙貴道場的關照……」

近藤下了馬。聽岸淵一說，他想起來了。近藤的江戶道場鄰近後樂園，當時的確有不少水戶藩邸的下等藩兵經常去自己的道場玩，岸淵是其中的一人。據說他只是一名步卒，但很有學問，而且爲人敦厚，讓人很難相信他只是個身分低下的藩兵。

眼前的岸淵穿著依然樸素，膚色木棉的羽織和洗得發白的袴。不過身材胖了許多，顯得比以前魁梧。

「去年我就來京都了。聽說土方氏、沖田氏都很不錯。」

「是啊。這樣吧，路上說話不方便，咱們去壬生吧。」

近藤非常熱情，他拽著岸淵回到了壬生。

一回壬生就叫來歲三，擺上了酒席。

當時在京城的武士只要有兩個人坐在一起，話題就離不開國事。緊張的空氣時時彌漫在京都的上空。這是一個充滿緊張氣氛的時代。

去年八月發生了所謂的文久之變。一直以來佔據京都政壇的長州藩一夜之間從政界消失，隨之，長州七位公卿回了老家。

之後，長州藩的年輕人開始做出了過激行爲。各藩脫藩的激進浪士也紛紛投奔長州藩，等待舉兵倒幕的時機。

然而，那些對政治敏感的大藩如薩摩藩、土佐藩以及會津藩、越前藩等都反對長州藩。（他們的這種感情帶有很複雜的成分。由於長州藩奪取權力活動的行爲太偏激又太激進，以至於大家懷疑長州侯有取代幕府的意圖。而長州侯本人似乎也被年輕的家臣團很體面地利用了一下。傳說在維新後，這位長州大臣還問身邊的人自己什麼時候當將軍呢。）

總之，僅靠長州藩一個藩的軍事力量是無法抗衡幕府及前述的「公武合體派」四藩的。

這就是當時的形勢。

所以有傳言說，長州藩成立了一個秘密軍事組織，其中包括支援長州藩的浪士團，並派人潛入京城，準備一舉燒毀市街，發動勤王起義。爲此京城內各種謠言四起，性急的人們已經準備收拾家當跑到鄉下去避難。此時的長州似乎被逼到了絕境，處境非常尷尬。如果起義成功，他們就是義軍，一旦失敗整個藩將被定性爲叛匪。

岸淵兵輔侃侃而談——談時局，談時勢。這位水戶藩士是非常典型的公武合體派支持者，他認爲長州要奪回權力毫無希望。

近藤非常認同他的觀點。

近來，近藤經常參與各種議論。因爲他本不是一個幽默的人，所以他的陳述往往話少分量重。

歲三沒有說話。對歲三來說，空洞的議論毫無意義。他的興趣和熱情完全放在新選組上，他只關心如何使新選組發展成爲天下最強大的一個組織。他相信只有實際行動才是向天下闡明自己思想的唯一方法。武士不需要口舌之爭。

就在這場酒席上，岸淵說到了一件出乎他們意料之外的事情。

「你們知道，我們藩在政治方面一直很複雜。藩士們各有各的想法，他們互相敵視。所以謠言傳得也快。昨天晚上我就聽說了一個非同尋常的傳聞。」

那就是枡屋喜右衛門。

他說武道具店枡屋喜右衛門是假的。他的眞實身分是長州藩的古高俊太郎（江州物部村的鄉士、毘沙門堂門跡的宮侍），還是個大人物。

「並且，」

岸淵接著說：

「他們已經把起事時要用的武器彈藥存放到了枡屋的武器倉庫裡。本國寺水戶藩總部的人都知道這事兒。」

起事者在策劃過程中也出了紕漏。就在岸淵告訴近藤、歲三的同一天，枡屋的傭人、一個叫利助的人跑到町年寄那裡告發了此事。

利助是枡屋新雇的人。當他看到倉庫裡放著許多鐵砲、硝煙、刀槍等時，不禁大吃一驚。他擔心自己受到牽連，於是第一時間向官府進行了告發。

町年寄馬上知會定迴同心，而同心渡邊幸右衛門剛好又是與新選組來往密切的人。於是他沒有告訴自己的衙役而是直接跑到壬生駐地，告訴了新選組。

「馬上報告會津藩總部。」

但是歲三阻止了近藤的做法。他說：

「我們先偵察清楚後再去報告不遲。」

如果情況屬實，那麼對於新選組來說，就有了一個自結盟以來展現自我的大舞臺。

「不能輕易讓會津藩或京都見迴組搶去功勞。」

這是歲三的如意算盤。他認爲對新選組來說，這是一次絕好的機會，可以昭示天下，近藤和歲三費盡心思建立起來的新選組是一個實力強大的組織。

第二天傍晚，偵察的隊士回來了。

「眞臭。」

原田左之助說。這個傢伙看樣子也不適合做偵探，一個勁兒地喊臭臭臭。

沖田只是微微地笑著。而山崎、島田和川島這幾人不愧是監察，他們詳細彙報了各自探聽到的情況。

「土方君，立即出發。」

近藤下達了出動的命令，但是歲三沒動。

「這可是新選組的絕好舞臺。局長，你應該到現場坐鎮，我來留守駐地。」

「好。」

近藤當即選了三名助勤。沖田總司、永倉新八和原田左之助。每位助勤又分別帶了幾名隊士，加起來共二十幾人。等他們到達現場的時候，太陽已經落山了。

近藤此人自有他非常人能及之處。

他把隊士分成四個組，分別安置在無名小路的東西進出口和前後方。一切都按常理出牌。但是隨後的行動卻讓人爲他捏了一把汗。他讓利助去敲枡屋的門，等女傭一開門，自己獨自走了進去。

裡面很黑。好在室內的格局他已經聽利助介紹過，所以他心裡有數。

近藤跑上二樓八張榻榻米大的房間，氣勢凜然地站在已經睡下的古高俊太郎的枕邊，大喝一聲：

「古高。」

近藤說：

「我們已經掌握了你偷偷召集浪士，企圖在皇城之下謀反的證據。奉上所令，速速受縛。」

「你是誰？」

古高也是無數次出入於寒光白刃之間的人，他很鎮靜。相形之下，倒是近藤顯得有些激動。

「京都守護職會津中將屬下的新選組局長近藤勇。」

「你就是——」

說著，古高瞟了一眼近藤。

「我馬上起來。反正我沒做虧心事，用不著逃，也用不著躲。我需要一點時間，你等著。」

古高慢悠悠地脫去睡衣，穿上帶紋飾的衣服，梳理好頭髮，又讓女傭人拿來臉盆，洗漱了一番，這才說：

「行了，你要帶我去哪兒？」

他說完站起身來。

就在這期間，在樓下進行搜查的隊士發現了一份古高一夥聯名簽署的公約。

當晚，古高被關進了壬生駐地的牢房裡。第二天在京都所司代的官吏的押解下，被投入了六角的監獄中。並自這天晚上起，不斷受到獄吏的拷問，但他卻始終沒有鬆口。七月二十日那天，他被拉出去執行了死刑。

事態發展至此，已經不再需要古高的證詞了。由於從古高家裡搜出來的那份聯名公約，官府完全掌握了那些人姓名。新選組、會津藩、所司代和町奉行於是展開了轟轟烈烈的圍網式搜捕。從所掌握的第一手消息來看，可以知道位於三条一帶的旅館裡住著許多來歷不明的浪士，尤其是三条小橋西頭的旅館池田屋惣兵衛似乎是這些浪士們活動的中心。於是，山崎喬裝成藥販子住進了池田屋。

經過暗中調查，山崎發現住在這裡的人說話幾乎都帶長州口音。

守護職暗示分頭抓捕這些人。但是新選組沒有貿然行動。原因是他們接到了山崎的報告。報告說：

「他們好像已經知道古高被捕了。」

既然如此，他們當然所有覺察。他們需要重新考慮下一步計畫，爲此他們需要開會討論，是中止起事就地解散，還是兵戎相見，立即行動。

「他們一定會召開會議的。」

歲三說。

近藤卻感到沒有多少把握。

「要是他們就這樣解散了，那我們可就什麼都撈不著了。」

「只能賭一把了。」

可憐長州藩士及其黨徒實在太大意。他們在三条一帶狹窄的旅館街上，每天毫無戒備地互相走訪各住處。

「地點是池田屋，時間就在今晚。」

六月五日傍晚，山崎把情報送到了新選組駐地。

幾乎在同一時間，町奉行所的密探也送來了情報。這份情報中說：

「時間就在今晚，地點可能在木屋町的料亭丹虎（四國屋重兵衛）。」

丹虎一直是長州人和土州人經常光顧的一家料亭，似乎要比池田屋的可能性大。

近藤聽到這樣兩個情報，臉色顯得異常難看。因爲這樣一來，他必須把自己本來就不多的兵力分成兩部分。

「阿歲，今天晚上咱們就賭一把吧。」

近藤的意思是集中兵力或者去池田屋，或者去丹虎。

「不行。這可是大事。我們還是把隊士分成兩部分吧。只是……」

如何分配兵力的問題。

這要根據判斷，按可能性大小來決定人數。

「山南，你以爲呢？」

近藤問總長山南。

「丹虎吧。」

山南回答。這是比較穩妥的判斷。丹虎作爲倒幕派的巢穴是眾人皆知的。

「我認爲是池田屋。」

歲三說。他沒有明確的理由，憑的就是他特有的直覺。

「是嗎。」

近藤一直以來就相信歲三的直覺。

山南對於近藤採納歲三的意見表示出了明確的不滿。近藤注意到了他的這種情緒，說：

「山南君說得也有道理。所以歲三，你去山南君說的丹虎那邊吧。」

這是近藤一貫的和事佬做法。

歲三點了點頭。

山南明白了近藤的用意，說：

「那我去池田屋嗎？」

近藤笑瞇瞇地說：

「那邊就交給我吧。山南君的霍亂後遺症還沒痊癒。我可不想失去你這位重要人才。」

山南沒有做聲。近藤知道山南對長州多少懷有一絲同情。

人員的分配是這樣的。由土方負責襲擊丹虎的隊士爲二十餘人，由近藤負責襲擊池田屋的隊士七、八人。

事後，近藤在給江戶的義父周齋老人的信中這樣寫道：

「不巧的是，隊裡多病者。可用之人僅三十位。分兩路攻兩處（敵人），一處遣土方歲三爲首（中略），不才僅帶數人。」

不過，這次人員分配非常巧妙。近藤帶領的七、八個人都是隊裡最精幹的隊士，其中包括沖田總司、藤堂平助、原田左之助、永倉新八等，而土方帶領的一組，雖然人數較多，卻幾乎都是平庸之輩。

「阿歲，行嗎？」

「行。」

太陽開始西斜的時候，兩支隊伍出發了。

突襲池田屋的時間定在亥時（晚上十點）。近藤還在信中寫道：「（爲守住門口，人手又減少了）衝進去時，以不才爲首僅爲五人，分別是沖田、永倉、藤堂和周平（養子）。我們以寡敵眾，廝殺在一起。只見刀光劍影、火花四濺，所有人都打得興起。這一情形持續了一時有餘（兩個多小時）。及此，永倉新八的劍折了，沖田總司的劍柄斷了，藤堂平助的劍鈍了（中略）。就在這危急關頭，土方歲三趕到。隨後我們開始了拘捕行動（因援兵的到來，放棄了撤退的念頭）。此前，我們經歷戰鬥無數，但少有兩個回合。」

近藤對自己的這次戰鬥經歷非常自豪，他說：

「儘管敵人在數量上佔據優勢，但我們個個都是以一抵十的勇士，可以在險境中得以保全自己。」

當時隊士的裝束是這樣的。所有人一律身著印有山形的麻製淺黃色隊服羽織，有一部分隊士在隊服外套護胸鎧甲，裡穿金屬護身鎧甲，頭戴頭盔。歲三使用的頭盔至今還保留在東京都日野市石田的土方家裡，上面有兩道刀痕。

斷章・池田屋

在襲擊池田屋的前一天，歲三爲了確保萬無一失已經仔細偵察過周圍的地形了。

這座三条大橋，是以江戶日本橋爲起點的東海道的宿驛之一，大橋東西向路旁密集開設了旅籠屋（客棧）。

池田屋便是其中的一家。

這家旅籠屋正面寬三間半，深十五間，爲二層樓建築。一樓右側是格子門窗，左側是紅殼漆壁，二樓也用圍上細密的京格子，讓人可以從裡面窺見外面，但是外面的行人卻看不到裡面的情況，設計非常合理。（這棟建築已經在昭和六年時拆除。後來原地築起一座鋼筋混凝土的四層樓建築物，爲佐佐木旅館。）

祇園町有一個會所。

會所位於負責執行祇園社事務與法事的實成院門前，這一帶行人較少。近藤、歲三選擇這裡作爲進攻發起點。

這一天，隊服的羽織、護身用具等提前送到了會所。到了傍晚，隊士們按照要求，喬裝打扮成各種身分的模樣，分頭從壬生出發。他們或假裝在市內

巡查，或假裝成群結隊地外出遊玩。

太陽下山後，他們在右會所集合了。

同一時刻，長州、土州、肥後、播州、作州、因州和山城等各藩的藩士、浪士二十餘人也準備在日落後到池田屋樓上集合。據說時間定在夜五時（晚上八點），還聽說長州的桂小五郎（木戶孝允）也會前來參加。

關於這件事，孝允在自己的記錄中是這樣的：

「約定當晚在旅店池田屋會面。五時抵達該旅籠屋，然而其他同志尚未到。因而決定離開一下後再過來，於是去了對州藩的別邸。」

也就是說，桂小五郎當晚準時去了池田屋。但是因爲其他人都還沒到，於是就去位於附近的對馬藩京都藩邸（河原町姉小路叉路口）找熟人了。

他接著寫道：

「然而過沒多久，新選組突襲了池田屋。」

這天，桂撿到了一條命。其實，桂的實在很幸運，在那次前後，他也多次遇到險情，但都逃脫了危險。在維新史上，像他這麼走運的人似乎找不出第二個來。

桂剛離開池田屋不久，其他的人到了。其中頗有些重要人物，他們分別是：

長州　吉田稔麿、杉山松助、廣岡浪秀、佐伯稜威雄、福原乙之進、有吉熊太郎

肥後　宮部鼎藏、松田重助、中津彥太郎、高木元右衛門

土州　野老山五吉郎、北添佶摩、石川潤次郎、藤崎八郎、望月龜彌太

播州　大高忠兵衛、大高又次郎

因州　河田佐久馬

大和　大澤逸平

作州　安藤精之助

江州　西川耕藏

這些人如果有幸活下來的話，相信至少有一半人會在維新政府中擔任要職。在場的各藩浪士中，爲首的是吉田稔麿和宮部鼎藏二人，他們在當時被認爲是一流的志士。

大家在二樓一落座，酒宴便開始了。

第一個議題是：

「如何救出古高俊太郎」。

其次是討論計畫中的壯舉，即「趁風大的夜晚在京都各處放火，衝進御所搶出天子，坐鎮長州。若尚有餘力繼續攻擊京都守護職，斬殺容保。」由於古高的被捕，關於此「壯舉」究竟是中止還是繼續執行需要在會議做出決定。

土州派的浪士比較激進。他們主張：

「這事還用得著商量嗎?事已至此就按原計畫在今晚動手吧。」

「那可不行。這樣太冒失了。」

阻止土州派的好像是京都、大和及作州的人。

這裡佔最多數的是長州藩，也是最偏激的。不過由於事先京都留守居役（常駐京都的藩外交官）桂小五郎千叮嚀萬囑咐過，說現在還不是時候，時機尚不夠成熟。所以他們暫時沒有表態。但是隨著酒精作用的催化，原本就有的激動情緒終於顯露出來。

在樓下，裝扮成藥販子、原本待在外間的新選組監察山崎烝說：

「請讓我幫忙配膳吧。」

然後就在廚房幫起忙來。因爲他出生在大坂的商家，所以這種事情對他來說熟門熟路，難不倒他。連老闆池田屋惣兵衛（事後死於獄中）也被他矇騙過去了。

山崎甚至出現在酒席間，指揮女中上菜、招待。在京都，商家會爲了舉辦宴席找來配膳人這種特別的工作人員，而山崎就是臨時主動幫忙的配膳人。

宴席設在二樓靠裡面的一間八張榻榻米大的房間裡。一下子坐了二十幾個人，這裡顯得很擁擠了。沒有足夠的空間讓大家盤腿而坐，所有人幾乎是半支著膝蓋蹲坐在裡面。而且每人身體的左側腰間還都掛著佩刀，非常礙事。尤其是女中一道一道上菜的時候，不小心就會碰到腳。

「不如這樣吧，」

山崎說：

「萬一女中不小心碰到諸位腰間佩刀就麻煩了。要不我幫你們放到隔壁房間裡？」

「行啊。」

其中一人把配刀交給了他。山崎恭恭敬敬接過來放到了隔壁房間裡。接下來幾乎沒費什麼勁兒就從一席人的手中一把一把接過佩刀送到旁邊的房間，收妥後收進了壁櫃裡。

在座沒有任何人懷疑山崎。他們可是僅僅二十幾個人就準備佔領京城的壯士啊。

就像近藤在信中寫的那樣，這些人是「萬夫莫敵的勇士」。然而，他們也實在是太大意了。可以說他們完全不具備搞陰謀叛亂所需的縝密心機。

他們大口大口地喝酒，無所顧忌地議論。越喝越醉，越醉越亂，話題也越扯越遠，最後竟互相攻擊起來。這讓他們享受到了快感。仔細想想，似乎應該歸罪於各藩的代表中好發議論的人太多太多了。

另一邊的祇園實成院前的會所裡，此時，近藤和土方有些急不可耐了。

「夜五時（晚上八點）出發。」

這是他們和京都守護職（會津藩）早就約定了的。所以這個時候，會津藩、所司代和桑名藩多達兩千以上的人應該早就出動了。然而，他們的行動非常遲鈍。五時早就過去了，街上卻看不到他們中的任何一個人。由於三百年來的天下太平，藩的軍事機能已經退化到無以復加的地步。

「這些藩根本靠不住啊。」

歲三催促近藤快下命令。近藤默默地站起身。此時已經是晚上十點了。

「阿歲，馬上向木屋町（丹虎）出發。」

歲三戴上頭盔，金屬護頸一直垂到肩頭。這是非常特別的裝束。

「武運昌隆。——」

歲三從眉庇下對近藤露出笑眼，近藤也笑了。近藤腦海突然浮現少年時和歲三在多摩川邊一起玩的情景。

歲三奔向了昏暗的路上。

近藤也往前衝。

歲三一行突襲了木屋町的丹虎，然而敵人不在那裡。

近藤一行直接往池田屋前進。

在池田屋，藥販子山崎早已悄悄打開了大門的木鎖。

二樓，持續了兩個小時的酒宴還在繼續。醉意已經籠罩住了在場的每一個人。

近藤推開門一腳踏進土間。緊接著沖田總司、藤堂平助、永倉新八和近藤周平也走了進來。餘下的人分別把守前後門口。

「老闆在嗎？我們是奉命搜查。」

惣兵衛大吃一驚，立刻向上跑了兩三級臺階，大聲喊道：

「二樓的客人，有巡邏官來了。」

近藤用力打了他一記耳光，老闆滾倒在地上。

然而老闆的大喊並沒有驚醒二樓上的人，土佐的北添佶摩聽到了喊聲，還以爲是遲到的同志來了，還應了一聲說：

「上來吧，就在二樓。」

他還向樓梯口探了探腦袋打算熱情地招呼對方。正好看到近藤從樓下往上看，兩人打了個照面。北添嚇得趕緊縮身。然而已經太遲了。只見近藤三步併作兩步跑上二樓，一劍砍了下去。

是虎徹。
永倉新八緊隨其後也跑了上來。
此時，只有近藤和永倉兩人上樓。他們進了裡面的房間。
直到此時，房間內的人才明白發生了什麼。
他們想拔劍，可是劍不在身邊。只好用小刀。據說在狹窄的室內對打，用小刀更方便，所以他們並沒有處於下風。
充當議長的長州人吉田稔麿時年二十四歲，是吉田松陰的愛徒。與桂小五郎相比，松陰更看重吉田稔麿。
也難怪松陰看重他，即使在眼前這種緊急情形下，吉田稔麿竟然還能思考對策。位於河原町的長州藩邸（現在的京都飯店）離這裡很近，他決定去那裡搬援兵。於是他閃過近藤和永倉的刀劍，跑到了樓梯口。
近藤頭也不回地一劍過去，刺中了他的肩頭。
吉田從樓梯上滾下來，又挨了等在樓下的藤堂平助刺過來的一劍，依然不屈地跑到了外面。在那裡腰部中了原田左之助揮來的一劍，但他還是沒有倒下，直往長州藩邸跑。
到了藩邸門前，他用盡全力敲門。
「是我，吉田，快開門。」
門開了，他急切地喊道：
「大家快來呀。」
但是，他運氣不好。此時留在藩邸內的只有幾個病人、步卒和僕人，能戰鬥的人一個都不在。藩邸負責人留守居役桂小五郎在裡面，他阻止了打算跑去幫忙的人。說：
「前途事大。不得擅自行動。」（孝允自記）
桂見死不救。但是這也是不得已的事情。因為只要他出手相救，光是長州藩邸無法與數千幕府兵交鋒。
吉田稔麿沒辦法，只好借了一支短槍，渾身是血地回到了同志正浴血苦鬥的池田屋。不幸的是，他剛進屋，就遇上了沖田總司。

吉田的短槍被沖田輕輕格開，接著順勢劃過矛柄，向前跨一步並一刀砍向吉田的右肩，吉田倒地。

這時歲三的隊伍也來到池田屋。歲三一來就進了土間。

只見浪士中，有人奪過長劍揮舞、有人使用短槍刺殺、有人得心應手得揮動短刀亂砍。二十餘人奮勇作戰。藤堂平助身負重傷，已經倒在地下。

「平助，你要堅持，你不能死。」

歲三說著，反身一刀砍向從裡面收納間跳出來的、腳剛邁過門框的人。對方屍體像彈飛起來後落下，正好落在藤堂的身上。

二樓，近藤還在奮力廝殺。近藤此時所處的位置是正面樓梯口。

後面的樓梯口，有永倉新八在對敵作戰。樓梯口走廊很窄。就在這寬不足三尺的走廊上，浪士的位置非常不利，他們無法群攻近藤，只能單獨與近藤交手。

肥後的宮部鼎藏冷靜下來，阻止了準備一起衝出走廊的同夥，並指揮大家把近藤引到室內較寬敞的地方，隨後群起而攻之。

近藤看到敵人不來走廊，就又進了房間。

宮部第一個應戰近藤，雙方都採取中段姿勢。宮部不是近藤的對手，幾個回合後，宮部臉被劃破。儘管如此，他還是振作起精神，一直和近藤打到了正面的樓梯口，卻遭遇了殺死吉田稔麿後跑上來的沖田總司，又挨了幾刀。他可能想到自己此生了已，說了一聲：

「不要妨礙武士成仁。」

反手一刀刺進自己的腹部。接著，頭朝下滾下了樓梯。

肥後的松田重助還在二樓奮戰。重助擅長的是短刀，這天他換了市民的裝束。

這時，沖田衝進來了。以彪悍著稱的重助拿著短刀應戰，終究不敵，左手被沖田砍斷。他倒下同時被同志大高又次郎的屍體絆了一腳。就在倒下去時發現屍體的手上還握著大刀，於是抽出這把刀再次和沖田廝殺起來，然而一個回合就遭斬殺。（松田重助的弟弟山田信道在明治二十六年當上了京都府知事，就任期間，把當時所有死者的墓碑集中在一處，並立了一塊大石碑。）

池田屋的周圍已經被會津、桑名、彥根、松山、加賀及所司代近三千名嚴密包圍起來。

僥倖逃出池田屋的人有不少在街上被追殺而亡，更多的則是重傷後被捕。

土州的望月龜彌太在室內殺了新選組的兩名隊士後，殺出重圍逃向長州藩邸，途中被會津藩的藩兵追殺，就在路上切腹自盡。

同是土州藩的野老山五吉郎也身負數創，好不容易逃出屋子，逃到了長州藩邸。他連連叫喊開門，卻最後也沒等來門開。被追至的會津和桑名藩二十幾個藩兵團團圍住，於是他也在門前切腹自盡。

志士一方當場死亡七人，被活捉二十三人，其中因傷重而死去的爲數不少。

他們都很勇敢。區區二十幾個人給包圍側造成的損失遠遠要大得多。

根據玉蟲左大夫在《官武通紀》中的描述，幕府方面的損失如下：

會津　當場死亡五人，傷三十四人

彥根　當場死亡四人，傷十四、五人

桑名　當場死亡二人，傷數人

松山、淀右二藩各有數人死傷。

而實際上眞正參與戰鬥的新選組，當場死亡的是奧澤新三郎，因爲傷過重死亡的有兩人，安藤早太郎和新田革左衛門。此外，藤堂平助重傷。

而戰鬥一開始就奮勇作戰的近藤和沖田一點小傷都沒有。當然歲三也沒有受傷。

歲三是在戰鬥打到一半的時候趕來的，他就在土間裡沒有挪動地方。
樓上有近藤坐鎮，樓下有歲三指揮。這不是兩人事先商量好的，而是他們多年來自然形成的一種默契。
就在戰鬥難解難分的時候，守在門口的原田左之助從門外探頭進來，說：
「土方先生，二樓只有近藤先生和沖田、永倉在苦戰。你上去幫他們吧，樓下我來照應。」
但是歲三沒有走。他想自己作爲副長還是守在樓下爲好，就讓近藤在樓上盡情展現他的實力，透過這次征討，提高近藤的威名。他認爲大大提高近藤的威名對新選組來說非常有必要。
樓上不時傳來近藤驚人的呼喊聲。
「就這樣，沒問題。」
歲三笑了。
歲三還有別的任務在身。就在打鬥快要結束的時候，會津、桑名的人都想擠進屋裡來。

在敵人徹底被打垮後，他們到戰場上來搶戰利品了。這種做法眞是卑鄙之極。
「怎麼了，有事嗎？」
歲三提著白刃擋在這些人的面前。他不想讓別人進屋，裡面是新選組憑藉自己實力打贏的戰場。
「裡面有我們在，請回吧。」
看著目光如炬的歲三，誰也沒敢再往前走動一步。自然，幕府兵約三千人成了警衛兵，專門追捕逃到路上的浪士了。新選組獨享了戰鬥的榮耀和勝利的果實。

京師之亂

池田屋之變使新選組名震天下，也給歷史帶來了重大的影響。

一般認爲，正是由於這次事變使得當時的實力派志士不少人被殺或被捕，導致了明治維新的時間至少推遲了一年。然而，事實也許剛好相反。

確切地說，應該是這一次變故使得明治維新運動提前來到。或者說如果沒有這次變故，也許由薩長（薩摩藩和長州藩）主導的明治維新運動永遠不會發生。革命需要革命者激烈狂暴的軍事行動，但是當時親京都派的各藩既沒有投身這項事業的可能性，也沒有想法採取任何行動。所有雄藩的領袖甚至沒有想過要與幕府作對。只是三十六萬石的長州藩（長州因爲製蠟、造紙等輕工業政策和新田開發，所以經濟實力達百萬石）這座火藥庫被引燃了而已。

關於是否應該採取這次行動，新選組的上級機關京都守護職（會津藩）顯得非常猶豫。筆者雖然沒有見過正本，但在事發後的第三天，從京都的會津本陣（黑谷）送往江戶會津宅邸的公用方文書中記載了對這次行動前的焦慮。意譯如下：

「對於長州人及其他人（浪士）的密謀若是置之不理，那麼不僅殿下（松平容保）的職位（京都守護職）可能不保，而且禍患將迫在眉睫。可是一旦實施鎮壓，無疑會引起他們更深的仇恨情緒。殿下憂心忡忡，可是又找不到其他更好的辦法，一旦坐失良機，很可能反被他們所制，不得已……」

當政府面對革命派時，所持的立場和苦惱在任何國家、任何時代都是一樣的。

究竟該不該採取行動的問題一直反反覆覆進行討論。直到近藤和歲三率領的新選組隊士在準備發動攻擊的祇園實成院門前的町會所集結時，討論還沒完沒了地持續。

「不得已而爲之。」

終於在最後時刻下定了決心。

京都守護職的結論傳達到下級檢察官廳的京都所司代與町奉行後，他們一致表示同意。順帶一提，當時的京都所司代是京都守護職松平容保的親弟松平定敬（伊勢桑名藩主），兄弟倆在同一時期同時負責京都的治安，所以兩人之間的溝通非常迅速和暢通。

但是，由於他們討論耗時太長，再加上藩兵行動遲緩，所以總攻開始的時間比原先約好的晚上八點遲了整整兩個小時。近藤左等右等等不到命令，最後果斷擅自決定行動，襲擊了池田屋。近藤、歲三因爲沒有政治上的顧慮，他們憑恃的只有手中的劍。

事件結束後，幕府給京都守護職送去了獎狀。信中有這樣一句話：

「新選組果斷出擊，捉拿、討伐惡黨，功績卓著。」

幕府不僅向新選組撥下賞金，而且幕閣還非正式地提出請新選組局長近藤擔任「與力上席」。

對此，歲三力勸近藤不要接受。他說：

「與力算不上什麼。」

確實是不起眼的小職務。所謂的與力雖然直屬將軍，但是身分只是地方官，也不世襲，而且連面謁將軍的資格也沒有，不過是一個下士，與僕人相差無幾。再加上專司抓捕犯人，所以甚至失去了採取軍事行動的權力，向來被武士社會看作是「捕吏」而受到輕視。當然按現在的說話，也可以把這個身分看做是純粹的警察而不是軍人。

幕府把新選組視爲警察官。這對近藤來說，感覺實在不快。

近藤自命爲志士，他把新選組的最終目標定在攘夷上。先不管他的本意是否如此，但是至少他多次對內對外明確表示過這一志向。所以他們是一個軍隊組織。

事件結束後，近藤和歲三心裡感覺最不痛快的就是幕府把他們當成了警察組織。他們覺得幕府太小看自己了。

「我們還需要等待。」

歲三說。只要假以時日，相信總有一天幕府會肯定他們。當然把他們提拔到大名的位置上也不是完全不可能。

近藤夢想成爲一名大名。而請他當「與力上席」給他的夢想澆了一盆冷水。近藤沒有放棄。

「我的夢想是，」

近藤只對歲三說過：

「成爲攘夷大名。」

他特別加上了「攘夷」兩字，是身處那個時代的志士的特質。成爲大名、抵禦外敵守護日本的野心自從在池田屋之變立下空前的功績以來，在近藤的心裡越來越膨脹。

「很好啊。」

歲三很贊同近藤。先不說攘夷之類的，總之隨著形勢的發展，有朝一日成爲大名，或者運氣好的話，奪取天下都是自古以來武士的夢想，沒有什麼正義非正義之說。

「我會永遠支持你。」

「拜託了。」

近藤拒絕了與力上席這個不算高的職位，心甘情願地位居官設的浪士隊長這一自由的身分。而幕閣和守護職御用所不知其意，還在爲近藤淡泊名利而感動。

近藤不是沒有欲望。

在池田屋之變後，他買了一匹白馬，爲它配上華麗的馬鞍。在街上巡邏時，他總是騎著白馬，率領一支持槍騎馬的隊伍，威風無比。而給民眾的印象很像是一位大名。平民出身的一介浪士竟敢像大名那樣在街上帶著隊伍巡邏，這在數年前的幕府體制下是想都不敢想的事情。

去守護職所在的二条城時，同樣也是這樣這樣的陣仗。

近藤擺出了大名的架勢，給人一種已經是大名的印象。應該說這是爲了抬高武州土道場出身的劍客而刻意做出的大膽行爲。

池田屋之變發生在六月五日。

沒多久後來到到二十六日了。這天，太陽下山後，因此次事變而產生的不良影響開始顯現。

河原町的長州藩邸。

這座藩邸在池田屋之變過後一直悄無聲息，沒有動靜。雖然藩邸內有長州藩士及各藩脫藩的激進浪士共一百數十人。

幕府最關心的是他們會做出什麼事來。因此，在長州藩邸周圍，時常有不同組織、不同機構的密探出沒，像是會津的密探、所司代的間諜和新選組監察部的密探等等。他們嚴密監視，絲毫不敢大意。

就在二十六日的深夜。這天晚上和池田屋事變當晚一樣異常悶熱。睡夢中的歲三被監察山崎烝叫醒了。

「發生什麼事了?」

歲三急急忙忙穿好衣服。

「今天黃昏時分開始，河原町長州藩邸動靜就不太尋常，不斷有人從裡面出來。」

他說，那些人三三兩兩地、盡量不惹人注意地走上街頭。

「往哪個方向去的？」

「出小門的時候東南西北各個方向都有。但是根據密探跟蹤回來的消息說，他們在半道上都轉向西去了。」

「向西？那邊有什麼？」

「現在還不清楚。」

「派了多少密探在監視？」

「街上有二十幾個人，應該很快就會有消息。」

「馬上通知各組幹部叫醒隊士。還有近藤先生那裡也派人去說一聲。」

歲三聽到長州藩邸出來的人向西去的消息，馬上想到他們可能會去襲擊洛西的壬生。但是這次他錯了。

壬生的再往西還有嵯峨的天龍寺。

（看來這次事情要鬧大了。）

消息不停地傳來，每接到新的報告，歲三心裡就更加緊張。

京都的長州人漸漸群聚的臨濟宗本山天龍寺是洛西的大寺院，周圍高聳的練塀（泥土與瓦交疊的防禦牆，上面覆蓋瓦片）。防起來有如城池一般。

根據事後瞭解的情況，據說一百數十名長州人到天龍寺後，曾經遭遇寺院執事的阻攔。但是，寺院抵不住他們手中武器的威脅，最終還是被迫讓出此地。在文久二年，長州藩和天龍寺曾經有過一次合作。那一年，長州藩接到京都警護的敕命，由於洛中（京都市內）沒有可容納大量兵員的地方，所以下嵯峨的鄉士、勤王志士福田理兵衛的斡旋下，天龍寺成了長州藩的臨時軍營駐紮軍隊。只是後來沒有再來往。

「近藤，我看這次沒有池田屋那次那麼簡單。」

歲三面無表情地說。

「你是指殺進天龍寺嗎？」

近藤可不甘示弱。他認爲這是長州人給自己創造的再次立功的機會。

「怎麼說呢？我感覺這次很可能會演變成一場戰爭。」

「戰爭？」

「至少我們要有這種準備。」

他說的準備其實是要把新選組從警察部隊轉爲軍隊。爲此，首先必須配置必要的武器裝備，包括大砲。

新選組成立之初，會津藩已經將一門舊式大砲借給他們使用。那種榴彈砲是青銅製野戰砲，砲彈要從砲口裝填。發射的時候，先要把燒成通紅的砲彈裝填進砲筒，再用火繩點火進行發射。砲彈的射程非常近，能射出去一丁（約一百公尺）的距離就已經相當不錯了。

（會津總部應該有韮山造的新式大砲。）

歲三並不是想利用大砲來提高新選組的實際戰鬥力，而是爲了與「大名」看齊，新選組需要相應的裝備，特別是大砲。

第二天早上，天剛亮，歲三就策馬向黑谷的會津本陣馳去。

在會津，他見到了公用方外島機兵衛。

「外島，這次一定會發展成戰爭的。」

他威脅外島機兵衛。

外島見土方歲三來了，於是聯繫了幾位會津藩的重要官員。不一會兒連家老神保內藏助也出席，相關人員愼重以對。自從池田屋事變以後，新選組受到的待遇得到了空前的提升，他們對待歲三的態度就像對待一個藩的重要官員一樣。

「土方先生，關於如何對付天龍寺，我們有必要盡早召開軍事會議，研究相應的對策。」

會津家老神保內藏助說。他說這番話大概有向歲三示好的表現吧。

「是的。不過這次不像池田屋那次，只靠我們手上的劍去翻越山門爭取勝利是不夠的。壬生需要大砲。」

「你們應該有一門砲。」

「但是一門砲遠遠不夠。」

歲三解釋。要想殺進天龍寺，首先必須砲擊破壞練塀厚牆。但是如果只有一個洞口，隊士要闖入勢必造成慘重的損失。但是如果我們手上有五門砲，同時破壞五處分散入侵，那麼損失必將大大下降。他強調，新選組需要五門大砲。

歲三的話讓在場的會津高官們大感吃驚。如果應了歲三的要求給他五門大砲，會津藩可就沒有大砲了。

「而且我們希望你們能提供韮山砲。」

歲三補充道。這讓會津高官們再次感到爲難，因爲連會津藩也沒有韮山砲。

「辦不到。」

外島臉色蒼白。

歲三說壬生的那門榴彈砲威力太小，比大木槌好不了多少。

「那玩意兒眞的起不了多大作用。芹澤鴨早就嘗試過了。」

已故局長芹澤鴨生前有次向位於一条通葭屋町的富商大和屋庄兵衛勒索錢財，遭到拒絕而惱羞成怒。爲了報復大和屋庄兵衛，他從駐地運來大砲到大和屋的店門口，在大砲的旁邊升起爐火，將砲彈燒成通紅後，再裝到砲筒裡向倉庫發射。

但是，土倉庫厚重的牆壁並沒有被打穿，也沒有被燒毀。連芹澤也只能灰頭土臉離開。歲三說的嘗試指的就是這一次。

「可是，」

會津方也表達了自己的難處。他們解釋說，自己的武器裝備非常落後，甚至不及薩摩藩（當時與會津藩的關係非常密切，近乎同盟的一個藩）。

「這樣吧，土方先生。我們跟幕府接洽一下，盡可能滿足貴方的要求。我們先給你一門砲，你們暫時先湊合一下，好吧？」

神保內藏助說。歲三其實也只是獅子大開口。他的目的不是眞的要五門砲。對他來說，有一門也可以，甚至舊式的也沒關係。總之重要的不是大砲的數量，而是要借此提高軍隊的威容與裝備。

「好吧。那我們先湊合著用吧。」

要來了一門砲還讓人家覺得過意不去。儘管會津給的是舊式砲，但至少隊裡有了兩門洋砲。有了二門砲的裝備，可比五萬石左右的小藩威風多了。

他馬上回到壬生的駐地。此時有關天龍寺的動靜還沒有傳來任何消息。

之後的幾天風平浪靜。

不久之後，在幕府還沒有得到確切的情報前，一個可怕的傳言已經在京都流傳開了。說是長州藩兵分幾路，已經從周防的商港三田尻乘船分別揚帆東上了。

「向天子申訴藩主冤罪。」

也就是說，因文久三年的政變，把長州勢力被清除出京都政界，加上在池田屋事變中，該藩志士毫無理由地被捕、被殺多人——他們以「表達本藩正確的主張」的之理由出兵。當然這些都只是表面上的理由，實際上他們是想透過軍事行動控制京都，讓天子移駕長州，實現攘夷倒幕之陰謀。

這一謠言鬧得京都人心惶惶，很多民眾已經把收拾整理好家財後，疏散至丹波一帶。

在眞木和泉守、久坂玄瑞等人率領長州派浪士團三百人在大坂登陸後，流言變成了現實。就在他們登陸後的第二天，長州藩家老福原越後率領的武裝部隊也在大坂登陸。其餘的長州船隻則在內海繼續向東航行。

負責守衛京都的會津藩連日來不斷舉行重要官員會議，新選組近藤應邀列席參加。

會上，會津方面有人提出了一個想法。他說：

「請主上（天子）暫時移駕彥根城，讓我們在山崎、伏見和京都等地殲滅長州反賊。」

這話不知怎麼傳出去的，很快傳到了大坂長州屋遠征軍的耳朵裡，並因此激怒了他們。

總之，在當時，不論是長州還是幕府，雙方的焦點都在爭奪並護住天子這一點上。因爲得到天子就意味著他們是政府的軍隊。當時，由於《大日本史》及《日本外史》中的尊王史觀的普及，這種觀點成了當時人們普遍接受的法則。

近藤很興奮。他一回到駐地，人還在走廊上，就迫不及待地嚷嚷起來：

「阿歲，阿歲在嗎？」

歲三在自己的房間裡正對著桌子，翻著隊士的名單思索如何改變隊伍。他苦思如何把新選組從一支維護市內治安的隊伍一舉改變成適應野戰攻城的隊伍。對於歲三而言，公卿、諸藩和各方志士的政治議論怎麼樣他都無所謂。

「阿歲。」

近藤一把拉開紙拉門。歲三不高興地轉過頭來，說：

「聽見了啦。阿歲、阿歲的，像賣貨郎叫賣似的，丟不丟人。」

「是『玉』。」（編按，日本將棋的「玉」指王將）

近藤咳嗽一聲，說。

「『玉』？」

「是的。」

近藤伸出下將棋的手勢說道：

「必須奪取到他。他要是被敵人搶去的地位，我們就都成賊軍了，連將軍也會成賊人。你說得對，這次戰鬥跟池田屋的情況不同。就算御所御門前堆滿了新選組隊士的屍體，我們也要守住「玉」。知道嗎？」

「知道。」

「總之，就算新選組全軍覆沒，只剩下你和我，我們也要守住天子。」

這就是近藤的優點。歲三心想。眞到了那個時候，大概多摩平民出身的這兩人就算背著天子，也會守著他不讓長州人把他搶去吧。在二条城的會議上，有關觀念性的東西、名分的東西等非實質性的議論太多，而這一切在近藤的腦海裡卻是具體現實的。

歲三比他更加現實。這個男人的腦中除了壯大新選組，容不下其他任何想法。

期間，長州藩兵開始陸續進入伏見。大將福原越後身披甲冑，率領部隊騎馬經過伏見京橋口時，守衛在此的紀州藩兵試圖阻止他們。

「我們長州人隨時準備與外夷作戰，全副武裝就是我們的日常裝束！」

福原越後威脅恫嚇下順利通過此橋，進入了伏見的長州藩邸。

新選組得到的情報是眞木和泉守率領的長州浪士隊已經在大山崎的天王山及其山腳下的離宮八幡宮（現京都府乙訓郡，位於國鐵山崎站附近）、大念寺和觀音寺布下陣地，而駐紮在嵯峨天龍寺的部隊因沒有大將，於是任命了在長州藩以驍勇善戰著稱的來島又兵衛擔任指揮，此刻正趕往那裡。

天王山、嵯峨和伏見的長州兵故意在夜間點起一堆堆篝火，給京都市內製造無聲的恐嚇，同時開始上書朝廷。

元治元年七月九日，號稱長州軍主力部隊、由家老國司信濃指揮的八百兵力到達大山崎陣地。國司本人則進入嵯峨天龍寺坐鎮指揮全軍。

新選組的陣地已經確定，他們將與會津藩一起守衛御所蛤御門。

歲三第一次披掛上了眞正的甲冑。

長州軍的進攻

新選組事先向京都的武器道具店購買了足夠多的甲冑，以供助勤以上的幹部作戰時穿戴。這些甲冑看上去都差不多，很舊，像古董。

近藤有兩套。

歲三也有。只是像這樣所有幹部同時穿戴上盔甲，這是絕無僅有的一次。

原出雲浪士、助勤武田觀柳齋（後來在隊內被處決）很熟悉武士流儀，包括裝束。於是就由他指導大家，仔細教大家甲冑的穿戴法、武士草鞋的繫法等。

近藤由武田幫著穿上盔甲。

看著身穿甲冑、戴著頭盔的近藤，武田恭維道：

「您簡直就是軍神摩利支天再生。我們全都仰賴您了。」

歲三不喜歡武田觀柳齋。他聽到這個男人奉承近藤的話感到過於做作，身上直起雞皮疙瘩。

「土方先生，我來幫您吧。」

觀柳齋過來招呼歲三。歲三繃著臉說：

「用不著。」

觀柳齋其實很怕歲三，所以平時盡可能不和他說

話。

「那您自己來吧。」

說著，回到近藤的身邊，臉上明顯有些不快。近藤因爲總想裝腔作勢地擺出一副大將的架勢，所以觀柳齋的恭維讓他心裡非常受用。他抵擋不了別人的阿諛奉承。

（這個傢伙不可大意。）

歲三也很不高興。順帶一提的，此後的第三年秋天，由於觀柳齋與薩摩藩通敵，致使隊裡的機密洩露出去。事情敗露後，近藤和歲三經過合議，決定由隊裡的能手齋藤一對其執行了死刑。這是後話。

歲三是個手巧的人。雖然這是第一次穿甲冑，但還是自己琢磨著穿戴好了。最後披上無袖羽織，戴好頭盔。

沖田總司來了。他顯得非常高興。

「喲，武士人偶完成啦。」

歲三沒理他。按觀柳齋的說法，近藤可是摩利支天，而自己要是武士人偶的話，未免太划不來了。

「總司，都準備好了嗎？」

「就這樣啦。」

沖田等眾助勤穿好甲冑後，外面又套上了隊上的制服羽織。

「我知道你準備好了。其他人呢？」

「都已經等在院子裡了。」

歲三走了出去。

所有人都已經穿戴完畢，等在那裡了。助勤以下的士兵中，有人穿著鎖子甲，外面還套了擊劍的胸鎧，隊服披在最外面；有人只戴了一頂頭盔；有人只纏了條頭巾。總之形形色色，什麼樣的都有。

這天傍晚，守護職那邊來了一位使者。他傳達了會津藩的部署：

「新選組在九条河原的勸進橋附近阻止沿竹田街道從伏見北上的長州軍主力。」

「長州主力？」

近藤很興奮。他認爲竹田街道上的勸進橋將是戰鬥最激烈的地點。

「阿歲，聽見了嗎？讓我們去阻擋敵人的主力部隊。」

「這樣啊。」

歲三輕輕點了點頭。歲三還有疑問，但是他沒有在使者面前說出來。因爲那樣會讓會津藩沒有面子。

「布陣狀況是這樣的。」

使者詳細傳達了守護職的指示。在勸進橋的陣地中，盟軍分別是會津藩家老神保內藏助利孝率領的藩兵二百人，備中淺尾一萬石的領主、京都見迴組負責人蒔田相模守廣孝率領的幕臣佐佐木唯三郎以及見迴組隊士三百人，然後是新選組。

新選組只派出了百餘人。這百餘人都是歲三從各番隊精挑細選的精兵強將。餘下的人或留守駐地或收集情報。

包夾著竹田街道勸進橋的鴨川西岸布好陣地，是在元治元年七月十八日的日落之後。

橋西頭插上了印有「誠」字的紅色隊旗，隊旗周圍點起了篝火。

篝火映照著隊旗，讓敵人老遠就可以知道在此布陣的是新選組。

歲三派出偵探到京城內外四處打探情況，隨時瞭解敵人的動向。他採用了在故鄉多摩打架時的做法。

「眞奇怪。」

歲三的疑惑越來越大，他越來越想不明白幕府方面的兵力配置究竟是何意圖。

幕府（京都守護職）以會津、薩摩這兩大藩爲主力，還動用了大垣、彥根、桑名、備中淺尾、越前福井、同丸岡、同鯖江、丹後宮津、大和郡山、津、熊本、久留米、膳所、小田原、伊予松山、丹波綾部、同柏原、同篠山、同園部、同福知山、同龜山、土佐、近江仁正寺、但馬出石、鳥取及岡山等三十餘藩的兵力，共約四萬人。

長州方面的兵力主要集中在嵯峨（天龍寺爲中心）、伏見和山崎（天王山爲中心）這三處，覬覦著進京的機會。各處兵力只有數百人，總共加起來也不過千來人。這是顯而易見的。問題是他們的主力部隊是哪裡？

幕府認爲是伏見。所以部署了會津、大垣、桑名和彥根這些世襲大名對付伏見。新選組也在其中。理由只是統帥伏見長州兵的是長州藩家老福原越後。

「可是，你不覺得嵯峨的實力更強嗎？」

歲三對近藤說：

「長州確實是把總帥放在了伏見，但這不過是一種假相。一旦他們決定闖京城，你不認爲嵯峨方面會出人意料地發起攻勢嗎？」

「你怎麼知道？」

「嵯峨方面聚集了各藩脫藩浪士，大將又是長州藩以驍勇善戰著稱的來島又兵衛。而且根據我們得到的情報，那裡的浪士士氣異常高漲。相反，總帥所在的伏見那裡卻看不到這樣的情形。那邊的隊伍是由長州藩家臣組成的，這些家臣一代代享受著高俸祿，過著悠閒自在的生活，根本不是打仗的料。對付這種弱兵，我們沒有必要大動干戈，部署這麼誇張的陣營。」

爲了阻止伏見的部隊北上，除了新選組在內的勸進橋陣地外，幕府還在稻荷山和桃山部署了陣地，分別由大垣藩和彥根藩駐守。還安排了桑名藩負責對付伏見街上的長州藩邸。另外還有兩支機動部隊，分別是越前丸岡藩和小倉藩兩個藩。這樣的部署，在歲三看來，實在過於小題大做。

「這樣的部署，敵人會有可乘之隙。」

歲三咬著指甲。近藤不明白。他說：

「這是上頭決定的事，有什麼不好？」

「可是近藤，勸進橋這裡，我們不會遇到武功高強的人。」

「就算是這樣，阿歲，我們也不能棄這裡於不顧，把部隊拉到嵯峨去呀。」

「沒辦法。見機行事吧。」

歲三就此打住了話題。

結果不出歲三所料。

就在這一天夜裡，駐紮在伏見的長州藩家老福原越後展開了的行動。

一開始，他們打算沿大佛街道進入京都，但是這支隊伍並非攻擊性的軍隊。再加上爲人溫厚的福原越後並不主張動武，他還是沒有放棄向帝王陳情的姿態。在他的心目中，唯一要除掉的只有仇敵會津中將松平容保。（這一斬殺令已經透過長州藩士椿彌十郎之手發布給所有人。）

福原率領五百士兵北上的途中，在藤之森碰到了幕府軍先鋒大垣藩（戶田采女正氏彬）防守的關卡。

馬背上的福原越後大聲喊道：

「長州藩福原越後有事進御所，請求通過。」

似乎是很順利地通過了關門。

大垣藩兵目送了他們遠去。此藩的藩主戶田采女正此時因身體不適，由小原仁兵衛代爲指揮。小原號鐵心，當時已經是一位極具威名的軍事家，尤其精通西洋砲術。

小原不動聲色地讓長州軍通過了關門。就在長州軍快要通過筋違橋（關門以北約四百公尺處）的時候，小原命令步兵分散，緊接著對福原軍進行激烈槍擊。

槍戰開始了。

十九日凌晨還不到四點。

「阿歲，戰鬥好像開始了。」

近藤抬抬下巴示意槍聲響起的方向。

「那個方向應該是藤之森。」

聽力絕佳的沖田總司說道。

「藤之森應該是大垣藩的陣地。他們藩號稱鐵砲大垣，一定沒問題。」

近藤握著武田觀柳齋做的長沼流的指揮扇，顯得很沉著。

（眞是的。裝腔作勢也該看是什麼場合吧。）

歲三有點急了。他覺得最近近藤的反應變得越來越遲鈍。歲三立刻吩咐監察山崎烝馬上去槍聲響起的地方察看情況，同時又派使者前去會津隊神保內藏助的陣地。

山崎烝即刻上馬出發。

位在藤之森的大佛街道與竹田街道平行。兩條街道間只有田間小道連結。

山崎也是個大膽的人。他沒有點燈，就在黑暗中摸索著向火把成群、槍火四起的藤之森跑去。

跑到大佛街道的戰場上，山崎大聲問：

「大垣藩的陣地在哪裡？我是新選組的山崎烝。」

山崎騎著馬到處走，突然有兩三顆子彈擦過耳邊，一群持搶的士兵圍了上來。

——這傢伙是新選組的。

不好。山崎急忙調轉馬頭向南奔馳。他似乎跑進了長州兵的隊伍中了。

山崎從馬上砍了一個人，在馬背上伏低身子疾走。這時，長州和大垣兩邊在路上已經打成一片，分不清敵我。

「使者、使者。」

山崎拚命叫喊著疾馳。終於在藤之森明神的玉垣前，遇到了大垣藩的大將小原仁兵衛。

「我是新選組使者。」

山崎想從馬上下來，小原阻止了他並說道：

「請你馬上去找援兵。這裡的長州人很厲害。」

後來才知道，這支長州最弱的部隊在大垣的槍火攻擊下曾幾度潰敗。但每當出現這一態勢時，長州藩士太田市之進就揮舞長劍，喝斥士兵：

——不許退。後退者格殺勿論！

他指揮隊伍拚死作戰。太田市之進是嵯峨營區的一位隊長，應福原越後的要求，在出發前趕來充當這支隊伍的臨時隊長。

很快，山崎回到隊裡向歲三報告了藤之森的戰況，歲三看著近藤。

近藤點了點頭，一躍騎上了馬。

「目標筋違橋。」

近藤下達了命令。就這一句話，各番隊隊長已經明白了他的意思。他們要從筋違橋的北邊攻過去，夾擊長州兵。可見他們之間已經有了相當高的默契度。

會津隊和見迴組也動了起來。

然而當他們趕到戰場的時候，長州兵扔下死去的同伴，已經在向南邊數丁外的四散逃竄。大將福原越後被打中臉頰，滿臉是血回到了伏見的長州藩屋。大垣兵窮追不捨，他於是不得不繼續向南逃竄，最後跑進了山崎的陣營（家老益田越中）那邊。

天亮了。

近藤、歲三等新選組隊士乘勝追擊進入伏見的時候，彥根兵已經放火，伏見的長州藩屋正熊熊燃燒。

（錯過時機了。）

歲三很不高興。這一仗讓大垣、彥根藩搶了功勞。

這時，位於京都西郊嵯峨天龍寺的八百名長州軍也開始了行動。他們在家老國司信濃的率領下正在向京都方向挺進。

不出歲三所料，這支部隊異常勇猛，和伏見的部隊不可同日而語。先鋒大將是來島又兵衛，督軍是久坂玄瑞，隊士中還有許多諸藩尊攘浪士，準備今天和幕府軍決一死戰，不成功便成仁。

總帥國司信濃年僅二十五歲，一身大藩家老的裝束，頭頂風折烏帽子，身穿大和錦禮服，外套萌黃色鎧甲，被著繪有水墨龍的白羅無袖羽織。馬前旌旗迎風飄揚，上面寫著：

隊伍在國司信濃的率領下前進。由於幕府軍對嵯峨這邊幾乎沒有設防，所以隊伍在途中沒有遇到任何阻攔，直接進了洛中，向御所行進。國司的主力到達現今的護王神社前的時間是凌晨四點左右。

在這裡，國司佈置好了戰鬥的隊形。他讓來島又兵衛帶領二百人進入蛤御門，讓兒玉民部同樣帶領二百人，一口氣逼近下立賣門。

國司的主力隊伍目標是中立賣門。

世人皆知的蛤御門之戰就此拉開了帷幕。

長州方面在伏見虛晃一招吸引幕府軍的謀略奏效了。

國司在進軍中立賣門的途中遭遇了一橋兵。一橋兵向他們開砲。

長州方面要的就是這一結果。他們知道，如果自己搶先在皇居周邊開砲，難免會被抓住話柄而處於被動。

國司信濃下令反擊並發起了衝鋒。一橋兵不是對手，很快敗退。

長州兵繼續向前，又遭遇了筑前兵（黑田）的阻攔，互相開砲射擊。但是筑前的態度是同情長州藩的，所以他們故意敗陣。

沒多久，長州軍就推開了中立賣門，一湧進入御所。中立賣門的正對面是公卿御門，也是會津藩的地盤。

國司看到會津的紋飾，下令：

「那就是會津。砸了它。」

從禁門政變到池田屋之變，始終把長州看做敵人的就是會津藩。

長州兵的進攻很凌厲，會津兵一個接一個倒地身亡。

這時，蛤御門也響起了砲聲，來島又兵衛帶領的二百人打進去了。幾乎同時，兒玉民部的二百人也從下立賣門沖了進來。他們的目的不是要取得戰鬥的勝利，而是要討伐會津、薩摩兩藩。

而此時，新選組還在伏見。

歲三安排在京都市內的監察快馬趕到伏見，急報御所的戰況。但是已經沒有用了。京都上空熊熊燃起的火光已經告訴人們發生什麼事了。

（看到了沒！幕府全搞錯了。）

歲三逼著近藤說：

「馬上前往京都。」

「阿歲，大家都累了。去京都要走三里。就算趕到了也起不了什麼用了。」

「快走。」

歲三站直在路上，一副非走不可的架勢。太陽漸漸升起來了，隊士們倒在房屋簷下睡著了。昨晚的戰鬥中，新選組只顧著追趕敵人，一次也沒有交手，但畢竟整個晚上都沒有闔眼。

「你看，這個樣子能參加戰鬥嗎？」

近藤說。

「不行，得讓他們去打。我不能接受人們說三道四，說在重要戰場上見不到新選組。」

現在不正是改變組織形式，一躍成爲軍事組織的最好時機嗎？歲三心想。

「阿歲，這種事情急不來的。只能怪我們自己武運不濟。這樣想就好了。」

近藤很有大將風度地勸說歲三。但是，歲三認爲在爭奪天子的一戰中，新選組居然不在御所，這算什麼。不能就這樣放棄。

「土方。——」

沖田總司笑著從對面的房子裡出來，手上拿著一個黑色的木桶。

「怎麼樣，吃點兒？」

「什麼呀？」

歲三很心煩。沖田把木桶拿到歲三的鼻子底下，歲三聞到了醋拌生魚片特有的惡臭味道。

「是鯽魚生魚片。這應該是土方最喜歡的東西。」

「我現在很忙，你自己吃吧。」

「我不吃。這麼臭的東西，只有土方才吃得下去。」

「分給大家吃了。」

「誰都不會吃的，除了新選組的副長。」

「總司，你到底想說什麼。」

歲三苦笑著。沖田好像是借生魚片在喻指什麼。

沒多久傳來了長州敗北的消息。來島又兵衛在最後一搏的衝鋒之後，在馬上持自己的槍刺透喉嚨當場死亡。久坂玄瑞和寺島忠三郎在鷹司宅邸自盡。長州軍的大部分人在皇居內外戰死。國司信濃在極少人的掩護下得以逃脫。

幕府軍爲了搜索敵人的殘兵，不斷放火燒毀民居。爲此京都市區幾乎成了火海，濃煙蔽天，連伏見的天空都變得灰暗。

長州敗兵退到山崎，在這裡舉行了最後一次軍事會議。

有人提出暫時駐守天王山，準備再打一仗。但是遲遲無法決議，最後朝本藩方向撤退的方案占了上風。當即下山西行。

還有人留在山崎營地，他們是眞木和泉守率領的浪士隊中的十七個人。他們登上山崎本陣後方的天王山。二十一日，山頂上飄起了「尊王攘夷」、「征討會奸薩賊」的旗子。

新選組搶先登上山頂的時候，十七人已經全部切腹自盡了。

「——眞是武運不濟。」

近藤說。

沒有從御所搶出天皇的長州軍運氣非常不好，同樣對於沒有能夠和長州兵交上手的新選組來說，運氣也不佳。

二十五日，隊伍回到壬生。

新選組又開始了往日的市內巡邏。京城內有一大半地方遭受這場戰火的浩劫。

伊東甲子太郎

請容我岔開話題。筆者當年參加高專考試的時候，所使用的英文日譯參考書有一本通稱「小野圭」，位居考試參考用書暢銷榜長達二十幾年。

作者爲小野圭次郎。小野於明治二年（一八六九）出生於福島縣一個中醫之家，東京高等師範學校畢業後進入英語教育界，最後在松山高等商業學校教書，並於昭和二十七年（一九五二）十一月，即皇太子明仁的立儲儀式過後的第二天離開人世，享年八十四歲。

當時各家報紙都登了訃聞。因爲著作長期以來深受考生歡迎，所以各家報紙刊登的訃聞內容都非常詳盡。但是還是有遺漏。所有訃聞都沒有提到此人的岳父是新選組隊士鈴木三樹三郎，當然姻親伯父是伊東甲子太郎就更不會有人提到了。

小野有個奇特的志向。他把參考書「小野圭」的版稅全部用在研究自己的父親小野良意以及鈴木三樹三郎、伊東甲子太郎，並於昭和十五年彙編出版一本非賣品書籍。這本書即使在舊書圈內也屬於珍稀本。

那位伊東甲子太郎。

此人是常陸志筑一位浪士之子，身材高挑，氣度不凡，是典型的美男子。

他年紀輕輕就離開故鄉。由於最初是在水戶學習武藝和學問，因此深受水戶學尊王攘夷思想的影響。後來和水戶藩的尊攘派領袖武田伊賀守（家老，後來號耕雲齋，因建立攘夷義勇軍而被判死刑）過從甚密，所以伊東的尊攘思想無疑是激烈的。

伊東在江戶。

他在深川佐賀町開了一家道場。門人近百人，是一家規模較大的道場。

歲三聽到伊東甲子太郎有意帶領同志和弟子多人加入新選組的消息，是在蛤御門之變以後。

歲三是從近藤那邊得知的。

「眞的？——」

歲三聽說過伊東的大名。

「當然是眞的。平助在信上是這樣說的。」

他把此時尚在江戶的助勤藤堂平助的來信遞給了歲三。

歲三掃了一眼，說道：

「嗯，這個伊東甲子太郎，」

他滿腹疑惑。

「靠得住嗎？」

「沒問題。」

近藤很容易輕信。

此時新選組正需要人手。之前，從池田屋之變到蛤御門之變，再加上鎮壓大坂的長州藩屋等重大行動接二連三地發生，隊士戰死受傷無數，再加上臨陣脫逃的，現在隊伍已經銳減到只剩下六十人左右了。如果伊東率領眾門人前來加入的話，局長近藤一定會喜極而泣，熱烈迎接。

「會嗎？」

歲三盯著近藤超大的下巴說。

「阿歲，你不願意嗎？」

「那小子可是個學者。」

「那不是挺好嗎？新選組裡都是劍客，既通曉四書五經又熟讀兵法、還能寫一兩篇文章的，目前也只是山南敬助、武田觀柳齋和尾形俊太郎而已。」

「這些人可都不好對付啊。」

對於歲三來說，這些人他完全抓不住頭緒，也不了解原本的性格。學問倒是不錯，但是他們都對自己所處的環境過度思考，這樣的人對於新選組這種剛烈的組織來說，可說是不需要的。歲三相信這一點。他自始至終都想把新選組打造成一支鐵一般紀律的軍事組織。

但是近藤和他不同，近藤喜歡學者。譬如武田觀柳齋。誰都明白此人只會阿諛奉承，光靠嘴上功夫混日子的武士。而近藤卻不僅封他做助勤，而且任命他當文書重用他，就是很好的證明。學者也好、議論之士也好，都是當前近藤裝點門面最急需的人才。

近藤經常有對外的活動。現在他已經可以與幕府在京都的代表京都守護職松平容保直接對談了。

此外，近藤和各藩的重臣也可以平等對話。席上，他和那些有名的論士一起談論時勢、政務。現在的近藤已經不再是一介劍客，而是在京都有分量的政客之一了。

爲此，他身邊需要有知識、學問的人。而武田和尾形之流的人已不足以應付了。

就在這時，傳來了伊東甲子太郎有意加入新選組的消息，這對近藤來說真可謂喜從天而降。

難怪近藤這麼積極想促成此事。

「首先，伊東甲子太郎是北辰一刀流的吧。」

「是啊，是天下一大流派。」

和天然理心流之類的鄉下流派不同。

「可是，」

歲三還是不太願意。

說起北辰一刀流（創始人是千葉周作，道場在江戶神田玉池），水戶德川家是其最大的保護者，因此這一門出了許多水戶學派的尊王攘夷論者。稍稍屈指一算，海保帆平、千葉重太郎、清河八郎、坂本龍馬等人的名字立刻浮現在歲三的腦海裡。

他們是反對幕府的，甚至是倒幕論者。可以說他們與長州藩的尊王攘夷派沒有任何區別。

——伊東這人靠得住嗎？

歲三的疑問就在這裡。

——沒問題。

近藤指的卻是伊東的學問和武藝沒問題，十分卓越。

伊東甲子太郎最初在水戶學的流派是神道無念流。到了江戶以後，轉到深川佐賀町的伊東精一門下專攻北辰一刀流。靠著自己的悟性，他悟到了武術的秘訣，升爲師範代，並娶了精一的女兒梅爲妻（後來離異），入贅改姓伊東，並在精一病逝後繼承了道場。

他繼承道場以後，開始不滿足於只教授劍術。

——文武教授。

他在門口掛出了這樣的牌子。由於在傳授劍術的同時，還教授水戶學，因此吸引了眾多志士求教門下。

伊東與江戶府內最優秀的國士學者交往密切，所以在尊攘論者中名氣越來越大。來自各諸國的浪士來到江戶都說：

「怎能不聽聽伊東先生的高論呢？」

拜訪他的人絡繹不斷。

「近藤，他要是來了，我們就好比放了顆地雷在身邊呀。」

歲三很擔心。

「阿歲，你呀，主觀意識太強了。爲何那麼討厭北辰一刀流呢？」

「我不討厭他們的劍術。只是那個門下倒幕論者太多，簡直已經形成一個倒幕派系。」

「你會不會說得太誇張了。」

「是沒到那個程度。但不是有句俗話說血濃於水嗎？流派也跟血脈一樣，同流派結合在一起的集團力量驚人。」

按照當今的說法很類以學閥，也就是同窗校友的意識。

新選組的幹部中，北辰一刀流的人目前只有總長山南敬助和助勤藤堂平助二人。這兩個人都是江戶近藤道場的食客，是新選組成立以來的同志。

然而，同樣是自成立以來就是同志的伙伴，就近藤、土方、沖田和井上這些天然理心流的人看來，總覺得這兩位與他們不是同一血脈，和他們也較不投機。說誇張點就是知識份子和普通百姓之間的區別，用現代社會的現象來比喻，就好比東京名校大學的畢業生和地方上名不見經傳的私立大學畢業生之間的區別，差距非常之大。

所以，在組成浪士組當時。

也就是清河八郎（北辰一刀流）在說服幕府要人組織官設浪士組並向江戶及其周邊各道場發送檄文的時候，近藤的天然理心流並不在送檄文的名單之列。是北辰一刀流的兩個食客（山南和藤堂）從他們同流派的其他道場得知這個消息後，告訴了近藤，這才有了他們的今天的局面。

山南和藤堂等人出身於大流派，自然，他們的交際範圍很廣，在世間頗有人脈。

歲三不喜歡北辰一刀流的劍客廣泛結交人脈的作風。當然這不是他討厭北辰一刀流的理由，而是偏見。

「你不能這樣挑人家毛病，」

近藤說：

「平助（藤堂）特地去江戶招募隊士，好不容易才跟伊東甲子太郎搭上關係。他要是知道你這種態度該有多傷心。」
「平助倒是個不錯的人。」
「你這話就免了。」
「我就是不喜歡平助的流派。如果平助眞的把伊東甲子太郎門下一幫北辰一刀流的人帶了回來，那麼新選組遲早會被他們那派吞掉的。」
想必總長山南敬助會很高興吧。
既然和他是同一流派的伊東來了，自然他們有可能聯手，其結果難免演變成這樣。
「新選組會變成尊攘倒幕的組織。」
「這個……」
近藤舉手作投降狀。
「你別那麼說。就算伊東有毒，但是把毒作爲藥物使用是我的特長。」
「是嗎？」
歲三露出不感興趣的表情，輕輕笑了。

藤堂平助於公爲了招募隊士，多少也爲了自己的私事而回到了江戶。
他到深川佐賀町的道場拜訪同流派的伊東甲子太郎。
關於藤堂平助這個年輕人，先前已經介紹過一些了。
他是個會自稱是「伊勢藤堂侯的私生子」，愛開玩笑的開朗男子。在池田屋之變中，據說他頭部受重傷，原本認爲可能沒救了，沒想到只縫了幾針很快就康復了。並在之後的蛤御門之變中，表現得比之前更加勇猛。
近藤非常疼愛平助。不僅因爲他們是老朋友，還因爲平助單純、活潑而且勇敢的特質，頗受近藤賞識。其實像平助這樣的年輕人，別說是近藤，任何人都會喜歡。
然而，藤堂平助雖是近藤的老朋友，卻不是出身自近藤道場。他跟歲三內心疑懼不已的北辰一刀流派還比較有淵源。對此。平助似乎很煩惱。

「平助有煩惱。」

有人要是這麼說，隊裡任何人聽了應該會笑出來吧。雖說他沒有煩惱的理由，但他的思想根本依舊是水戶學，受北辰一刀流的影響，也就是門戶之見。

（新選組已經成了幕府爪牙。清河當初成立浪士組是要成爲攘夷先驅，新選組背棄了這宗旨。）

新選組不僅背棄了這一宗旨，甚至在池田屋之變中還殺害攘夷先驅長州、土州的激進派浪士，又在蛤御門之變中，與長州藩正面發生衝突。

（跟說好的不同。）

藤堂這麼認爲。但是這個男人非常聰明。他知道這種不滿只能放在心裡，時機未成熟前絕不能流露出來。他很清楚，只要自己流露出這種情緒，只會遭歲三毒手。

蛤御門之變後，隊士人數劇減。新選組面臨人數不足而告急時。近藤說：

「我下江戶去招募些隊士吧。另外還有些公務得處理。」

藤堂聽到此話，他高興得都快跳起來了。

「請允許我爲您打頭陣，先下江戶和各道場交涉一番。」

近藤當然是一口允諾。

藤堂去了江戶，透過同門舊識，和深川佐賀町的伊東甲子太郎攀上了關係。

（伊東原姓鈴木，以前名爲鈴木大藏。藤堂前去拜訪時已經改姓伊東，爲伊東大藏。後來上京那年正好是元治元年歲次甲子，所以又改名叫甲子太郎。爲了方便起見，本書皆以伊東甲子太郎稱之。）

藤堂見到伊東後，毫無顧忌地說出他一直憋在心裡的話

「近藤、土方是叛徒。」

伊東大吃一驚。

「爲什麼如此說？」

「前幾年，我們結盟當初曾經發誓要勤王。但是到了京都後，近藤、土方不守諾言，成了幕府的爪牙，只爲爲幕府奔走。最初我們立下盡忠報國的目的，卻看不到實現此一目標的希望。夥伴中憤憤不平者大有人在。」（根據新選組永倉新八翁遺談等）

「所以，」

藤堂這位看似單純活潑的年輕人，說出一番令人難以置信的話。

「這次近藤到江戶是一個良機，我們可以乘機暗殺他。然後請立志勤王的您（伊東）出任隊長，把新選組改造成純粹的勤王黨。我就是持著這樣的想法，搶在近藤前一步來江戶的。」

「噢。」

伊東微笑著聽完了藤堂的話。因爲這件事情實在過於重大，他除了微笑暫時還無法表態。

「讓我當隊長？」

「是的。」

「暗殺近藤君？」

「一定要。」

藤堂點點頭。

「……」

伊東看著藤堂平助紅撲撲的娃娃臉，怎麼也不相信這個孩子似的劍客是個會耍心計的策士。伊東很有眼力，看人一向很準，他相信藤堂的人品。

「不過，藤堂君，這件事情太突然，也太重大。你現在就要我作決定，我辦不到，我只能拒絕。」

「不，請您下決心吧。我既然說了，當然是做好赴死的心理準備。此事一旦洩露出去，我是死罪難逃。所以如果您不能現在就做出決定，我只能在這裡切腹。——或者，」

「殺了我伊東本人？」

「是的。」

藤堂笑了，表情有些僵硬。

他兩眼緊緊盯著伊東，說：

「怎麼樣?」
「藤堂君,」
伊東拿過自己的劍。藤堂吃了一驚。
「我發誓。」
鏘。他敲擊刀鍔發出聲響。(編按,近世日本人在立誓時會敲擊金屬發出聲響爲證。)
「我是武士。我絕不向任何人洩露你說過的話。我會銘記在心。不過靠我的力量能不能把新選組改變成勤王黨,這是另一回事。」
「只要伊東先生出馬,一定行的。」
「總之,我答應加入新選組。在工作上先只有這樣。不過在加入新選組之前我要先見近藤君,一定要和他好好聊一聊。」
「聊什麼?」
「我要先聽聽近藤君的想法、他們的初衷,之後再提出我的觀點。即使在勤王的問題上我們不能達成一致意見,至少在攘夷這件事情上能達成一致,我就同意加入。」
伊東不單單只是勤王,還是個倒幕論者。此時,他暫時收斂起他的倒幕思想,打算以單純的攘夷論者加入新選組。
「還有待遇的問題。我自己是無所謂,但是我的門人、同志中有很多有爲之士。把他們當成普通的新隊士恐怕不行。」
「那是當然的。從才識、人數上來說,新選組和伊東道場的合作應該是平等的。」
「要真是那樣就太好了。你說的那件事情也會好辦得多。」
「我太高興了。」
兩人相談甚歡。之後,就擺開了酒宴。
酒席上,伊東突然問道:
「土方君是副長吧?他是個什麼樣的人?」
藤堂一聽土方的名字,眼神陡然一變。藤堂臉上表現出來的對這個名字的恐懼被伊東看在眼裡。

「喲，此人竟然如此厲害？」

「不是的，先生。」

藤堂放下杯子，說：

「他是個蠢貨。」

「什麼意思？」

「我只能說他是蠢貨。他根本不知道尊王的道理，不知道夷狄的威脅，不知道時代面臨的危機。甚至我想他連尊府（幕府）的道理也不懂。這個傢伙的眼裡只有新選組，他心裡想的只有一件事，就是如何強化隊伍。」

「這傢伙，」

伊東傾著頭說：

「也許眞的很可怕，但至少近藤君勉強還能算得上是志士。所以我要以理服人，跟他講道理或許可以說服他。不過土方這個人恐怕很難用道理來說動吧？」

「沒錯。」

藤堂點了點頭。

「即使伊東先生親自出馬，跟他暢談您的高見，恐怕也是對牛彈琴。」

「藤堂君，看樣子不好對付的是這個蠢貨。當然我沒見過他不好說什麼，但是這個傢伙可能會妨礙我下一步的計畫。」

「幹掉他。」

藤堂做了一個「殺」的手勢。

伊東甲子太郎不久見到了回到江戶後的近藤。時間是元治元年，快到深秋時節了。

伊東答應了加盟。

甲子太郎進京

伊東甲子太郎與新選組局長近藤勇的見面地點，是在小日向柳町斜坡上的近藤道場內後面的房間裡。

「伊東先生，」

近藤這樣稱呼甲子太郎。平常近藤的眼神凌厲，直盯著人。

然而，這一天他在席間卻始終笑聲不斷。守在他身旁的武田觀柳齋、尾形俊太郎和永倉新八等隊士很吃驚，他們從來沒有見過近藤像這天這樣開心。

「尾形君，先生的杯子空了。」

他提醒部下斟酒。

「不，已經夠了。」

伊東客氣地低了低頭。

「不用客氣。我可聽說您海量，請盡情喝吧。今天咱們就敞開心扉，聊個痛快。」

「求之不得。」

這天的伊東甲子太郎穿著當今時興的魚子織羽織，搭配黑羽二重的紋付袷、直條紋的仙台平袴，兩劍的劍柄上鑲著銀飾，刀鍔是鑲嵌金的竹材上透

雕著雀形，儀表堂堂，看起來簡直像個有身分的旗本一般。

「啊，今天眞高興。」

近藤平日裡滴酒不沾，但是今天破天荒連乾了三杯，滿臉通紅。

看來心情眞是好得出奇。

（到底是哪種男人呢？）

伊東一邊喝酒一邊觀察。對於將來準備取代新選組的伊東來說，觀察的結果很重要。他得到的第一印象是：

（和傳說中一樣，此人的確非一般人。）

這並不是說近藤是個傑出人物，而是指近藤身上有股動物般的奇特性質。也許應該稱作男人這種動物的特質吧。近藤渾身充滿了野生動物所特有的精神，以及光是注視就能讓人顫抖的懾人氣魄。

伊東從近藤聯想到了刀具。既不是剃刀也不是匕首那樣的薄刃刀具。可說是雕刻刀。用鎚子敲打，連鐵塊也能敲成碎片的雕刻刀。

（的確可怕。）

雖然這麼認爲，但他也看不起近藤。

（這個人也只有在亂世裡才有價値罷了。）

伊東爲了排解近藤帶給他的心理壓迫而拚命蔑視他。

（他有意想不到的弱點。）

本來不過是把雕刻刀，然而這個男人太熱衷政治了。

這一天近藤像換了個人似的，像個鄉巴佬一樣吹噓起來。

按照他的說法，他這次下江戶的理由是爲了說服將軍。

「說服將軍？」

「是啊。」

他說要說服將軍（家茂）前往京都，獲得天皇敕命，指揮大軍征討長州。

「哦。」
伊東剛開始還半信半疑。
雖說幕府的權力確實大不如從前，但是一介浪士組織的首領怎麼可能謁見幕府將軍呢？
「我太驚訝了。近藤先生竟然被准許拜謁將軍。」
「不是。」
近藤連忙解釋說：
「不是這樣的。我不是謁見將軍，是拜會御老中松前伊豆守殿下爲首的諸位閣老，向他們報告眼下京都的緊張局勢，說明將軍上京已經迫在眉睫了。」
「原來是這樣。」
就是這樣也很了不起。向幕府提出政治上的建議本來是御親藩、譜代大名（德川家元老家臣）的事情。在井伊大老的時期，就因爲有外樣大名（地方諸侯）對幕府政治發表議論，導致幾位大名受到牽連而遭降罪。而現在近藤以浪士的身分卻要擔負起說服幕閣的任務。（當然近藤在拜見老中的時候，已經請會津藩事先做了安排。）
（就算如此，幕府的威權也衰微了。）
伊東不能不這樣想。
「那幕閣的意向如何？」
「伊東先生，」
近藤放低嗓音說：
「你得保證不向任何人透露。」
「那當然。」
伊東清秀的面孔透著機靈，他點了點頭。
「我可是把你當至交才告訴你的。你要切記這是幕閣的機密。長州就不用說了，如果讓薩摩、因州、筑前和土佐這些想取代幕府、爭奪天下主權的西國大名知道，麻煩可就大了。」
近藤竟然從幕府的老中那邊得知如此重大的秘密。難道近藤眞的要拿這個秘密來向伊東甲子太郎炫耀？
「伊東君，」

他換了稱呼，好像伊東已經是至交似的。
「幕府的金庫裡已經拿不出錢供將軍西上征討長州了。」
「錢？」
「是啊。……沒有了。」
點了點頭。
「幕府──」
「是的，沒錢了。如果將軍上京，勢必要帶大批隨員。但是幕府沒有經費給隨員發補助。而且，既然是征討長州，除了給隨員的補助外，還需要大砲、馬匹。兵糧荷駄等軍需都得準備。也需要火藥，還要準備運送這些物資的船隻等等。伊東君，這些錢幕府拿不出了。」
近藤有如自己就是老中似的，臉上表情悲痛萬分。
離題插個話，當時幕府爲了籌措征討長州的軍費和更換幕府軍的西式裝備費用，正在與法國就借款事宜進行秘密談判（幾經交涉，終未達成協定）。可見幕府財政已經窘迫到了極點。
「不過，」
伊東態度沉穩地說：
「江戶有無數旗本家臣，三百年來享盡德川家賜予的榮華富貴。現在，將軍希望豎立起自東照權現（家康）以來的御馬印西上，他們這些直參（直屬將軍、俸祿一萬石以下的武士）難道不應該獻出家財，爲幕府買馬、備好鐵砲嗎？還說什麼隨員補助，難道不該豁出性命來報答三百年來的將軍恩德嗎？」
「雖然是那樣說，」
近藤很不滿似地說道：
「伊東君大概也聽說了，這些旗本幾乎都拿家計困窘做藉口，不願意從軍。」
伊東確實聽說了。雖然不是所有幕臣，但起碼有一半以上是反對將軍親征長州的。當中還有人公然在江戶城裡大放厥詞：
──不過是征討三十六萬石的區區西隅一個大

名，沒必要讓將軍親自出征。

一旦將軍親征，旗本家臣作爲他的士卒必須追隨其後。對他們來說，這不只是金錢上的損失，更重要的是他們必須放棄在江戶的安逸生活，上戰場上去與敵作戰。這是三百年來被尊稱爲直參、殿下的他們無法想像的。

「雖有旗本八萬騎，」

近藤說道。

「卻跟稻草人沒有什麼兩樣。伊東君，將軍是遵敕命去京城保衛御所、鎮壓長州，並且保衛國家不受外夷侵略的。可是，又由誰來保護將軍呢？旗本不願意打仗，結果保護將軍、保衛王城就只有新選組了。」

近藤一口喝乾酒，把杯子遞給了伊東。

伊東接過酒杯，一旁伺候的尾形俊太郎趕緊斟上酒。

「伊東君，我們起誓結盟吧。」

「榮幸之至。」

伊東靜靜地喝乾了酒。沒人知道他心裡在想什麼。

見過近藤後的第二天，伊東把道場的主要門人、同志召集到了深川佐賀町。

一共七個人。

沒有一個是佐幕主義者。

他們個個都想抓住機會，在京都豎旗，擁立天子，實現尊王攘夷的願望。

七人中有伊東的親弟弟鈴木三樹三郎（後來投奔薩摩藩，狙擊過近藤。維新後爲彈正小巡察。大正八年去世，享年八十三歲）

以及伊東的舊交：

篠原泰之進（同右，明治四十四年去世，享年八十四歲）

加納道之助（鷲雄，後投奔薩摩藩）

服部武雄（維新前戰死）

佐野七五三之助（維新前切腹）

伊東的門人有兩位：

中西登（後投奔薩摩藩）

內海二郎（同右）

其中公認劍術最好的是武州出身的服部武雄以及脫離久留米藩藩籍的篠原泰之進。而加納、佐野等人的劍術與新選組的現任幹部相比也不差。

伊東向這幾個人詳細介紹了與近藤會面的情況，並坦率地說出自己的想法。

——我們和新選組的關係說到底就是合併。最後我們要取得主導權，把新選組改編成討幕義軍。諸君覺得如何？

伊東說道。

「當然，我們這一次入虎穴的目的不只是爲了奪取虎子，而是要趕走猛虎佔領虎穴。所以希望大家能和我同心協力。」

大家一致表示同意。

只有一個人除外，便是當中年紀最長的篠原泰之進。他對伊東這個仰仗才能的妙計感覺有點鋌而走險。

「不會有問題嗎？」

篠原以柔和的久留米口音說道。篠原是激進的「尊王攘夷」論者，前些年曾經與在場的加納、服部和佐野等人謀劃過要放火燒毀橫濱的外國公館。平時他表現得很穩重，就像個一村之長。除了劍術，他還會柔道。

「什麼意思？」

「我呢，不太擅長演戲。如果帶著二心進了新選組，恐怕不出三天就會露餡。」

「那個沒問題。」

伊東恃才無恐。

「戲就由我來演。諸君只要聽近藤、土方的命令，默默地做些隊裡的事情就可以了。萬一出現什麼意外，我們就起義。」

「這樣就輕鬆多了。」

篠原笑著說：

「不過，座長啊，」

「是指我嗎？」

「是。我說的可能不太好聽，只是我覺得您太有才了，萬一從舞臺的過道上掉下來，戲就不好看了。」

「篠原君。」

「你先聽我說完。新選組不是只有傻瓜或土偶似的笨蛋。他們有會看戲的人。特別是土方歲三。」

「不要緊，我早就打聽過了。土方只是個不學無術的傢伙，不值一提。」

「是這樣嗎。」

「篠原君，這可不像你啊。害怕了嗎？」

「不是。」

篠原笑笑，說：

「既然我決定了，那麼我的性命、想法就都交給你這個聰明人處置了。只不過在尚未結盟之前，我想說說我的擔心而已。」

「擔心完全不必。我聽藤堂君說，新選組純粹是烏合之眾。篠原君你太高估他們了。」

「我擔心的不是新選組的近藤或土方。」

「那是什麼？」

「是你的聰明才智。你有些過於恃才傲物了。你看看在座的各位，我們可都是些笨拙的演員，主演只有你一個人。所以希望你自知，不要太冒進了。」

「篠原君。」

「我就僅止於此。總之，我的命就交給你了。——酒！服部君。」

「幹什麼。」

「大家湊錢去買酒。咱們最後一次喝江戶的酒，我今晚可要喝個痛快。」

當天晚上，大家離開道場後，伊東給獨居在故鄉常州三村的老母親戶代寫了一封信，告訴她自己要去京都的事，還對妻子梅說了進京結盟的經過。幾天後伊東關閉了深川佐賀町的道場，在三田台町租屋安頓家人。

前面已經提過，伊東原名叫大藏，在離開江戶的時候改名爲甲子太郎。從這點上應該可以看出伊東已經有所覺悟。

關於伊東已做好心理準備才前往京都這件事，還有其他相關的軼事。從他的妻子梅的信件等文章中可以看出，她是一個極有教養的婦人。但是，有一次她大概過分掛念在京都的丈夫了，於是在給伊東的信中謊稱母親大人病重，讓伊東速回江戶。大吃一驚的伊東快馬加鞭回到江戶後，妻子卻告訴他：

——母親大人沒有生病。我因爲太在乎你，不想讓你再爲國事奔波，才去信騙你回來的。（這一段同小野圭次郎著《伯父・伊東甲子太郎》一文）

不知道伊東在當時是如何看待梅的，總之他「非常生氣」，撂下一句話：

——汝只知自己，完全不懂得國家社稷的重要性。

就走了。在幕末維新時期中地位高的志士裡面，愛妻家出奇的多，而以國家大事爲由與妻子分手的大概只有伊東甲子太郎一人。（順帶一提，據説甲子太郎的老母親户代把他的肖像畫掛在壁龕，每天早晚都會在畫像前爲他祈禱身體健康。明治二十五年，户代在常州石岡町二兒子三樹三郎的家中去世，享年八十二歲。）

伊東甲子太郎等一行八人到達京都，是在元治元年十二月一日。

這天天氣極爲寒冷。

中午，歲三就在自己的房間裡獨自用餐。作爲副長，他有一個見習隊士做他的隨從，但是歲三從來不讓他伺候。

他拉過飯桶，盛了一碗飯，吃了起來。歲三從小就不喜歡和別人同桌吃飯。這一點也和貓很相像。

「誰？」

他停下筷子問道。

拉門上有人影在動。

「嘩拉」一聲，門毫無顧忌地開了，沖田總司走了進來。

「喲，是總司啊。」

只有對這個年輕人，歲三毫無辦法。

「你吃你的。」

「有急事嗎？」

「沒有。我就坐在這裡看你吃飯。不知道是不是因為自己飯量小的緣故，我就喜歡看別人吃飯吃得津津有味的樣子，尤其是看土方吃飯的樣子，會感覺渾身元氣百倍呢。」

「你這個討厭的傢伙。」

歲三喝著茶。

「你一定有事。」

「你知道了嗎？」

「知道什麼？」

「近藤先生的住處（興正寺門跡下的宅邸），來了八個江戶的客人。」

「哦？」

歲三放下碗。

「是伊東吧。」

「你的直覺真靈。我看見伊東了。這人皮膚很白，像個演員般的俊俏男子。其他幾個則是像弁慶、伊勢義盛等鬼一般的英雄豪傑。」

「是嗎。」

歲三拿起牙籤開始剔牙。

「山南先生和藤堂已經過去了。到底是同流派的人，立刻就去打招呼了。」

「奇怪。我這個當副長的竟然沒人向我報告他們一行人到達的消息。」

「對不起，是我沒說清楚。我就是使者，近藤先生有請土方兄。」

「笨蛋，為什麼不早說。」

「可是，」

沖田哧哧地笑了。
「有什麼好奇怪的。」
「因爲我可以欣賞到土方表情的變化呀。」
「又胡說了」
「可以麻煩你立刻動身去興正寺嗎？」
「我不去。」
歲三繼續用牙籤剔著牙。他有他的理由。他心想，新選組副長爲什麼一定要先去會見新入伍的隊士呢。
「要是想見我，就勞煩那個伊東到駐地的副長室來找我吧。」
隨手扔掉了牙籤。
沖田噗哧笑了。他喜歡捉弄歲三，但他也眞心喜歡這樣的歲三。

慶應元年正月

近藤從江戶回來後，莫名其妙變得很浮躁。

（這人變了。）

歲三心想。

——可能發生什麼事了。

歲三一時也有些困惑。不過，現在他已經可以很冷靜地觀察近藤了。

「總司，」

有一次，歲三在木屋町一家常去的小餐館二樓，和總司聊了起來。大概只有在這個年輕人面前歲三才能敞開心扉吧。

「這話我們只在這裡說啊。你不覺得近藤最近有點怪嗎？」

「有啊。」

沖田輕聲笑了。他似乎也有同感。這個年輕人從一開始吃飯就只挑生魚片上的配菜吃。他吃東西非常挑剔，生食一概不吃。

「人面對名譽時眞是脆弱啊。他在江戶見到了老中，我感覺他從那時開始人就變得怪怪的。」

「這個嘛，」

應該是吧。沖田內心很認同歲三的說法。近藤畢竟只是多摩的一名農家之子，既沒有家世背景甚至連家姓都沒有。然而，這樣的近藤居然能和老中促膝談論政治。一開始，沖田懷疑近藤是否眞的見到了老中。

該不會只是在玄關旁的執務室裡，跟老中的家老之流的說說話而已吧。近藤會不會太誇大其辭了呢？沖田這麼認爲。

近藤從江戶回京後，有一段時間像念經似的嘴裡總是念著：

——伊豆殿、伊豆殿。

他不說御老中松前伊豆守大人，而是一副稱呼同僚般的口吻。於是在新隊士中間就有人嘆道：

「眞不愧是新選組局長，簡直形同大名啊。」

近藤去二条城的次數也明顯增加，三天必登城一次。

二条城是德川家的祖先家康建在京都市中心的一座城池，將軍上京時的駐屯所。此時爲「禁裡御守衛總督」一橋慶喜（後來的第十五代將軍）的居城。

近藤在此處與京都守護職的公用方談論國事，或者和一橋家的公用方議論天下形勢。

自從江戶回京後，近藤登城時的穿著與陣仗也越來越像大名了。當然，他是不乘轎的。他騎著馬，後面經常跟著二、三十個人的隊伍走在堀川通上，乍看還以爲是哪位小大名呢。

（越來越不像一個草莽志士了。）

沖田聽過自結盟以來就擔任幹部的山南敬助在背後這樣議論過。

「不過，土方兄。」

沖田說道。

「暗中使勁想把近藤培養成大名的不正是土方兄嗎？」

「哼。」

歲三別過臉去。

「是啊。」

「所以錯的是土方你啊。」

「不對。我只說過要提高新選組的實力，好跟會津、薩摩、長州和土州等大藩平起平坐。現在我還是這樣打算。當然，一旦理想實現時，我們的首領肯定仍是近藤勇昌宜，近藤自然也就相當於大名了，但不是現在這樣。」

「反正這事，」

沖田傾著頭。

「怎樣？」

「土方說的這些複雜事情的背後道理，近藤不會明白的。他跟土方你不同，骨子裡還是個單純的人。」

「——什麼不同，你什麼意思，總司？」

「呵。」

沖田用筷子夾了一塊烤魚。他是個聰明的年輕人，所以對此不再多談。然而，關於近藤現在可笑的舉動以及歲三內心的真實想法，沖田再清楚不過。

近藤自認可以擺出大名的派頭，其中一個重要原因就是隊士人數大幅度增加。

在江戶，他招募到了五十個人，現在都已經各就各位。

在新加入的隊士中，伊東一派的人數最多。這一派的人都是文武雙全的高人，與之前的隊士不能相提並論。

伊東是一流的國學家。無論是論辯或學識，近藤的水準連伊東甲子太郎的腳底都搆不著。甚至連持竹刀比試，近藤也不見得能及得上伊東。

事實上，自從伊東加入新選組後，成爲隊裡最受仰慕的人物。最明顯的就是副長歲三的影響力削弱，近藤的人氣也有所下降。

（所以，近藤是想仰仗自己的派頭來控制隊士吧。）

沖田是這樣看待近藤的變化的。既然什麼都比不過伊東，那近藤就只能靠「大名氣勢」了。

（我可是不同級的。）

近藤就是這樣做給伊東與所有隊士看。只是他這樣做難免會帶點多摩鄉下壯士的感覺。

「然而，」

山南敬助曾經對沖田說：

「我們不是近藤的家臣。在結盟當初大家都立志成爲攘夷的先驅，這才千里迢迢從江戶來到京都。新選組是志同道合者的集團，不是主從關係。近藤和一般隊士應該是平等的志士。可是近藤整天端著架子擺出大名的派頭，三天兩頭去二条城。這算什麼嘛。」

（沒錯。）

沖田心想。

（近藤做得有點過火。再這樣下去，說不定伊東甲子太郎就有可乘之機了。）

「總司，」

歲三說道。

「現在近藤以大名自居爲時尚早，他應該等到天下紛爭平息之後，至少要在討伐並消滅長州，得到他們的全部或者一半領地之後。」

（啊？）

沖田大吃一驚。新選組的眞正目標原來是這樣。這讓沖田總司感到非常震驚，他感覺自己頭一次知道這回事。

「土方兄——」

沖田放下筷子，說：

「你剛剛說的是認眞的嗎？」

「什麼話？」

「新選組得到長州的一半領地。」

「我只是舉個例子。武士論功行賞得到領地是源平以來的慣例。如果這場紛爭平息了，幕府不會一聲不吭吧。」

「我太吃驚了。」

這種想法簡直就是戰國時期的武士才會有的。眞不知道該說歲三是單純還是守舊。如果是守舊，這種想法實在太脫離時代潮流了。

「土方，你也想成爲大名嗎？」

「混蛋。」

歲三非常生氣。

「我怎麼會這樣想？」

「眞的？」

「這還用說嗎？生在武州多摩的好鬥大王歲三是做大名旗本的料嗎？我只想做我該做的事情，想出人頭地。」

「什麼樣的事呢？」

「我還沒想好。我是個商人，不是志士。我什麼也不是。天下事我也不願意想。我想的只是如何把新選組建設成爲天下第一能征善戰的隊伍。我知道自己的分量。」

「那我安心了。」

沖田開心地笑了。

「近藤會怎麼樣呢？」

「他的想法嗎？」

「是啊。」

「這我可不知道。反正不管他將來是好運當頭成爲大名，還是運氣不好回到武州多摩當河邊閒逛的鄉下劍客，我要做的事情只有一件，就是支持他。當然了，如果他自己主動放棄新選組，那可就是我和他分道揚鑣的時候。」

（這才是這個傢伙的特質。）

沖田出神地望著歲三。他看到了歲三身上的一種狂熱，如果沒有這股狂熱，也許新選組早就四分五裂了。

「所以啦，」

歲三以多摩方言說：

「現在近藤以大名自居還爲時尚早。伊東來了，人心都往伊東靠攏。近藤自己裝腔作勢擺大名架子，隊伍早晚會毀在他的手裡。」

歲三以前曾經要求近藤「擺出大名的架勢」，與此時說的話自相矛盾。然而此一時彼一時，現在的新選組由於伊東的加入，局面已經產生變化。像伊東這樣的男人一定會奪走新選組的。此時的歲三內心近乎恐懼，無疑地已經看出事態的嚴重性。

這一時期，歲三看到的，著實是些無聊至極的事情。

這一年正好是更換年號的慶應元年，在正月，歲三去大坂出差。

他回到京都時，家家戶戶已經收起新年門松了。

一進入駐地大門，又看到隊士正在庭院裡吵吵嚷嚷。

（出了什麼事？）

這時，近藤從走廊過來了。

他臉上居然塗抹得雪白，臉上的粉妝幾乎堪比公卿。

（混蛋，這傢伙瘋了嗎？）

歲三心頭一陣怒火，從庭院跳上走廊向近藤身後追去。

「啊，你回來啦。」

途中正好遇上自房間出來的伊東甲子太郎，還鄭重地向歲三打招呼。

伊東膚色雪白如女子。眉清目秀，面容出眾，微笑起來就像舞台上的平家貴公子。

（該不會是近藤想和這傢伙競爭，才在臉上抹了白粉在外面漫步的吧？）

歲三拉開了近藤房間的拉門。

「啊。」

他呆立在原地。

雪白的近藤坐在房裡。

「這是怎麼回事？」

「你說這個嗎？」

近藤指著自己面無表情的臉說道：

「是攝影。」

（可惡。……）

歲三臉色鐵青地坐下來。難道京都人把化妝也稱作「攝影」嗎？

「今天我必須好好和你談談。你不覺得近來的思考應對太奇怪了嗎？」

歲三把對沖田說過的話直言不諱地說了出來。

「人家都說一旦沾染名譽地位就容易沖昏頭，看來你也不能免俗。我跟著你上京，可不是爲了幫助你變成輕薄、惡心的白面怪物。」

「阿歲，注意你的語氣。我啊，一聽到你喋喋不休的多摩土話就頭疼。」

近藤生氣地離開房間，走下中庭。

庭院中央鋪著一塊毯子，近藤綳著臉坐在那上面。

不一會兒，門口出現了一個很有儒者風範的人。此人後面跟著三個像是提著藥箱的人。他們走到近藤旁邊圍成了一圈。

「那是怎麼回事？」

歲三問旁邊的隊士。原來這事在隊裡一早就引發騷動，大家都知道是怎麼回事。

「是攝影。」

其實就是拍照。因爲當時攝影用的濕版感光效果非常弱，所以被拍攝者需要用大量的中土白粉把臉抹得雪白。這還不夠，拍攝時在背景還必須再加一塊白布。

大村藩士上野彥馬是當時有名的攝影師，他是在長崎的舍密（化學）研究所向荷蘭人龐培學的攝影技術。上野彥馬最初拍攝的對象是松本良順（蘭醫，將軍家茂的醫師。對末期的新選組頗具善意。維新後改名爲順，成爲軍醫總監，後來被封爲男爵。）。良順拍照的地點在長崎的南京寺，此人後來與近藤交往甚密。

就跟現在一樣，上野彥馬往良順的臉上抹了大量的中國白粉。

良順皮膚黑，所以爲了拍攝效果好，著實用了不少白粉。但是因爲他臉上坑坑疤疤、凹凸不平。所以厚厚一層白粉抹上去後，臉顯得特別可怕。

——不管怎樣，我這是爲了學問。

良順忍住了。拍攝時爲了使感光效果更好，攝影師上野彥馬更讓良順爬到了寺院的大屋頂上，長時間一動不動地站著供拍攝。路人看到這副光景，長崎的街頭巷尾便傳出「南京寺屋頂裝了新的鬼瓦」的錯誤傳聞，還吸引了眾多人前來參觀。曾有這段逸事。

現在準備爲近藤拍照的，正是這位上野彥馬。

歲三聽一旁的隊士說，上野彥馬是二条城派來的。據說還是禁裡御守衛總督一橋慶喜主動表示：

——爲近藤照相吧。

慶喜非常喜歡拍照。只要大名去了二条城，他總會拉著人家，非要給人家拍照。歲三聽說慶喜是爲了討好大名，經常爲他們拍照。

（哦，原來近藤已經和大名平起平坐了。）

他已經不是一介浪士了。在歲三不知不覺間，近藤已經逐漸異樣地出人頭地了。

「請屏住呼吸。」

攝影師說。

——這樣嗎？

「是的。」

攝影師打開鏡頭蓋，腦袋鑽進碩大的暗箱開始爲近藤拍照。

（……）

近藤憋著氣。

攝影師沒有開口，近藤就一直憋著。

很快，近藤脖子上的青筋浮現。平素就擠在一起的眉毛此時顯得更可怕了，他痛苦得直咬牙。

終於攝影師蓋上鏡頭蓋，說了一聲：

「好了。」

近藤這才吐了口氣。

歲三覺得這太愚蠢了。已成爲京都政界要人的近藤照片從此永遠留存，這張因慾氣而痛苦得神情扭曲，有如惡鬼似的近藤照片。

「阿歲，你也拍一張吧。」

「不，饒了我吧。」

歲三向後退到走廊上。

他回到走廊才發現，滿滿一院子圍著觀看的隊士中獨獨不見伊東甲子太郎。

不只是伊東，伊東派的幹部誰也沒來湊熱鬧。而注意到這點的大概只有歲三而已。

（他們一定在房間裡……）

一定是他們不願意出來看。當時攝影還是件新鮮事物，不管是誰，表現出好奇是很正常的。但是伊東他們卻一眼都不想看。

（眞是不討喜的傢伙。）

歲三有點生氣。

理由顯而易見。伊東是國學派的攘夷論者。雖然大家都是攘夷主義者，但是他們的攘夷主義是近乎神道的神國思想。只要涉及洋人就持否定態度，甚至連外國人的腳印都認爲是不潔淨的。更何況是參觀攝影過程，

——一定會傷到眼睛的。

所以一夥人就聚在伊東的房間裡沒出來。

歲三刻意經過伊東的房間外。拉門開了一條縫，往裡一看，幾個人正圍在火盆旁邊，好像相談甚歡。

伊東臉上露著沉穩的微笑。篠原、服部、加納、中西和內海等伊東派的隊士，就像信徒似的圍坐在他的周圍。此外，山南敬助也混跡其中。

（山南這混蛋——）

歲三忍不住在心底罵了一句。

自從伊東加入新選組後，山南往伊東靠攏的方式就極爲異常了。山南是新選組的總長，而他和伊東的往來總是無視自己總長的身分，讓人以爲他也是伊東的弟子。

（難道那小子想背叛近藤。）

太奇怪了。

於是，比起對新加入的異己分子伊東甲子太郎的憎惡感，歲三對一同結盟上京的老夥伴山南的背叛，憎惡的情緒更爲強烈。

歲三走過那間房間，聽到房間裡傳來了一陣笑聲。

他們不是在笑歲三，但是這笑聲還是讓歲三的神色一變，他兩眼直盯著走廊的盡頭，臉色鐵青。說不定在近藤滿臉抹得雪白、興致勃勃照相的時候，剛剛這夥毫無顧忌、大聲發笑的傢伙掌握新選組主導權的時機到了。

（怎能讓你們得逞。）

歲三有這樣的預感。

他的預感竟然以一種意外的形式化爲事實。

山南敬助脫隊了。

可憎的歲三

慶應元年二月二十一日凌晨，新選組總長山南敬助給近藤留張字條後，離開新選組的駐地。

（山南？）

歲三在天色未明的時候，在自己漆黑的房間裡接到了這個報告。前來報告的人在走廊上，是監察山崎烝。

「山崎君，沒有弄錯嗎？」

「是的。他留下了一封信。而且房間裡劍和行李不見了，當事人也不在。所以請您定奪。」

「給我看看那封信。」

歲三點著引火條，一邊點燈籠一邊漫不經心地說。但是山崎沒有進來，手也沒碰拉門。

「怎麼啦？」

「對不起，信上署名寫給近藤先生的。」

「哦，這樣啊。」

自己竟然被當成了外人。但是歲三還是努力冷靜下來。

「山崎君，你已經去近藤的住處報告過了吧？」

「還沒有。」

「爲什麼不早點去?」

「我這就去。只是我想應該先告訴土方先生。」

(夠機靈。)

山崎沒有越級直接找近藤。他很瞭解副長歲三對職務、級別的重視。此時歲三心想，組織需要的就是像山崎這樣的人。

歲三穿戴好衣服的時候，黎明的鐘聲響了，走廊上，防雨窗戶一扇扇地拉開了。外面依然一片漆黑，天還沒有全亮。

(眞冷。——)

就二月而言，這天早晨算是相當冷的了。歲三獨自走出駐地去近藤住處。這裡雖然沒有老家武州多摩那麼寒冷，不會凍出霜柱，但也是刺骨的冷。

不知什麼時候，沖田總司走在歲三的身旁。

「眞是嚴重。」

沖田低聲說了一句。這個十分開朗的年輕人，此時的聲音聽起來非常沉重。沖田還在江戶的鄉下道場時，與山南的關係就很不錯。山南三十二歲，比沖田大十歲，他一直把沖田當弟弟一樣疼愛。

「他原來是個好人。」

接著，沖田看著歲三的側臉。

歲三無語。

沖田覺得此時的歲三面目可憎。

(山南是因爲恨這個人，才會違反隊規出逃的。)

沖田這麼認爲。不光是他，相信隊裡所有人都會這麼看待的。

一個是總長。

另一個是副長。

級別相當。但是隊裡的指揮權卻掌握在副長手中，總長卻只是局長近藤的私人幕僚。而建立起這種組織架構的就是歲三。山南敬助不只被徹底架空，這個仙台人簡直成了隊裡的擺設。

(山南恨透了這個傢伙。)

不僅如此。

山南的思想也有所不同。他是北辰一刀流出身，這個流派自創始人千葉周作以來一直與水戶德川家保持著很密切的關係，千葉一門有相當多的人被招爲水戶藩的上士，門徒中也是水戶藩士居多。

自然，道場也帶上了濃厚的水戶學色彩。門徒們在學習劍術的同時，也接受水戶式的尊王攘夷主義思想的洗禮。這一門究竟出了多少積極的尊王攘夷主義者，恐怕很難數清楚。光沖田知道的就有已死去的清河八郎和新加入的伊東甲子太郎。

（山南骨子裡還是那一流派的人。）

沖田走在天色漸明的坊城通上邊想著。

（但是此人不同。）

歲三視思想如糞土。就像藝人熱衷於琢磨技藝一般，爲了使自己創建的新選組強大起來，他沒有任何雜念至純粹的地步，這是沖田喜歡歲三的地方。但是身爲知識份子的山南敬助，大概再也無法忍受歲三這種沒有主義與思想的無知之輩吧。

——待在這個地方很痛苦。

山南在池田屋之變後曾經對沖田這般訴苦過。

——我不明白新選組爲了什麼目的非得殺人不可。我們原本不是立下盟誓做攘夷先鋒，才會結成這個組織嗎？可是應該以攘夷爲目標的新選組卻到處追捕砍殺攘夷志士。你不覺得奇怪嗎？沖田君。

——是啊。

沖田總司當時只是帶著曖昧的笑容附和。

「沖田君，」

當時的山南顯得很激動。他固執地詰問，要求沖田清清楚楚表明自己的意見。

「我真的很爲難。我——」

沖田搔了搔頭。在池田屋，沖田殺死殺傷不少人，而山南卻沒有參加那次戰鬥。

「你是怎麼看待新選組的？」

「——我嗎？」

沖田不知所措。

「我和哥哥林太郎都是近藤道場上一代場主周齋老先生的舊弟子。姊姊阿光和土方家往來密切，跟親戚沒兩樣。所以像我們這樣的關係，既然近藤、土方決定進京，那我當然要跟著來。所以，攘夷呀、尊王呀什麼的——」

「都無所謂嗎？」

「是啊，是這樣的。——不過，」

沖田不好意思地笑了笑，

「我覺得就算這樣也沒關係。」

說完才又像平時一樣變得開朗起來。

「你眞是個奇怪的年輕人。我一跟你說話，就感覺你像是上天或神明派到這個世上來的童子。」

「哪有啊——」

沖田慌慌張張地踢了顆小石子，像個少年一樣害羞起來了。

——土方。

「那個，」沖田這時踢了顆石子，小聲向歲三搭話。他想知道歲三準備如何處置山南。

「你打算怎麼處置山南？」

「你問我，我怎麼知道。這種事情只能問新選組的領導者。」

「是問近藤嗎？」

「當然是隊規。」

歲三說的新選組領導者就是指這個。然而這些局中法度和隊規細則，在制定當初山南也參與合議並一同決定的。

（那就是切腹了。）

沖田心想。他立刻大聲嚷嚷起來。

「土方你不知道自己很遭人怨恨嗎？山南也恨透了土方你。你就像蛇蠍一樣可惡。」

「那又怎樣？」

歲三很平靜，絲毫不爲所動。

「是不怎樣。只是大家都怕你、恨你。你就不能了解體諒大家的感受嗎？」
「大家不恨近藤吧？」
「那當然，大家對近藤先生只有仰慕。隊士中有人甚至還把近藤先生當作父親，和你可不一樣。——」
「我是蛇蠍。」
「喲，你知道啊？」
「我當然知道。總司，你要記住，我是副長。自從我們結黨以來，爲了提高隊伍的素質，整肅隊伍的紀律，曾經發布過一些非常招人厭惡的命令以及處置。這樣的命令或是意見哪一件不是出自我的口中？像這樣的命令和意見你從近藤的口中聽到過一次嗎？我總是把身爲將領的近藤高高捧在神佛般的地位上。總司，我不是隊長，是副長。副長必須承受所有人的憎恨，時刻不能忘記讓隊長當好人。新選組這個組織本來只是烏合之眾。稍不留神，隨時可能成爲一盤散沙。你知道什麼時候會變成這樣嗎？」

「這……」
「是副長開始顧慮隊士的想法，開始討好隊士的時候。副長如果像山南或是伊東（甲子太郎）那樣想當隊士眼中的好人，那麼招人嫌和招人恨的命令就要從近藤的嘴裡說出來了。於是，憎恨的情緒、毀譽褒貶也就都針對近藤了。近藤就會失去隊士的信任。隊伍也就四分五裂了。」
「啊。」
沖田老老實實地向歲三道歉。
「我太愚鈍了。我不知道原來土方所做的一切都是爲了讓大家不要憎恨近藤先生。」
「行啦。」
從沖田的嘴裡說出來，歲三感覺又像被耍弄了一樣。
「當然，性格也有關係。」
歲三不悅地說。

近藤臉色鐵青。山南不僅是江戶近藤道場的食客，是一起結盟來京的夥伴，又是隊裡最高的幹部之一。他脫隊出走可以說是對新選組走向的無言批判。

「就算他是老成員，這種事情也不能容許。」

近藤說道。他很清楚，如果因爲是山南敬助出走而加以原諒的話，那麼隊伍紀律就會鬆散，脫隊出走的事件將會一次次地發生，局面將不可收拾。

「理由是什麼？」

「是因爲恨我。這就足夠了。」

歲三回答。

「不是的。」

監察山崎烝好像替歲三打圓場似的，說了件意外的事。

「山南先生這幾天聽到關於水戶天狗黨遭處置的傳聞，顯得非常消沉。」

「天狗黨遭處置？」

近藤看向遠處。難怪隊裡最近流傳著某些傳聞，說在離京都不遠的越前敦賀，水戶天狗黨遭到處置的消息。

聽說，水戶藩的前執政武田耕雲齋所領導的尊攘派激進分子，在常州筑波山發動攘夷起義，經過一番曲折，他們一路西行，前往京都準備向幕府駐京代表慶喜請願。終因不敵途中力竭，於去年十二月十七日向加賀藩投降。加賀藩自然非常高興，把他們視爲義士而熱情相待。因爲他們不是倒幕論者，他們只是想懇請幕府支持攘夷而已。

然而，今年開春後若年寄（次於老中的幕府政務官）田沼玄蕃頭爲處理此事件來到了京都。他先是對浪士採取懷柔手段，然後卻收繳了他們的武器，並讓他們脫光衣服，赤身裸體。最後像對待牲畜一樣把他們監禁到了敦賀的魚粕倉庫。據說他們在監獄裡受到了非人的待遇。

然而還不只如此。

到了二月，敦賀郊外的來迎寺境內挖了五處三間（約五・五公尺長）四方大小的墓穴，把那些赤裸著身體的浪士拉到墓穴旁邊斬首，再把屍體踢進墓穴。二月四日斬殺二十四人，十五日斬殺一百三十四人，十六日斬殺一百零二人，十九日斬殺七十六人。最後累計斬殺人數達三百五十二人之多。這是自幕府執政以來，不，是日本史上極爲罕見的一次大屠殺。

在這些遭到迫害的人當中，大部分是水戶德川家的家臣。其實這些人雖然高喊攘夷，但是他們不是叛亂者。可是幕府卻像對待蟲子一樣殘殺他們。

——幕府瘋了嗎？

這種評論遍及全國。可以說正是這次事件促使了日本的過激言論由攘夷轉向了倒幕。他們揚言像這樣的殺人機關有何正義可言，有何必要保留呢？

「我無法再接受幕府支給的米鹽薪俸。」

山崎表示，山南曾經向隊裡的人表達過這樣的想法。

不知道是眞是假。

但是，山南受到巨大的打擊，這點是無庸置疑的。那些遭處刑者中至少有七、八個人是山南在江戶時的舊識同志。

山南對時局也對新選組感到絕望。

——他要回江戶。

近藤讀完信後說道。

聽到這番話，沖田鬆了一口氣。儘管山南和伊東甲子太郎走得很近，對他的主張也有所共鳴，但畢竟沒有和伊東合謀成立黨中黨——回江戶，山南只是回去江戶吧。所以不帶任何政治色彩。

（果然是條好漢。）

沖田發呆望著近藤住處庭院，心裡想著那個帶仙台口音的武士。而近藤的表情非常難看，他的嘴蠕動著像要說什麼。歲三搶先出聲了：

「總司，」

聲音很冷很冷。

「還是你最合適。平時你跟山南君最親近。現在立刻騎馬去追，大概到大津附近就能追上他。」

「——追捕他？」

親自嗎？沖田總司的心情很複雜，臉上一定露出爲難的神情。因爲沖田劍術很高超，所以自然不是因爲害怕而畏縮。

「你不願意嗎？」

歲三凝視著沖田。

「不是。」

沖田微微一笑，接著又迅速換上開朗的笑臉。似乎在體內某處，斬斷了對山南的感傷情緒吧。

沖田跑回了駐地。

騎上馬。

策馬走了。

眞冷。從嘴巴、鼻子灌進來的冷風使得馬背上的沖田忍不住咳嗽起來。伴隨著沖田的咳嗽聲，馬從三条通上一路向東疾馳。到粟田口附近時，沖田抬起手，用手套捂住了嘴，布料一下就濕透了。上面染了鮮紅的血。

（我也活不久了嗎？）

一想到此，正通過的右側華頂山上的綠意，在總司的眼裡突然變得萬分鮮豔。

來到距離大津宿場還有段距離的地方，沖田聽到一家茶館裡傳來呼喚。

「沖田君。」

是山南。他好像很珍惜似的，雙手緊緊捧著一個碩大的葛粉湯湯碗。

沖田從馬上跳了下來。

「山南先生，我是來護送你回駐地的。」

「眞意外啊。來追捕的居然是你。」

山南看沖田的眼神依然和藹可親。

「既然是你，那就沒辦法了。如果來人是土方君指使下的監察，我是不會讓他們活著回京都的。」
「沒關係。如果山南先生無論如何也要回江戶的話，那就請拔劍吧。我願意在這裡受死。」
「爲什麼？受死的應該是我，而且我的劍術也比不上你吧。」
太陽還高高地掛在天上，此時動身回京都時間完全來得及。但是沖田不忍心催山南。於是決定第二天一早回去。當晚兩人就在大津住下了。
兩人並排躺在地上。
「今晚可眞冷啊。」
山南說。
沖田沒有說話。爲了自己爲何要追殺這個不走運的仙台人而滿腹怨氣。
山南無疑是個眞正的男人漢。他在離開隊伍的時候沒有隱瞞自己的去處，反倒留下書信，明確無誤地寫下了自己的行蹤——回江戶。不僅如此，他還在宿場外一個茶館裡叫住自己這個追殺者。這樣的舉動只有山南做得出來。
這天晚上，山南沒有向沖田傾吐自己對隊裡的不滿，也沒有說回江戶後準備做什麼。總之有關離隊的事，他什麼也沒提。
他只提到了自己的故鄉，說起了一些無關痛癢、無聊至極的事情。譬如像在仙台，盛夏裡會下冰雹，大的直徑有一寸長；下級武士的副業以挖山藥最賺錢等等，全是這些瑣事。
「山南先生也挖過山藥嗎？」
「是啊，小時候挖過。對啦，在我們那裡，挖山藥主要是孩子的事情，可有意思啦。山藥剛種下不久，我們就上山在種山藥的地方撒麥子，等麥子長出來的時候，山藥在地下也長大了。所以麥子就是標識，哪裡有麥子，哪裡就一定能找到山藥。」
「——在江戶，」
沖田想問山南去江戶準備做什麼。山南平靜地說：

「不要再提江戶了，那是在我的生命中已經消失了的地方。」

他大概還沒有想過回江戶以後要做何打算。

第三天，慶應元年二月二十三日，山南敬助在面向坊城通壬生駐地的前川屋敷的一室，靜靜地按隊規切腹自盡。爲他介錯的是沖田總司。

山南有個女人，是島原一位叫明里的妓女。知道詳情的隊士永倉新八，就把山南的事情告訴了她。這個女人在山南切腹的前一天，就站在面向坊城通的前川屋敷的長屋門口旁。

——山南。

女人哭著將手伸向出窗。這間有出窗的房裡面關著山南。

山南從室內伸出手握住抓著窗格子的女人的手。

兩人就這樣隔窗相望。沖田偶然從門後看到了這一幕。沖田沒有看到女人的面孔，只看到了她腳上的黑色矮木屐和白色布襪。

沖田立刻閃到門後。

（這人的腳底板眞小啊。）

砍下了山南的腦袋後，總司還在想著這個。

四条橋之雲

慶應元年五月。

可說是維新史的高潮。

將軍家茂爲了實施第二次長州征討到了京都。當德川家的金扇馬印自家康以後再次進入二条城的時候，京都民眾開始議論紛紛。

「幕府的威望必將大大提升。」

然而，事實上幕府既沒有征討長州的軍事實力，也沒有足夠的經濟能力。

不僅如此，幕府還沒有找到合適的理由再次征討爲表示恭順而砍掉了三個家老腦袋的長州。幕府只是找了一個非常牽強的理由發動軍隊討伐長州。這是幕府自掘墳墓。

關於討伐長州一事，德川家的親藩、家門、譜代以及外樣大名等的人幾乎都表示反對。只有鎮護京都的會津藩和旗下的新選組強烈建議征討長州，而新選組應該說主要是近藤個人的意見。

「現在出兵消滅防長二州，取消毛利家三十六萬石，徹底斬斷幕府的禍根才是上策。」

近藤在慶應元年正月前後開始頻繁拜見會津藩家

老，力陳此意。近藤從來沒有想過這單純的征伐論最後要了幕府的命。畢竟他的想法不過是一介軍人的思維而已。

「眞是高見。」

會津藩方面沒有表示異議。

會津藩家老和近藤勇等人所謂的會津論議是，可說是無理胡鬧。傳來傳去，最後傳到了尊王主義者越前福井松平慶永的耳裡。

關於此事，慶永留下了手記，寫成口語的說法是：

「有關第二次征伐長州，幕府表現出了十足的信心。幕閣要人甚至揚言打長州就像捏碎雞蛋一樣容易。但是有風聞說，天下之所以出現曾經有過的動盪是因爲有西部八藩。即薩摩、土佐、尾張德川、越前松平（慶永本人）、肥後細川、肥前鍋島、筑前黑田與因州池田八個藩。他們還說：『這些藩只提議勤王，實屬可惡。征討長州之後應乘勝追擊消滅所有這些藩』。有人提醒我『表面上幕府給您的待遇很高，但是你卻不可等閒視之』。看來他說的沒錯。」

上述內容與近藤的意見驚人地一致。當時，近藤不斷向老中進言，他的意見通過會津藩又影響了江戶幕府的決策。可以認爲近藤擺出一付志士的姿態向會津藩要人提出的意見最終成了幕府的意見。

只因爲幕府要人個個愚蠢得厲害，蠢得讓幕臣勝海舟十分絕望。於是從職務關係、責任關係出發，幕府在京都的代理會津藩和新選組的意見以及他們對形勢的分析就成了幕府最重要的參考依據。

恰逢此時，法國皇帝拿破崙三世答應了要做幕府的後援，法國公使羅叔亞（Léon Roches）也頻頻向幕府進言。這也是導致幕府態度突然強硬起來的另一個重要原因。遺憾的是，這位法國皇帝在若干年後自己也遭受到厄運，這是幕府要人誰也沒有預料到的。

將軍進京時，近藤異常興奮。他抓著歲三說：

「以後會有好戲看了。」

他想會津藩將擁戴將軍，新選組將成爲會津藩的核心，自己的聲望將大大提高。

已經有人在說：「現在已經是會津藩的天下了。」也有不明來源的傳言：「會津是不是要加封百萬石了？」

「有這麼値得高興嗎？」

歲三只看著監察在三条大橋上割下後提回來的首級。

願他（會津），果斷絕往來
再得賢內助
舉杯回望伊（長州）

「寫得眞不錯。」

歲三像俳諧師似的傾著頭說：

「笨蛋，這是該佩服的嗎？」

「不不，很不錯。俳句嘛，首先必須語言通順。」

哧哧地笑著。

「你給我撕了。」

大概這是個不喜歡開玩笑、不懂得幽默的傢伙。

「是奸細所爲吧？」

「不只是這麼單純吧。」

諸位大名當中，同情長州藩的越來越多。京都百姓也對慘敗的長州越加憐憫。還有一個原因是，長州藩在京都勢力最鼎盛的時候，爲了提高長州的人氣曾經撒下大筆金錢。

近藤在將軍即將進京的前一天晚上，住在駐地。這天晚上，他手裡捧著一本最喜歡的書《日本外史》朗聲誦讀，直到夜深人靜。

「聲音還眞不錯。」

歲三很佩服。雖然近藤時有讀錯，也有讀不下去了的時候，但總的來說讀得還算順暢，並且聲音洪亮。

近藤在讀到建武中興的段落時，幾乎是含著眼淚繼續讀的。

這是關於後醍醐天皇滅了鎌倉的北条氏後，楠正成作爲先鋒會師京城的其中一段。

近藤把自己想像成楠正成，而後醍醐天皇則是將軍家茂。草莽出身的楠正成，若無忠誠之心，流浪之帝何以爲依。這就是他此時此刻心境的寫照。

「阿歲，如果我是楠正成，你就是恩智左近吧。」

「大概吧。」

歲三隨聲附和，

「聽說他們原都是些河內金剛山的鄉士、修道僧、山賊之類的，沒有什麼來歷和背景，跟我們一樣。」

「出身怎麼樣都不重要，關鍵是現時的角色。」

「這個我無所謂。總之，新的編制已經完成了，是不是該把伊東君叫來，大家一起商量商量？」

「好。」

近藤叫來了伊東甲子太郎。

伊東穿著染上黑色紋飾的白色絹質夏季羽織進來了，依舊像個演員般帥氣。

「新編制完成了嗎？」

說著就坐下了。

（這傢伙眞是個怪人。）

歲三無法理解伊東這樣的男人。

這個男人自從進了新選組以後，對於隊上事務漠不關心，每天就往外跑，和薩摩、越前、土佐等對幕府明顯持批判態度的各藩人士見面。（當時，薩摩藩表面上還是擺出一副憎恨長州、與會津藩保持統一行動的姿態。但是他們不是純粹的佐幕主義者，他們隨時都可能採取自主行動。所以幕府既要討好他們，同時又不得不戒備他們。）

伊東甚至向近藤提過，

——準備遊說各諸侯國，特別是九州方面。

也就是在瞭解西部形勢的同時，和所謂的志士們多交談，共議國事，順便向他們介紹新選組的立場。

——好啊。

近藤當然高興。但是在歲三看來，近藤實在很可悲。他過於喜歡又過於信賴知識份子以及他們的言行。無疑，近藤變了，變成了一個能說會道的理論家，他頻繁地去祇園和在京各雄藩的公用方見面。而且，歲三聽說席間最多話的就是近藤。

——你要多提防伊東的行蹤。

歲三提醒過近藤許多次，但是近藤卻充耳不聞。他甚至還認爲自己的拜把兄弟歲三之所以這樣完全是出於妒忌。他還批評歲三。

——將來新選組的首領必須都是國士。你有想法或有意見可以堂堂正正地提出來，你還必須有足夠的膽識向將軍、老中陳述自己的意見。如果你沒有這樣的氣度，我會很爲難。

——是嗎。

歲三不服氣。在歲三看來，新選組不過是一個劍客集團。他的目的只是希望新選組越來越發展壯大，最終成爲幕府最大的一個軍事組織。成爲政治結社不是他的目的，而且從幕府的角度出發，當然也不希望新選組變成那樣。

——是嗎。

歲三繃著臉應了一句。近藤當然對歲三也明顯表現出不滿。他認爲歲三已經無法勝任爲國事奔走的自己的左右手了。

（這小子要是有學問就好了。）

連看歲三的眼神也比以前冷淡了許多。

近藤心中開始傾向伊東甲子太郎。

——伊東。

稱呼總是充滿敬意，有時候甚至會稱對方「伊東先生。」

而對歲三則一如既往地簡單喊一聲阿歲。由此可見待遇是如何的不同了。

伊東甲子太郎吟唱和歌很有天賦。雖然他的和歌中缺少點趣味，但是中規中矩，完全遵循了古今及新古今和歌的創作規範。所以他創作的和歌大都是一些類似教科書式的短歌。

伊東爲加入新選組，在離開江戶到達大森的時候，寫過一首和歌。

留下和歌作別離
無言以告故土人
吾欲憑歌傳吾意
若是為了真君主
仇恨亦可埋心底

「呀，您在讀《日本外史》啊。」

伊東看了看近藤手上的書。

「是啊。我很喜歡大楠公。」

「哦。」

伊東微微一笑。因爲伊東是水戶學派出身，所以他同樣像敬神一樣敬慕楠正成。

「眞不愧是近藤先生。」

（混蛋。——）

歲三心裡暗暗罵了一句。近藤喜歡的楠正成擁戴德川將軍，與擁護天皇的伊東甲子太郎性質完全不同。

「前幾天我去大坂的時候去攝海視察，途中特意去了一趟位於兵庫湊川的森，到大楠公墓前跪拜他。我還作了一首歌，寫了當時的偶感。——失禮了，」

他整了整儀容，開始朗聲吟唱起自己些的和歌來。

願吾歸宿亦如此
湊川河畔豎石碑

「好極了。——」

近藤像是很懂似的點了點頭，歲三沒有理睬。

「對了，土方，你說要商量新編制的事，對嗎？」

伊東好像這才回到現實世界中似的，白淨的臉轉向了歲三。

歲三把近藤手上的草案遞給伊東甲子太郎。

——參謀，伊東甲子太郎。

這是和伊東商量過的。伊東派其他人的首領任命也都根據伊東的意向作了調整。

這次編制廢除了助勤（士官）的稱呼，參照幕府步兵的編制，改成了法國式的軍事編制。

「這個隊伍編制很好。」

伊東說著，看了一眼歲三。帶點重新評估此人的神色。

「是啊，土方君對這種事一向在行。」

近藤也很高興。只有有關架構組織的事情，近藤認爲天下還沒有人能比歲三有才能。

新的編制如下：

局長：近藤勇昌宜

副長：土方歲三義豐

參謀：伊東甲子太郎武明

隊長

一番隊：沖田總司

二番隊：永倉新八

三番隊：齋藤一

四番隊：松原忠司

五番隊：武田觀柳齋

六番隊：井上源太郎

七番隊：谷三十郎

八番隊：藤堂平助

九番隊：鈴木三樹三郎

十番隊：原田左之助

伍長

奧澤榮助、川島勝司、島田魁、林信太郎、前野五郎、阿部十郎、橋本皆助、茨木司、小原幸造、近藤芳祐、加納鷲雄、中西登、伊東鐵五郎、久米

部十郎、富山彌兵衛、中村小三郎、池田小太郎、葛山武八郎

監察

篠原泰之進、吉村貫一郎、山崎烝、尾形俊太郎、蘆谷升、新井忠雄

名單中，加粗體的是伊東從江戶帶來的人。除了這些擔任幹部的人之外，還有一位伊東派的服部武雄作爲隊裡的劍術師範享受幹部待遇。內海二郎、佐野七五三之助爲普通士兵。不過由於他們劍術高超，所以決定在他們熟悉隊務以後提升爲伍長。

「可以。」

伊東沒有表示出過多的興趣，只說了一句：

「讓我當參謀，我就很知足了。」

參謀一職的性質和以前山南敬助的「總長」職位一樣，只是近藤的個人顧問，不像副長掌握隊伍的指揮權。

「爲了新選組，我希望與天下英雄多多結交，使隊伍的發展不會偏離我們的宗旨。」

「那就拜託了。」

近藤低頭致謝。

「對了，我又想到了一首短歌。」

伊東拿出懷紙，用青蓮院流的端正書體，豪筆一揮，一首和歌躍然紙上。

千萬次
不拘身價奔波於秋野旅途
一心只為報效吾君之國

（此人和歌的確作得不錯，不能小看了他。）

歲三想起了二月因出逃而切腹的總長山南敬助。

山南出逃江戶似乎跟伊東有關，他們之間很可能有什麼約定。山南死後，伊東爲弔唁山南，曾經作了四首和歌，讓隊士們傳閱。歲三知道這些和歌在

隊士之間曾經引起了一片微妙的漣漪。

（可惡的傢伙。）

歲三心想。

然而，伊東甲子太郎在隊士中的聲望無法抑制地上升。簡直像宗教般的尊王攘夷主義信仰，在隊士之間擴散。

歲三只要發現有這樣的隊士，就會設法找一些理由，命令他們切腹自盡。

歲三有一個堅定的信念，就是：

——對新選組而言，思想是毒。

然而局長近藤卻越來越熱衷於政治和思想，很少把心思放在隊務上。

伊東的確有本事。他頻繁出入大原三位卿等尊攘派的公卿宅邸，談論世道與時勢。

只有歲三像是被這個世界遺忘似的，只專注於隊務，在所有新選組幹部中，只有他一個人沒有在外面另找住處，依舊在營中生活，照樣張著銳利的雙眼。

夏天過去了。

再征長州的軍令雖然已經發出，但是軍隊卻沒有任何動靜，處於休整的狀態。原來是將軍到了大坂城後就病倒了，至今尚未下達作戰的方向。最主要的原因其實有二個。其一是軍費短缺，難以滿足征戰長州所需，也沒有籌措到足夠軍費的可能；其二是各諸侯的行動步調尚未一致。然而，就在幕府進退兩難之際，政治形勢發生了劇烈的變化。迄今一直與會津藩站在統一戰線上的薩摩藩，藩論暗中轉變為倒幕援長的態度，並在土州海援隊長坂本龍馬的斡旋下，締結了薩長（薩摩和長州）秘密同盟。維新運動史從此形勢急轉。然而薩摩藩的同盟會津藩和新選組卻被蒙在鼓裡，更別提幕府了。

到了秋天，幕府依然沒發出進攻的命令。到了十一月，幕府依然不慌不忙，還向長州派去了問罪使者。

正使是幕府的大目付永井主水正尚志，地點是藝州廣島的國泰寺。

幕府的代表團隨員中，有近藤勇、伊東甲子太郎、武田觀柳齋與尾形俊太郎四個新選組的人。

留守駐地的歲三心想：

（眞是太輕率了。到底去了又有什麼用？）

其實近藤、伊東這幾個人並不是幕府指派的使者，他們是以幕府代表永井主水尚志家臣的名義隨行的。爲此，近藤甚至還改了名字，叫作近藤內藏助。

那時，長州藩經坂本龍馬等人的居中牽線已經從長崎的英國商會購買了大量新式武器，做好了應戰的準備。

長州派出的使者號稱是家老宍戶備後助。然而來廣島國泰寺與永井會面的卻不是此人。長州開了一個天大的玩笑。他們派來了一個叫山縣半藏（宍戶璣，維新後受封子爵、貴族院議員）的人。此人只是一個中級藩士家的三男，最大的特點就是口齒伶俐、能言善道。他也不姓宍戶，此時只是爲了應付幕府而臨時借用了家老的姓而已。就這樣，幕府使者的面前來了這麼一位人物。可見長州從一開始就沒有打算誠心誠意地與幕府談判。

歲三留守在京都。

這期間，他幾乎每天都在城裡與看似長州藩的浪士交戰，但還是不能消除內心的一絲寂寞。

有一次，歲三帶著沖田總司去祇園的料亭吃飯。途中，歲三站在四条橋上，看著被晚霞染紅的幾朵秋雲不停地向東移動，忍不住叫住了沖田，說：

「總司，你看，雲。」

「是雲。」

沖田也停下了腳步，抬頭往西看去。沖田的厚齒木屐在夕陽的映照下，在橋上拖著長長的影子。

從橋上走過的武士和市民都避開這二人行走。他們大概以爲這兩個新選組的是在討論什麼事情。

「我想到了一個句子。」

歲三說。作爲豐玉師範，他已經好久沒有吟俳句了。

「又是愚作吧。」

沖田輕輕笑了。歲三沒有理他，從懷裡掏出俳句本，把自己剛想到的句子寫了下來。

沖田探頭看去。

飄向故里五月雲

「不對呀，現在是十一月。」

「傻瓜。五月的雲更明朗、更鮮豔，不是更好嗎？秋季或冬季的題材太寂寞了。」

「也是。」

沖田沉默著走了起來。

對於歲三的心境，這名年輕人比誰都懂。

堀川畔的雨

一天，歲三帶著一名隨從，去了黑谷的會津藩本陣。

等到要告辭時候已經是晚上了。

非常不巧，天上下起了雨。

會津藩家老田中土佐和公用方外島機兵衛二人送他到門口，就勸他：

「土方先生，今晚就住在這裡，明天一早再回去吧。」

當時，新選組在花昌町（現在沒有這個町名了，位置是在醒井七条堀川這裡，當時也叫不動堂村）新建了營地，隊士都住在那裡。從洛東的黑谷到花昌町的新營地要穿過京都市區，少說也有二里。

外島機兵衛他們擔心這樣的雨天、這樣的暗夜，他們是否能順利回到駐地。

而且土方來的時候，既沒有帶護衛的隊士，也沒有騎馬。

「留下來吧。」

家老田中土佐從玄關的鋪板看著夜雨的情形，說：

「別走了。」
就差沒拉歲三的衣袖了。
外島機兵衛也說：
「就像剛才說的，割據防長二州的長州藩向城裡派出了大量的密探。而且最近又有土州藩脫藩浪士與長州人聲氣相通，頻繁出沒於城裡。儘管土方先生勇敢善戰，但凡事都會有萬一啊。」
「說得是啊。」
歲三有口無心地應著，一轉身，腳還是伸進了侍衛爲他準備好的高齒木屐裡。
「既然你執意要走，我派人送你吧。」田中土佐說道。
「不用。」
歲三冷冷地拒絕了。
就這樣離開了黑谷的會津藩本陣。
「眞是個怪人。」
家老田中土佐有些不高興。

新選組裡，近藤帶著伊東甲子太郎等人從十一月中旬下廣島之後，還沒有回來。
期間歲三擔任代理局長，於是去會津藩的次數也多了起來。
每次去他都只帶一個隨從，也不騎馬。不像近藤總是騎著馬，帶著一隊士兵。
「看樣子他對自己很有信心。」
「是啊，也沒有別的理由了。也許那個傢伙的性格就是這樣，獨來獨往。在這一點上，他與近藤可大不一樣啊。近藤雖然是個武士，卻講究排場。」
和他們相熟的外島機兵衛笑著評論二人。
比起好周旋（好談政治）的近藤，外島更喜歡才不外露、沉默寡言的土方。
「可是，」
田中土佐對歲三的冷淡沒有好感。他說：
「聽說這個傢伙連個女人都沒有。」
田中土佐想起了有關近藤的一些風聞。據說他有兩處妾宅，左擁右抱養著女人。田中於是不自覺地拿近藤和歲三比了起來。

「好像是沒有。」

「那也沒辦法。其實仔細看，他長得還挺帥的，只是表情太嚴肅了。是不是京都女人不喜歡這樣的男人？」

「也不是。你知道島原木津屋有一位東雲大夫嗎？」

「是啊、是啊，聽說過。據說此人長得相當漂亮。難道她是這男的相好嗎？」

「這個——」

外島機兵衛不知道如何回答田中土佐。因爲他不知道怎樣才能說清楚東雲大夫和歲三之間的那種男女關係。

曾經有一次，外島機兵衛和近藤、土方等新選組的幹部一起去了島原木津屋。

歲三的對面坐的是東雲大夫。

島原與江戶的吉原齊名，是天下聞名的花街柳巷。這裡的女人分級別，要想升到大夫的級位，她必須掌握各種學問、各門技藝。所以只要是個大夫，通常都很有見識，她們用不著陪笑臉討好客人。相反客人卻要想方設法討好大夫。如果一個男人能討得她們的歡心，那麼這個人就會被大家稱爲這一區的行家高手。

近藤非常會玩。他不但是島原木津屋金大夫的常客，同時還在三本木讓一個叫駒野的藝妓懷上了孩子，此外又和一個同是三本木的叫植野的藝妓關係非常親密，甚至把她藏到了天神的御前通。

不僅如此。

近藤去大坂出差的時候，在新町的振舞茶館玩得也很起勁，他喜歡上了織屋的一個叫深雪大夫的人。後來經過新選組經常投宿的大坂八軒家的老闆京屋忠兵衛的運作下，終於抱得了美人歸，安排她住到了近藤從興正寺下租借的醒井木津屋橋南的一棟宅邸裡。可惜沒多久深雪就病死了。深雪大夫有一個妹妹，長得很像她。於是近藤就讓這個妹妹做了替補。

此外，在祇園石段下的山繭也有一個女人，近藤經常去看她。

近藤實在太好玩。雖然當時活躍在京城的雄藩公用方（常駐京都外交官）在花街柳巷碰頭談公務時也玩得很厲害。但是像近藤這樣到處養女人還到處留情的男子還眞不多見。隊士中間，甚至有了這樣的傳言，說會津藩撥給隊裡的經費有一半流進了局長女人的梳妝台抽屜裡了。不過，這一點大家都誤會了。

近藤的個人開支，大多是大坂的鴻池善右衛門提供的，他定期會送給近藤數額不小的錢。

之所以這樣，當然是事出有因。鴻池是大坂有名的富商，很容易被人盯上。他經常被所謂的尊王浪士以「籌措攘夷軍費」的名義敲詐勒索。爲了免遭勒索，鴻池就找上了新選組，爲此他要向近藤支付保護費。而近藤就用這筆錢去玩女人和養女人。會津藩負責與新選組溝通的公用方外島機兵衛對這些情況瞭若指掌。

（一個連酒都不會喝的人，居然能玩成那樣。）

外島很佩服近藤的這一點。但是外島機兵衛認爲土方歲三與近藤不同。

酒，稍微喝一點。

但卻並不好酒。他總是懶洋洋地端起酒杯，略略沾唇。

女人嘛。——

「聽說那個東雲大夫把這個傢伙拉進房間後就把門關上了。」

兩人進了房間後，一直沒有說話。這是大夫事後自己說給女侍聽的，於是就傳了出去，成了一樁奇聞。

據說當時，歲三只是沉默著一杯接一杯喝酒，一句話也不說。像是在思考什麼。

——土方。

東雲大夫看不過去了。

她早就在剛才的酒席上看出歲三並不喜歡喝酒。

——您就別再喝酒了。

她藏起酒壺，說：

——您不是不喜歡嗎？

——是啊，不喜歡。

歲三顯得很無聊的應了一句。

——既然這樣，就不要喝了。像您這樣喝自己不喜歡的東西，對身體可不好。

——是這樣嗎。

歲三伸手從東雲大夫手中搶過酒壺，說：

——那也比花柳街的女人強。

本來他就不喜歡妓院裡的女人。還在往來於御府內及武州宿場間的時候就是這個樣子，看來這個怪脾氣到了京都也絲毫沒變。

（啊。）

東雲大夫性格很溫順，所以在遊廓很受歡迎。即使是這樣的東雲大夫聽到歲三這番話也不禁皺起了眉頭。歲三依舊漠然地喝他的酒。

有的人就是這麼怪。

在島原，東雲大夫還從來沒有碰到過如此冷淡的客人。當她消了氣，心情歸於平靜後，架子也就放下了，自尊心也忘記了，只剩下呆呆地看著歲三。東雲大夫忽然覺得自己好像已經喜歡上了這個男人。

——也許是緣分吧。

天快亮的時候，在她懇請下，這位客人終於睡下了。

「說真的，」

東雲大夫後來對女侍說：

「他非常溫存，完全出乎我的意料。」

客人睡下後，在床上都做了些什麼，東雲大夫沒有說，這是妓院的規矩。但是女侍會想像兩人在床上的情形。於是傳言中摻雜著這些謠言傳播者的想像，傳到了外島機兵衛的耳朵裡。

「後來怎麼樣啦？」

原本穩重的田中土佐忍不住問道。

「後來他和近藤一起又去過兩三次木津屋，每次都點名要東雲大夫。但是他的態度跟刻了章似的，和第一次完全一樣。」

「上床後的溫存也一樣？」

「是啊。」

後來，東雲大夫被京都的一個錢鋪商人贖走了。

在離開木津屋之前，東雲大夫多次遣女侍到新選組駐地，請求歲三去木津屋最後見自己一面。

可是歲三卻認爲「都已經是被贖身的人了，就算見到也沒意思」。最終還是沒有去。從此以後，歲三再也沒有踏進過島原一步。

東雲大夫非常怨恨歲三，爲此她甚至咬掉自己小手指上的肉，這引起了一陣騷動。

即便是這樣，歲三還是沒有去見東雲大夫。

「眞是個可怕的傢伙。會不會是他喜歡上了東雲大夫才不去見的？」

「不會吧。如果喜歡，按理會想辦法去見一面的。這樣才合情理嘛。」

「倒也是。」

「總之，這個傢伙確實讓人猜不透。——」

外島機兵衛笑了。外島不知道在歲三和東雲大夫第一次見面的前一天，這個男人身上發生了什麼事。那是文久三年九月二十一日的事情。歲三在麩屋町的一個房子裡與府中猿渡家的女兒佐繪重逢了。自從在武州分手後，這是歲三第一次見到佐繪，她當時在公卿九条家工作。就在那個租來的房子裡，破舊的榻榻米上，以自己特有的冷漠方式，歲三再次強暴了佐繪，並清楚地覺察到佐繪的變化。佐繪的確變了，讓歲三無法否認她有了情夫。

他沒有責備佐繪變心，也沒有資格責備她。在武州的時候，歲三沒有給佐繪任何承諾，甚至沒有說過情人之間應該說的話，可以說他們只是因爲偶然的相遇才有了身體的接觸。從佐繪的立場來看大概也一樣。猿渡家的這個女兒出嫁後，因守寡回到了娘家。當時也許她太需要慰藉，才與一個連家住哪裡都不知道的年輕人有了身體上的接觸。既然來到了京城，佐繪當然就會有自己的人生。於是，長州藩士米澤藤次第一個走進了她的生活中。他是當時經常出入佐幕派公卿九条家的一個男人，後來與佐繪發生了關係。借用這種關係，他通過佐繪得到了許多幕府方面的情報，而佐繪自然很樂意幫自己情人的忙。

「你認識土方歲三嗎？」

有一次，佐繪向米澤提到了歲三，兩人都認爲應該殺了他。於是米澤就把暗殺土方的事情交給了經常出入長州藩、脫離了武州藩籍的七里研之助和他的同夥浪士。七里自然是求之不得。自武州八王子事件以來，七里對歲三一直懷恨在心。

——沒問題，就算你不拜託我也要殺了他。

於是就發生了七里在二帖半敷町的十字路口伏擊歲三的事件。

就在這件事情發生後的第二天，歲三和外島機兵衛等人來到木津屋，第一次見到了東雲大夫。

那天晚上，歲三在想：

（我的人生是殘缺的，這一生大概不會有戀情了。）

他還想：

（我就不要再想這種事了。本來我就是個對女人很薄情的人。女人也瞭解這一點。世界上怎麼可能有人會傻到喜歡上我這樣的男人呢？）

沒有女人不要緊，至少我有劍，有新選組，有近藤。他不停地這樣勸慰自己。

（有這些就足夠了。有了這些難道還不能擁有一個有價值的人生嗎？了解嗎？阿歲。）

那天晚上走在回駐地的京都大街上，歲三心裡想著這些，斬殺了埋伏在途中的芳駕籠附近屋子裡的七里研之助與其黨徒，第二天晚上，歲三卻又若無其事地來到島原木津屋，在樓上和大家一起喝起了酒。

也難怪東雲大夫對這個本來就有點怪異的男人表現出了好奇。當然會津藩公用方外島機兵衛不可能知道上面的這些經過。

「他就是這樣一個人。」

外島說道。

「也算是洛中的一號人物。用兵方面比近藤高上好幾段。古代有太閤秀吉評價大谷刑部，他說願意交給那個男人十萬大軍指揮作戰。我每次看到土方也會有這種想法。」

離開黑谷半刻鐘後，沿丸太町通筆直向西走，歲三到了堀川邊。

在這裡，依稀可以看見一些燈光。那是二条城上的燈。沿著這條路越過一座小橋繼續向西就是所司代堀川宅邸。

歲三沒有過橋。因爲新選組的新駐地在堀川的東岸，轉向南再走三十丁（約三公里）的距離就到了。

「藤吉，累了嗎？」

歲三問隨從。

雨還在下著。

「不累。我很能走的。」

藤吉在雨中回答。他走在歲三前方三步，腰間插著一盞燈籠照路。

歲三高高舉著油紙傘，穿著黑色皺綢羽織和仙台平的袴，腰間掛著已經殺人無數的和泉守兼定，脇差是去年夏天池田屋之變時第一次使用的一尺九寸五分長堀川國廣。

「藤吉，」

歲三說道。

「前面路可不太好走啊。」

「是。」
「在泥濘路上跑的時候一定要腳尖著地，這樣就不會摔，而且速度也快。」
他說這話讓人感到很莫名其妙。藤吉不明白這個平時少言寡語的代理局長爲什麼會突然說這些。
「藤吉，記住，跑的時候傘要用力扔到後面。你要隨時做好準備。」
「啊？」
藤吉歪著腦袋看著歲三。
「現在就扔嗎？」
「不用。到時候我會告訴你。你一聽我叫藤吉，你就趕緊把燈籠和傘扔掉，然後拚命向前跑。不管發生什麼事都不要回頭看。」
「如果回頭看會怎樣？」
「——」
歲三沒有回答。
他把傘稍微向後傾斜了一些，好像很注意後面的動靜。然後，
「藤吉，剛才你說什麼？」
「哦，我說如果回頭看會怎樣？」
「會受傷。」
歲三冷冷地回答。
隔著堀川，右側黑暗中，二条城白色的牆壁隱約可見。
左邊是親藩、譜代等各藩在京都的藩邸。過了播州姬路藩的藩邸門前，二条通轉角開始就是越前福井松平藩的藩邸土壁。
就在門前附近。
「藤吉！」
歲三急促地叫了一聲。
手中的傘已經拋向空中。他蹲下腰，屈蹲右腿，飛速轉了圈。
啪。
可怕的聲音在歲三的手中響起。

瞬間，往歲三右邊襲來的人影飛起並翻滾，伴隨著一聲巨響，那人滾落泥濘的地面。血腥味立刻瀰漫在暗夜中。

歲三向後退了五、六步。劍斜在右側位置擺好了下段姿勢，他以越前藩邸門柱護住身後，厲聲問道：

「什麼人？」

黑暗中還有三個人。

「下雨天的晚上還出來，你們辛苦了。如果是認錯了人就算了，但是如果你們是衝著我新選組的土方歲三而來，那我也有拚死應戰的覺悟了。」

「是嗎。」

相距十間距離的黑暗處傳來了一個聲音：

「我們就是衝著你來的。」

是他。歲三心想。這尖銳的聲音聽過一次就不會忘記。

是七里研之助。

「奸賊——」

一個傢伙繞到歲三左側，激動地喊了一聲，逼近兩三步。

雖然是雨夜，但是天空中還是有月亮時隱時現，夜雲幽幽地帶著光亮，悄悄濡濕這無盡的黑暗。

阿雪

歲三把劍移向右側。

頭上是越前福井藩邸大門的屋頂。

柔美的椽木有如反轉的美人手般微微彎曲，讓屋簷在黑暗的雨夜中更顯突出。

「奸賊！」

伴隨著叫罵聲，人影逼近歲三，對方語調帶著濃重的十津川口音。最近，有眾多大和十津川鄉士混入京都。

（是十津川來的嗎？）

歲三擺出平星眼招勢。

他習慣性地把劍尖越來越偏向右側，全然不理會左側那個傢伙刺過來的劍。

聊點題外話。據說土佐的田中光顯（後來封為伯爵）於昭和十年左右，在高知縣立城東中學演講時談到了自己脫離藩籍後上京時的情形。

——新選組實在可怕，尤其是土方歲三更可怕。當時土方帶著隊士，目光炯炯地盯著我們瞧，從都大路對面走來時，我們所有同伴四散逃跑到他處。

要殺這個歲三。

這個十津川人很有勇氣。

後方還有人從遠處逐漸包圍。

接近歲三的，只有右手邊的七里研之助，以及左手邊的十津川人。

「唰」採取上段的十津川人，劍從上面砍下。

歲三舉起劍，往背後的柱子退約三寸距離。十津川人的劍劃破歲三右邊袖子上的左三巴紋後，癱軟在地。

這人的上半身已經開花。

瞬間，歲三的劍從十津川人的右肩劃到胸口。

而歲三往前翻滾。

原來就在歲三砍向十津川人的同時，右側的七里研之助持劍猛地刺了過來。

歲三只能逃。

不料被屍體絆了一跤，摔倒在地下。

他立刻跳起。

七里研之助伸劍第二度襲向他頭頂。

來不及接招。

爲了躲開這一劍，歲三再次摔倒在地。這時，歲三已經離開那扇門，在雨中，滾到了堀溝邊。

背後是溝渠多少安心一些。但是身邊沒有任何供護身的樹。

「點燈籠。」

七里沉著地命令同夥。

歲三剛剛用來作爲護身屏障的藩邸大門屋簷下，一盞燈籠亮了。

「快給我照著他。」

七里低聲說。

燈籠的光照到了站在堀溝邊的歲三身影。

「歲三，看來你還武州債的日子到了。」

「是嗎？」

歲三依然使用偏右的平星眼招式。說話聲音有些沉，兩眼卻瞪大。

他是個不管何時與人打鬥都對死亡有所覺悟的男

子。

「就在今晚，我要報八王子的一箭之仇。」

七里研之助擺出上段位的架勢，一步步逼近。

就在這時，雨突然嘩嘩落下。

雨滴在地上，水花飛濺，在燈籠光亮的映照下白色水氣瀰漫。

「七里，長州的飯好吃嗎？」

「難吃。」

七里也是個穩健的人。

「不過，土方，」

他小心地等待時機。

「現在變好吃了。只是你們壬生浪士太不識時務。」

「呵。」

歲三笑了，只有眼睛在笑。

「在上州和武州閒蕩的土包子劍客到了京都也學會說些冠冕堂皇的話了。」

「喂，歲三。你我不都一樣是土包子百姓嗎？」

（當然。）

歲三在心裡苦笑。

七里右腳向前跨出一大步，緊接著劍從歲三的頭上落了下來。

接住了。

手有些發麻。

這一擊力量非常大。

歲三沒有反擊，他只是用刀鍔壓住七里的劍，並且向前壓制，一步、兩步逼退對方。他打算找一個有利地形。

七里橫著掃歲三的腿，歲三急忙跳起。

「你們在幹什麼！」

七里往著遠方暗處大吼。

「還不快宰了他。怕什麼！這傢伙又不是鬼神。」

喀啦喀啦。左右響起了腳步聲。

歲三使出全身力氣，猛地把七里推了出去。

七里向後摔出去時，伸出左手，劍刺向了歲三的側臉。

但劍只是徒然地轉了一圈而未擊中。歲三早不在那兒，他向左邊跑了。

歲三一邊奔跑，一邊使出袈裟斬砍倒一人，隨後跑進越前福井藩邸南端的窄巷，往東奔去。

這個好鬥大王十分清楚，單槍匹馬以一對多時，就算是劍道高手也沒有十分的把握，必須伺機溜走。

出了西洞院後，歲三總算放慢了腳步，向南走去。

（眞痛——）

他壓著左手。

在亂刀中不知道被誰砍傷了。他摸索著傷口。左手臂上竟然有處可容一指伸入的傷口。

還不止這一處。

右腳背上也受了傷。

大概是在躲開十津川人砍下來的那一刀時受的傷。

這還不算什麼。歲三覺得右腿濕漉漉的，掀起袴一看，竟然也有處三寸長的傷口，血正在不停地往外淌著。

（應該結束了吧。）

還好隨身帶著小箱盒，盒裡裝著藥膏。

因爲他以前做過藥販子，所以知道該怎樣處理傷口。他心想必須先把血止住，於是迅速環視周圍。

在這種大路上敷藥總是不太安全。

因爲不知道那些人什麼時候會找到自己。所以他找了一條看上去比較安全的小巷，鑽了進去。

（要是有燒酎就好了。）

邊想著邊拔出脇差。爲了包紮傷口，他脫下袴撕成一條一條的布。

就在這時。

頭上有一扇小窗拉開了。

「真是對不起。」
歲三走進土間，來到廚房後面的井邊。在那裡脫光了身上的衣物，露出赤裸的上身。
他要在這裡洗去身上的泥和血跡。
「我就不客氣了。」
歲三對著屋裡面說。
他放低聲音，有點顧忌附近的鄰居。
「我可以使用架子上的燒酎嗎？」
架子上放著一個大鐵釉的壺。壺身貼著一張紙，上面寫著「燒酎」二字。
字跡非常漂亮。
（看起來這家好像只有女眷。）
在當時，不管是喝酒還是不喝酒的人家，幾乎都備有療傷用的燒酎。
「那個，」
回應的女子聲音沉著。
「您請用吧。我這裡還有金創藥，叫白愈膏，是大坂京町堀的河內屋配製的，聽說效果卓著。要不要使用呢？」
說話聲音很輕，沒有多餘的廢話，感覺這個人很聰明。
「那我就不客氣了。」
歲三思考著。這名女子說話沒有京都口音。
而且聽起來像武家的女子。
（會是什麼人呢？）
剛才打開格子門請求入內時，歲三是慌慌張張闖進土間的。他突然抬起頭。
女人拿著用紙包住燭身的簡易燭台，站立在旁舉起燭台照亮周圍。
歲三只望了一眼，就穿過廚房進了後面。但他還是爲這個女人意外的美貌而大爲驚歎。
她的年齡大約二十五、六歲。從穿著來看，不像是個姑娘。可是再看家裡，卻又不像和丈夫一起生活。

這個家很窄小。
一眼就可以看出來。
（眞痛——）
一陣刺痛。燒酎刺激著傷口。
連歲三這樣的人也疼得幾乎昏厥。
歲三蹲在井口邊，全身上下只有一塊兜襠布。他爲自己清洗傷口。這需要足夠的勇氣，否則難以做到。
不知什麼時候女主人過來的，站在土間的另一頭，拿著燈籠看他。
她沒有走近，大概是她熟知武家人的規矩。
即使在她的注視下，歲三仍自顧自地往傷口上塗抹藥膏，然後以女主人拿來的白布包紮好三處傷口。
「麻煩你幫我去一趟門衛值班小屋，讓請他們派一頂轎子過來。」
「請問您是哪位？」
「啊？」
傷口撕裂般地疼痛。
「您是——」
女主人問。
「啊，我還沒自我介紹呢。你就跟他們說是新選組的土方歲三，町役人就會照辦的。」
（原來這人就是……）
歲三的名字在京都如雷貫耳。
大人爲了阻止孩子哭鬧，也會拿土方歲三來嚇唬孩子。這說法一點也不誇張。
「拜託了。」
「——」
女人默默地點點頭，伸手在土間的角落摸索了一陣，取出傘出門了。
沒多久，隨著高齒木屐清脆的敲地聲，她回來了。
歲三的衣服因雨水和血跡已經髒得不成樣子。
「您要是不介意的話，就換上這身衣服吧。」
女人把一套帶紋飾的黑色棉質和服放進淺籃裡拿

了過來。除了羽織和袴，連內襯、六尺兜襠白布也有。大概是她已故丈夫的遺物。

女人把這些東西放在土間。

（眞是個細心的女人。）

歲三抬起頭，在蠟燭光下探看女人的眼睛。長相不太像京都人，倒像是在江戶的淺草寺參拜的女子模樣。

眼睛是單眼皮，膚色略黑，唇線很清晰。

「你是江戶人吧？」

歲三用句尾爲升調的多摩話問道。

「──」

女人睜著偶爾眨一眨的眼睛，盯著歲三。過了一會兒，才點點頭答了一句。

「是。」

「你叫什麼名字？」

「我叫阿雪。」

「你家是武士家吧？」

「──」

女人沒有回答。其實她不說歲三也猜到了。

「在京都要遇見江戶女人可眞難得。今晚運氣不錯。」

（可是這個江戶女人爲什麼獨自住在這種地方呢？）

歲三心裡有很多問題，但沒有說出口。他手掌碰觸了一下淺籃並說道：

「謝謝你的好意。只是傷口的血還沒有止住，要是把這麼珍貴的東西弄髒了，可就太對不起了。」

歲三用白布一圈一圈捆好兜襠布，拿起大小刀站了起來。

「您就這個樣子回去嗎？」

女人的眼神好像在說，您可是新選組副長有頭銜的武士啊。

「請穿上吧。」

不容分說的命令語氣。歲三聽了心裡一震。他很喜歡聽女人說這話時，語氣堅定、口齒清晰的聲音，讓他有一種眩暈的感覺。這是京都女人身上找不到的味道，這是江戶女人特有的親切。雖說有點強迫的意思，卻讓對方很願意順從。

（啊，這種感覺我都快忘了。）

歲三出身在御府內外圍的農村，從少年時候起，就很嚮往十三里外的江戶女人。

因爲從小有這樣的情結，所以他對人人都仰慕京都女人怎麼也親近不起來。

「那我就借用了。」

穿上衣服後，歲三發現紋飾跟自己一樣是左三巴，這讓他感到非常驚訝。

「眞是奇緣。」

歲三盯著紋飾想：

（我和這個女人之間會發生什麼呢？）

女人舉手投足都很謹愼、客氣，但她的眼神透露對歲三的好感。

但是，她的這種好感是什麼含義呢？是因爲同是東國人，所以有種親切感，還是喜歡歲三這個男人呢？

終於，房東、管理人和町役人趕來探望歲三。

房東是臨街當鋪近江屋的老闆，管理人是一個叫治兵衛的枯瘦老人。

「改天我來道謝。」

歲三在他們的目送下坐進了轎子。

新選組的駐地此時已經亂成一團。

接到隨從藤吉的報告，原田左之助和沖田總司帶著隊伍立即趕到了現場。可是附近既沒有找到歲三的人也沒有看到屍體。

而歲三又遲遲不歸隊。於是他們派出了隊士到京都市內各個角落搜尋。

就在這時，歲三穿著筆挺的紋服回來了。

「您還好吧？」

有隊士問他，他也不回答，只微微一笑，快步走上鋪板，進了自己的房間。

於是有人馬上叫來外科醫生，重新給他進行了包紮治療。

醫生剛走，沖田總司就進來了。

「你可把我們急壞了。」

「對不起。」

「怎麼回事？」

「沒什麼。就是在越前福井藩邸前，又被七里研之助纏上。那小子是個附在我身上揮之不去的鬼魂。」

「纏得還眞緊呢。」

沖田抽出歲三那把劍柄沾滿了雨水和血的和泉守兼定二尺八寸。劍刃崩了一塊，上面有很多血污。

「打得很厲害呀。」

「我差點就回不來了。自從長州人退出京城後，那些人就轉而出入土州藩邸或薩摩藩邸。裡面還有十津川的人。從七里使喚這些人的情形來看，他在京城好像有點勢力了。」

「根據監察的說法，七里好像一直嚷嚷著要由他來解決土方。」

「我眞是倒楣。」

「呵。」

沖田笑了。惡作劇的眼神好像在說「是你以前太壞了」。

「不過，總司，」

歲三的大眼睛閃閃發亮。

「我好像喜歡上了一個女人。」

「咦？」

沖田很驚訝。

「喜歡」這個詞，歲三還從來沒有在女人身上用過。

「你不許跟其他隊士說。近藤從藝州回來後也不許跟他說。」

「那你幹嘛說給我聽。」

「因爲只有你和別人不一樣啊。」

「我有什麼不一樣？拜託千萬別把我當成你的傾訴對象。」

「呵呵，你就是。」

大約十天後，歲三帶著隨從，拿著洗淨漿過重新整理好的一套衣服，去了房東近江屋那裡。房東把管理人治兵衛老人也叫來了。

一問，原來那名女子是在大垣藩一個定居江戶的步卒加田進次郎的妻子。後來接到前往京都任警衛的藩令後，加田獨自來到京都。單身赴任在當時是再平常不過的事情，所有藩都這樣，不管上士下士，沒有人會著家眷來京都。

但是阿雪與眾不同。她追隨自己的丈夫也到了京都。因爲擔心對所屬藩不好，於是兩人悄悄在市區租了一間房子。當然這並不能說明他們的夫妻感情很好。

阿雪很有繪畫的天賦，後來用紅霞這個號在京都留下了一些作品。當然她的畫技雖好卻比不上她的人品好。

她上京是爲了跟京都的繪師吉田良道學習四条圓山派的繪畫。

不久，丈夫病死了。

阿雪就自己一個人留在京都。本來她應該回江戶的娘家。她的娘家是寬永寺的事務僧，收入豐厚，她就用家裡給的生活費獨自在這裡度日。

紅白

之後不久，慶應元年陰曆十二月二十二日，局長近藤勇從藝州廣島回來了。

隨行的參謀伊東甲子太郎、武田觀柳齋與尾形俊太郎也風塵僕僕地回到了花昌町的新駐地。

「阿歲，我不在的期間辛苦你了。」

近藤重重地拍了一下歲三的肩。近藤好像又變了。一個月不見，再看歲三的眼神也有點冷淡。

（眞奇怪。）

歲三纖細的神經被觸動了。

當晚，舉行了幹部們的酒宴。

近藤連喝兩、三杯酒後，滿臉通紅。本來就不會喝酒，卻硬撐著，嘴裡還念念叨叨地直說好喝。

「諸君，酒還是京都的好喝呀。」

但是再多他就不喝了。取而代之是大口大口地吃眼前的飯菜，興致勃勃地高談闊論。

他的話更多的是談論長州的形勢。

「長州表面上很謙恭，對宮廷和幕府裝出一副恭順的樣子。但那只是表面，暗地裡他們已經準備了武器裝備。」

「喔？」

留守駐地的幹部都很驚訝。

會津藩從骨子裡討厭長州，所以近藤也用同樣的眼光看待長州。

（長州藩野心勃勃，他們一直想著奪取天下。）

近藤是這樣看的。近藤對長州藩滿懷憎恨，他堅信長州藩的毛利侯一心想取代將軍，他擁立天皇是爲了建立毛利幕府。對於長州人來說，尊王攘夷不過是爲實現他野心的一個手段罷了。不光近藤這樣認爲，會津藩的上上下下也都這樣認爲，甚至後來倒戈成爲長州藩盟友的薩摩藩等在當時對這一點深信不疑。

這其中的證據就是在薩長秘密結盟的時候，薩摩藩的西鄉吉之助（隆盛）始終保持了一個低姿態。原因就是因爲有這樣的顧慮。

「幕府太仁慈了。」

近藤吐出這樣一句話。

「如果現在不出兵防長二州，徹底打垮毛利家，把他們的領地收歸天領（幕府領地），事情會非常糟糕。」

「不過近藤，」

伊東抬起白淨的面孔。

伊東另有看法。他說：

「長州去年在馬關海峽面對四國艦隊，以一藩之力採取了攘夷行動。天下志士都在爲長州不顧自藩的生死存亡毅然採取攘夷行動而齊聲喝彩。近藤先生，你也是支持攘夷的吧？」

「當然。」

這的確是新選組成立的初衷。

「既然這樣，難道你不應該對長州溫和些嗎？長州貫徹朝廷的方針執行攘夷策略，卻因敵人砲火太強使其沿岸砲臺一座座被毀。這還不算，他們還要被幕府征討。長州已經傷痕累累，瀕臨滅亡。即使他們有再多的不是，討伐他們的也不算是武士作爲。」

「不算是武士……」

近藤放下筷子。說

「伊東，你說不是武士？」

「對。」

伊東直盯著近藤的眼睛，微笑著繼續侃侃而談。

聰明的伊東已經徹底看透了近藤。他知道與其用理論不如用情緒更能打動近藤，使他更容易接受自己的觀點。

「武士有武士之道，那就是惻隱之心。說簡單點就是武士的同情心。」

「即便你不用以簡單的方式說，」

近藤夾起一塊生魚片，說：

「我也懂。」

苦澀著臉把生魚片送進了嘴裡。

近藤已經是京都政界的大人物了。至少他自己是這麼認爲的。所以被伊東看成沒有學識，近藤心裡很不是滋味兒。

「伊東，我什麼都明白。你無需多說。」

「當然。經過這次旅途，近藤先生好像更能理解敝人的意見了。——土方。」

伊東轉向了坐在近藤對面的歲三。

歲三從酒宴一開始就在悶頭喝酒。

「是這樣的，土方。」

「什麼？」

歲三懶洋洋地說。

「呃，也就是，」

伊東結巴了。他拿歲三一點辦法也沒有。

「是近藤先生。先生親眼目睹了長州的狀況，視野開闊了許多。也許要收拾目前混沌的京都政局只有依靠近藤先生了。」

「是嗎？」

近藤這個傻瓜。歲三心裡暗暗罵了一句。那麼愛被戴高帽子，早晚有一天會遭殃的。

「土方有什麼想法呢？」

「什麼？」

「剛才我提出的問題。」

「我一向對這個不感興趣。」

歲三冷冷地回答。

他心想我有興趣的只是怎樣做一個眞正的男子漢。新選組是尊王攘夷的集團沒錯，但是尊王攘夷也有性質的不同。長州藩實行尊王攘夷，目的是製造混亂奪取政權。而親藩會津藩實行尊王攘夷則是爲了強化幕府政權，與長州藩完全不同。歲三認爲既然新選組是在會津藩的領導之下，那麼就應該對得起會津藩的信任。他認爲身爲一個男人必須這樣。

（本來我就是個愛打架的嘛。）

歲三忍不住露出了微笑。

伊東可能覺得歲三的笑容令他不快，就不再開口。酒席變得沉悶起來，聊天也沒有再出現高潮。

接著迎來了慶應二年。

……

正月二十七日，近藤再次隨同幕府正使小笠原歧守去藝州廣島和長州談判。

「又要走嗎？」

出發前，歲三問近藤。

「阿歲，我不在的時候就拜託你了。這次我們要進入長州領地，我想親眼看看長州的現狀，和長州人聊聊。如果能和他們毫無保留地聊聊國事，聽聽他們的想法，我想或許可以判斷出是通過武力還是和解的方式來解決天下的這場紛爭。」

（又不是你說了算。）

心裡這樣想著，歲三沒有說出口。只是問了一句：

「伊東也去嗎？」

「他是參謀嘛。」

近藤說。

「當然要帶著。」

「參謀？」

「對。」

「我可不知道他是誰的參謀。」

「阿歲，你的嘴總是這麼刻薄。我們是國士，不能永遠停留在多摩農家孩子的水準。伊東是個可用之才。雖然他爲長州人辯護得多了點，但是你不能否定，以他的儀表、他的學識，可以讓我們的存在顯得更加重要。」

「讓我們顯得更重要？」

歲三噗哧笑了，

「究竟伊東讓我們的什麼顯得重要了？」

「新選組啊。」

「近藤，在伊東接觸的人中流傳著這樣一句話，說新選組宛若已歸到長州陣營了。你知道嗎？」

「胡說。」

「所以，你所說的重要就是這個意思囉。」

「這就是你的缺點了。」

近藤說：

「阿歲，你以前心地就不好，這樣下去可不行啊。」

「沒辦法，個性使然。我一看到那種不知天高地厚的傢伙，怒火就上升。」

伊東陪同近藤一起去了長州。這次帶去了伊東派的重要人物，監察篠原泰之進。

伊東和篠原到了廣島後，最初一直陪在近藤前後，可是不久暗中和長州的廣澤兵助（後來的眞臣，與木户孝允齊名，同爲維新政府的參議）搭上了關係，進入了長州領地。這是長州藩對他們表示出的極大恩惠。

兩人頻頻結交長州藩的激進分子並互相交換意見。伊東內心做出「討幕」決定大概就是那時。

這是有理由的。

伊東決定背叛新選組是因爲在這次訪問長州時他得到了一個極其重要的秘密情報。

一直以來與長州水火不容的薩摩藩，是會津藩獨一無二的盟友，但它竟與長州藩建立了秘密的攻守同盟關係。

導致幕末史發生驟變的這個秘密同盟，發生在這一年的正月二十日。在土州的坂本龍馬的斡旋下，由長州的桂小五郎和薩摩的西鄉吉之助兩人爲代表締結了同盟關係，地點是位於京都錦小路的薩摩藩邸。

當時，幕府、會津藩和新選組還不知道這個情況。這很正常。爲了保守秘密，桂和西鄉都只告訴了各自藩裡的一小部分同志，沒有公開。

「只要薩摩和長州聯手，」

當時誰都會這樣想：

「在武力上，幕府斷然抵擋不了。」

幕府旗本八萬騎軟弱無能，一無所用。御三家、御家門和御親藩的各大名除了會津和桑名，態度都搖擺不定。面對這樣的局面，連幕閣要人也都清楚結局將會如何。

正是這樣兩大強藩聯合起來了。

可以說，就在那個瞬間，幕府已經倒臺。遺憾的是歲三並不知情。

局長近藤也不知道。

只有一個人，參謀伊東甲子太郎知道。

「在京都，」

伊東向長州人發誓：

「我要建立一支義軍，和近藤、土方斷絕關係。」

長州人非常高興。

伊東受到了款待，在長州逗留達五十天之久。

近藤早早就結束了這次廣島之行。這次廣島之行對近藤來說收穫也不小。同行的老中小笠原　岐守長行被這個浪士領袖特有的氣質深深吸引住了。

確切地說，壱岐守被感動了。這個奇特的浪士爲了幕府甚至願意捨棄一切。這樣的人也許世上僅此一個吧。

「先生，」

壹岐守用這樣的敬稱來稱呼近藤。這位四十五歲的唐津藩主家的世子長著一個大鼻子，看上去比常人軟弱得多。他非常喜歡近藤這樣的硬漢。也許像近藤這樣的人，他是第一次見到。

——像先生這樣的人才是國家的棟樑啊。

他以一種仰慕的口氣誇獎近藤。

——受了三百年恩惠的旗本在幕府最困難的時候竟然那樣冷漠。我常常生出悲觀情緒。也許有一天，幕府只能依靠新選組了。

「怎麼樣？」

壹岐守又說：

「不如做將軍家的直參。至於身分、俸祿，我會去爭取，盡量滿足你的要求。」

——啊？

近藤難以抑制心臟的狂跳。但是新選組是一個志同道和者的集團，不是近藤的家臣，大家都是平等的關係。他不能按個人意願接受這麼大的恩惠。

（其他人還好說，伊東甲子太郎和他的那夥人一定會反對的。）

他們和近藤經歷不同。大部分是脫離了各自藩籍的人，爲了完成攘夷的心願才來到京城的。如果讓他們重新變回家臣的身分，那麼對他們來說，最初就沒有脫離藩籍的必要。再說，現在要是成爲德川家的家臣，也對不起原來的藩主。

（伊東甲子太郎，這小子是個絆腳石。）

近藤開始對伊東不滿了。

但是，他又無心放棄伊東這個人才。正因爲有這個傢伙在，近藤才能在和各藩公用方交往時，滔滔不絕地參與議論。新選組已經不是一個簡單的豪俠劍客集團，而是一個已經開始讓其他藩刮目相看的政治團體了。

「我回隊上，和隊裡的人商量以後，我再接受您的美意。」近藤回答。

回到駐地，他想了好幾天。最後，近藤決定和伊東決裂，與歲三商量成爲直參的事情。

「這事兒我已經聽說了。」

歲三說。原來，近藤在回京的途中，把這件事透露給了尾形俊太郎。所以現在全隊上下人人都知道這事兒。

「阿歲，你這個人眞夠差勁的。聽到這麼好的消息，爲什麼不來找我證實一下。」

「這是好消息嗎？」

歲三微微笑了。

「如果你接受，新選組就會分裂。伊東那一派早就嚷嚷開了。有跡象表明，內海二郎已經派使者去長州找他們的頭頭了。難道你不在乎隊伍分裂嗎？」

「如果爲了義當然不會在乎。」

近藤說道。

「我不是爲了自身的榮華富貴。但是如果作爲直參行動起來會更方便的話，那就是爲了國家社稷，也是爲了報答朝廷恩寵。」

「喲呵，最近說辭多起來了嘛。」

歲三苦笑著說：

「近藤，我呢，除了讓新選組強大起來，別的從來不想。如果成爲直參能使隊伍強大起來，那我當然很樂意接受。」

「阿歲，你眞是單純幸福啊。」

「哈哈哈。」

歲三目瞪口呆地盯著近藤的臉。

國士。

這個被老中重視的傢伙，最近似乎開始認爲搞政治是一件很複雜的事情了。

「是嗎？我自己覺得我的思想挺複雜的。」

「不不，你是個不錯的人。」

近藤豪爽地笑了：

「我還想變成你這樣的人呢。」

「那是因爲你事情太多了。」

「當然。」

歲三忍不住笑了。不管怎樣，歲三就是喜歡近藤的這些方面。

「不過，話又說回來，」

歲三嚴肅起來，他說：

「在成爲直參以前，我們還有一些事情需要處理。」

「伊東嗎？」

「對。」

歲三點點頭。

一旦成爲直參，那麼新選組就名副其實成了佐幕的一份子，成爲天下浪士中唯一舉起佐幕旗號的組織了。伊東和他的同夥當然會選擇離開。

但是新選組有隊規，有法令。究竟是默默看著他們離開，還是把新選組成立以來以隊規爲絕對法律的原則加在伊東身上呢？

「怎麼辦？」

歲三問。

近藤也沉默了。過了一會兒，近藤好像強忍著自己的感情似的沮喪地說：

「就按隊規辦。因爲有這個隊規，新選組才走到了今天。只有按隊規辦，才能保證隊伍將來不會演變成烏合之眾。」

「眞不愧是局長。你還沒有失去你的原則。」

「我聽說，」

近藤看著歲三的臉，說：

「你有女人了？」

「你聽誰說的？沒有。」

歲三很尷尬。事實上，他只去過兩趟阿雪家，連手都還沒有碰過。

「呵呵，臉都紅了。眞難得。」

近藤輕聲笑了。

與兵衛的店

「幹掉土方歲三。」

在那件事情前後，伊東一派開始認眞討論對付歲三。

所謂那件事情，是指新選組準備放棄京都守護職御預浪士的身分，成爲德川家直參的事情公開的時候。

按照新選組年表的說法，是他們在京都迎來第四個秋季的時候。

慶應二年的初秋。

參謀伊東甲子太郎向隊裡表示：

「要爲江戶時候的夥伴進行法會。」

他暗地裡將自己這一派的主要人物叫到洛東泉湧寺境的塔頭寺院——戒光寺內。

去的人除了伊東的親弟弟、新選組九番隊隊長鈴木三樹三郎和新選組監察篠原泰之進以外，還有伊東的劍術弟子內海二郎、中西登，再加上伊東從江戶帶來的夥伴、伍長加納鷲雄和服部武雄、監察新井忠雄等人。

最後還有一個，是唯一一個非新選組隊士的人。

此人緊靠著柱子站在一旁，一言不發。

戒光寺方丈的一室是他們秘密聚會的場所。緣廊對面是連接東山山崖的灌木叢生的庭院。

雖然已是初秋時節，陽光卻依然炙熱。

風吹過山崖上的大紅葉老樹，又吹進了屋裡。

「伊東，離開新選組吧。我們現在只有這一步棋可走了。除此之外，沒有更好的對策。」

篠原泰之進說道。維新後，他改名叫秦林親，走上了仕途。這位久留米浪士不喜歡動腦筋，不喜歡麻煩。正因爲他的這種性格，他悠然活到了明治末年，以八十四歲的高齡離開人世。

「你呀，伊東，」

篠原是和伊東是一起從江戶過來的夥伴，年齡比伊東大七、八歲。他說：

「還在想著新選組。到了現在這地步，你還在想如何奪取新選組，把它改編成勤王義軍。我說的沒錯吧？」

「我確實是這樣想的。」

「你就是想法太多。不錯，現在的新選組已經三易其主。最初是清河八郎領銜，後來是芹澤鴨爲首，現在又由近藤一派掌握著領導權。第四位領袖就是伊東甲子太郎。」

篠原用鐵扇啪嗒啪嗒敲打著脖子，說：

「可是事情會像你想的那麼順利嗎？現在的新選組裡可還有一個箍桶匠在。」

「箍桶匠？」

「就是土方囉。那小子在武州的時候聽說是賣藥的，我看他更像是箍桶的。劈哩啪啦把木板刨好削整齊，在木桶上把箍捆得緊緊的，就算扔進一塊大石頭也不會鬆開。」

「篠原君，你觀察得眞細微呀。」

伊東甲子太郎微笑道：

「那就把這個箍桶匠，」

「幹掉？」

「對。」

伊東點點頭，說：

「只要幹掉土方，近藤就好對付了。只要我們好好加以誘導，他會和我們一起勤王的。我隨他一起去過幾個諸侯國，我太瞭解他了。對他我有十分的信心。那個人對政治、對思想非常著迷。我一定可以讓他改變立場的。」

「這麼說來，問題就在箍桶匠囉？」

篠原輕輕笑著說：

「他可不太好對付。」

啪地一聲，鐵扇又打到了脖子上。一隻秋天的蒼蠅輕飄飄地落到了他的膝蓋上。

「篠原君，我可沒說讓你去對付他。」

伊東說。

「難道要大家一起上？」

「就這件事想跟大家商量。」

「要殺他，最好單挑。」

篠原撿起死蒼蠅，走到緣廊，扔了出去。

「伊東，這事兒只能一個人去做，否則難免會暴露。一旦暴露，勢必會引起新的麻煩。近藤那小子很傻，所以他反而會比常人更激憤，他一定會發誓報仇。那樣一來，把他拉攏過來勤王的計畫也就化爲泡影了。」

「這是個問題。」

伊東看了一眼緣廊上的柱子。

那兒站著一個不是新選組隊士的男人。

他正在抽煙。焦黃色的皮膚在院子透進來的陽光映照下，像爬滿了青苔似的泛綠。

他的嘴唇很薄，右側鼻翼上有一條皺紋，一直爬到嘴唇的一角。

六年過去。

這個男人也老了。

他就是武州八王子甲源一刀流道場曾經的塾頭七里研之助。

他曾經進出長州、薩摩藩邸，而現在則是京城的一名勤王浪士。伊東甲子太郎能和薩摩的中村半次郎（桐野利秋）結盟，中間也有七里的功勞——是他從中撮合的。

「實際上，」

伊東說道。

「七里說過要聯合浪士殺掉土方。七里說，如果由我們來動手，事情一定會暴露。所以他說他願意替我們完成此事。我們在這件事情上的確很無能。但是如果七里出面幫助我們的話，以後的工作就容易開展了。我們可以輕易拉攏近藤，把隊伍改編成勤王義軍。」

「不過七里，你怎麼把那個小心謹慎的箍桶匠誘出來呢？」

篠原看著緣廊那邊。

逆光中，七里研之助站在那裡。七里用煙袋鍋磕了一下竹筒，說：

「那小子的個性我很瞭解。我們是老相識了。」

說話聲音非常小。

「看來你們有結怨。」

「沒有，我這都是爲了皇國。爲了使新選組成爲倒幕義軍，這點危險算不得什麼。只要解決掉你說的那個箍桶匠，新選組的箍就會輕輕鬆鬆打開的。」

第二天，伊東甲子太郎帶著心腹新井忠雄去了尾州名古屋。

「尾州德川家的動靜有些微妙。」

伊東說。去看看那兒的情勢，是伊東給近藤的理由。當然，此行眞正的目的是去和尾州藩的勤王派交換意見。不過私下他還有一個更重要的原因。

那就是在他不在的期間，由七里殺死土方歲三。他的死一定會使隊裡鬧得不可開交，而伊東卻可以免受牽連。

——七里，我會在九月二十日以後回京都。這件事就拜託你在我回來之前處理妥當。

伊東臨走囑咐七里研之助。

歲三自然是渾然不知。

最近一段時期，近藤一直待在駐地。於是歲三就把內務交給近藤，自己經常去市內巡邏。

他經常輪流帶一個隊出去。

據說只要歲三出現在京都街頭，大路小路就鴉雀無聲，安靜異常。

這一天，歲三帶著沖田總司的小隊，傍晚離開了駐地。

兩人在高辻的山王社前看了落日。只見山王社境內大銀杏的對面，晚霞映紅了西山上空的雲朵，太陽在慢慢地下沉。

「豐玉師範，想到什麼好句子了嗎？」

沖田調侃他。

「說秋天的句子我可不在行。」

「那四季中，你最擅長那個季節的題材？」

「春季吧。」

「哦。」

沖田裝出一副很意外的樣子，說：

「土方原來喜歡春天呀。」

「你有什麼不滿嗎？」

「那倒沒有。」

「我就是喜歡春天。」

沒錯。沖田以前搶在手裡看的「豐玉發句帖」中，春天的句子占了多數。

他原以爲按這個男人的性格應該喜歡冬天，喜歡那種冷得刺骨的感覺。

「聽說喜歡春天的人總是把希望寄託在明天。」

「是嗎？」

一隊人沿東洞院向北走去。

從這裡到六角的一段路上，聚集著許多各藩的在京藩邸。有水口藩、藝州廣島藩、薩摩藩、忍藩和伊予松山藩等。
這一帶的藩士在路上遇到新選組巡察也會悄悄避開。
來到蛸藥師一角的時候，有隊士點亮了燈籠。
「總司，我想一個人去那邊遛遛。咱們就在這裡分手吧。」
沖田沒有問他要去哪裡。
沖田隱隱覺察到歲三可能去的地方是哪裡。
「那你可要小心。」
「哦。」
歲三向西走在蛸藥師通上。
他要去那個女人的家，阿雪的家。
女人在家。她好像正等著歲三似的，臉上化了淡淡的妝。
「正好到這附近，就過來了。——」
歲三不敢正眼看著女人的臉似的。這個男人從來還沒有這樣羞怯過。

「會打擾你嗎？」
「不會。進來吧。我這就給你沏茶。」
歲三來這裡已經有七、八次了，阿雪對他的態度已經相當隨意。
但是，歲三從來不敢對阿雪有非分之想，連她的手都不敢碰。這很不像平日裡的他。總之他就是不願意對阿雪做出這樣的舉動。
他總是說一些家常話就回去。
聊江戶的事，聊小時候的事，聊義太夫淨琉璃，聊京都市井小事。
歲三在阿雪面前變得特別多話。近藤或是沖田如果看到歲三這種樣子，大概會以爲這不是他本人吧。
每次說起小時候的事情，簡直就沒完沒了。
阿雪是個聰明的傾聽者。她會不時地點頭，發出輕輕的、很好聽的笑聲，有時還會很有禮貌地插幾句話。
歲三說話非常投入，特別是說到往事的時候，更是熱情高漲。

簡直懷抱著想將自己這一代人的故事全說給阿雪聽的熱情。

「我母親在我三歲的時候就死了。」

在旁人聽來，這話題實在蠢得要命。

「阿雪，你知道武州的高幡不動嗎？」

「我聽說過這地方。」

「我母親就是那個村裡出身的。聽說她特別能喝酒，這種體質還流傳給了我姊姊阿信。她每天晚上都要喝上一、二壺。」

「阿信小姐是在替你母親喝吧？」

「可能她也這樣想吧。其實我跟姊夫佐藤彥五郎比跟我姊姊還親。那時，我經常去日野宿的佐藤家，比待在石田村自己家裡的時間還要多。他是日野一帶的名主，從他父親那一代開始就是我們天然理心流的贊助人。姊夫彥五郎的劍術水準也達到了免許呢。」

「阿信姊姊呢？」

阿雪似乎對姊姊更有興趣，她問：

「長得像你母親嗎？」

「只有喝酒這一點很像。長相和脾氣聽說都不像。因爲當時我太小，完全不記得了。聽我哥哥、姊姊說，喝酒是這樣……」

他話說了一半，突然停了下來。

他有一個微小的發現，他很奇怪自己以前怎麼就沒有注意到。而這個發現在他的心中爆裂開來，驚奇充滿了整個胸膛。

（太像這個女人了。——）

他終於知道自己爲什麼一次又一次地來這裡見她。

阿雪這個女人與歲三迄今喜歡過的任何女子都不一樣，如果說，歲三還是像從前那樣，喜歡有身分的女人，那麼阿雪絕對不屬於能吸引他的這一類型。但是他卻被深深地吸引住了，原因在這之前連他自己都沒搞清楚。

「怎麼啦？」
「啊，不，沒什麼。……」
歲三端起面前的薄薄的京都陶煎茶茶碗。
他裝出若無其事的樣子換了一個話題。
「我特別想當武士。」
「哦？」
「我呢，小時候在自己家的院子裡種過箭竹。因爲我聽說戰國時期的武士宅邸裡一定種有箭竹，所以我也要這樣做，於是就種了。」
他喋喋不休說著閒話。
歲三這些漫無目的的閒聊，阿雪很珍惜愼重地應和著。
（這個人不是只爲說話而來的。）
阿雪心想，
（他是爲了尋找另外的自己才來的。）
不只是爲了聊天，歲三似乎也爲了確認自己心中的另一種感情。

……………………………………………………

但是，另一方面又太喜歡阿雪，喜歡得沒有了自我。
（我要找個機會佔有她。）
每次來這個家時都這樣想。可是來了以後就變成了沒完沒了的閒聊，浪費了他本來就寶貴的時間。
那天離開阿雪家的時候已經過了夜裡戌時。
腳一踩到溝蓋上，蟲子的叫聲就停了。
星星掛滿了天空。
歲三穿過油小路，來到越後屋町的一角。
家家戶戶都關著門窗，但是歲三知道有一家叫與兵衛的賣酒和甜酒的鋪子一定還開著。
他走進了這家店。
裡面還有客人。
歲三要了一壺甜酒。
「喝甜酒嗎？」
這聲音不是老闆與兵衛，而是坐在黑暗角落的客人發出來的。他一邊笑著一邊拔出了劍。

歲三在稍遠的一個凳子上坐了下來。
「是七里嗎?」
聲音很沉著。
這個固執的甲源一刀流劍客一定是派了密探，得知歲三偶爾會去阿雪家。今晚歲三從阿雪家出來的時候，一定也有七里的密探在跟蹤。
七里先一步到與兵衛的店裡，監視路上的往來行人。
「甜酒可是很柔的。」
七里從自己的凳子上站起來，走到歲三旁邊。
「你要動手嗎?」
歲三說。
「不。」
七里在歲三對面坐下，把自己的酒瓶、酒杯和菜盤放到桌上，說:
「咱們倆非常有緣分。可是像這樣面對面坐下來好像還是第一次。」

歲三仍然沉默。
「土方，今晚咱們好好聊聊吧。」
「我拒絕。」
歲三抬起頭，甜酒送來了。
「你不願意嗎?我在想咱們倆儘管有緣分，可是總這樣你打我我打你的，也不是回事兒。既然你不願意說我也沒辦法。你太固執了。」
「固執的人是你吧。在堀川，我可是差點死在你手裡。」
「土方，不知道你生下來的時候請了哪位神仙護佑，你的命眞的很大。但是我討厭你這樣的人，所以咱們必須做一個了斷。」
「就兩個人嗎?」
「你是土方歲三，是一個男人。男人和男人之間做了斷怎麼可以找幫手呢?」
「那麼你呢?」
「我是七里研之助。雖然很老套，但我可以白紙黑字立下字據。儘管我不相信土方你。」
「我是武士。」
歲三簡短地說了一句，是武士。兩人之間的恩怨應該一對一來了斷。七里研之助好像就等歲三說出這樣的話。他點點頭說：
「我相信你所謂的武士。另找時間恐怕有變，所以就定在今晚，此時。怎麼樣？」
「地點呢？」
歲三說完，馬上又補充道：
「我來定。接受挑戰的一方來定才公平。」
他想到如果讓七里指定地點，說不定又會有陷阱。
「二条河原不會有人來。」
「好吧。」
七里說完，朝裡面喊了一聲：
「老闆，備兩頂轎子。」

（下冊待續）

國家圖書館出版品預行編目（CIP）資料

燃燒吧！劍／司馬遼太郎作 ；吳亞輝譯．
-- 初版．-- 臺北市：遠流，2020.05
冊； 公分．--（日本館・潮；J0282-J0283）
ISBN 978-957-32-8763-6（上冊：平裝）
ISBN 978-957-32-8764-3（下冊：平裝）
ISBN 978-957-32-8765-0（全套：平裝）

861.57 109004573

日本館・潮 J0282
燃燒吧！劍（上）

作 者——司馬遼太郎
譯 者——吳亞輝
主 編——曾慧雪
行銷企劃——葉玫玉

發行人——王榮文
出版發行——遠流出版事業股份有限公司
104005 台北市中山區中山北路一段 11 號 13 樓
郵撥／ 0189456-1
電話／（02）2571-0297 傳眞／（02）2571-0197
著作權顧問——蕭雄淋律師
2020 年 5 月 1 日 初版一刷
2021 年 12 月 1 日 初版二刷
售價新臺幣 350 元（缺頁或破損的書，請寄回更換）

ISBN 978-957-32-8763-6
遠流博識網 http://www.ylib.com E-mail: ylib@ylib.com